Pierre Louÿs
# Die Abenteuer des König Pausole
Deutsch von Agnostos Hermeneutes

**König Pausole – Ein Klassiker der erotischen Satire in neuer Übersetzung!**

Über ein Jahrhundert nach der ersten deutschen Übersetzung erscheint die unvergängliche Geschichte des sagenhaften Königreichs Tryphème wieder in deutscher Sprache. Einer Welt, in der Freiheit und Selbstbestimmung herrschen – und der König vor allem seine Ruhe will.

Pierre Louÿs berühmtester Roman, erstmals 1901 erschienen, ist eine zeitlose Satire auf Gesellschaft, Politik und Moral, voller Witz, Ironie und subtilem Charme.

In einem fiktiven Land um 1900, in dem die Freiheit des Einzelnen das höchste Gut ist, regiert König Pausole mit nur zwei Gesetzen: „Schade niemandem" und „Tu, was dir gefällt". Doch wie lässt sich Freiheit regieren, wenn sie sich nicht begrenzen lassen muss? Als seine Tochter rebelliert und davonläuft, beginnt ein Abenteuer, das Pausole aus seiner trägen Lethargie reißt – und ihn auf humorvolle Weise die Folgen seiner Philosophie vor Augen hält, von der er sich auch selbst nicht ausnehmen darf.

Diese neue deutsche Ausgabe, liebevoll bearbeitet, illustriert und annotiert, präsentiert den Klassiker in zeitgemäßer Form und erinnert daran, dass die individuelle Freiheit stets ein Balanceakt bleibt – zwischen den Ansprüchen des Einzelnen und der Zurückhaltung derer, die sie gewähren. Ein funkelndes Meisterwerk, das auch im 21. Jahrhundert nichts von seiner Aktualität verloren hat.

Unter dem Pseudonym **Agnostos Hermeneutes** ist die Herausgabe weiterer deutscher Übertragungen gemeinfreier Werke der Weltliteratur geplant.

# Die Abenteuer des
# König Pausole

## Pierre Louÿs

Deutsch von Agnostos Hermeneutes

Die Handlungen und Charaktere dieses Buches sind frei erfunden. Jede Ähnlichkeit mit realen Personen oder Organisationen ist unbeabsichtigt.

Die Ansichten und das Verhalten der fiktiven Charaktere folgen weitgehend dem französischen Original, dienen ausschließlich der Illustration der Handlung im historischen Kontext und stellen keine Wertung durch den Verfasser der Übertragung dar. Alle zwischenmenschlichen Handlungen werden unabhängig von einer Beurteilung des französischen Originals ausdrücklich innerhalb der 2025 geltenden gesetzlichen Schranken dargestellt oder angedeutet.

Lektorat: Creative Writing Coach (ChatGPT)

Bilder: KI-generiert (Stable Diffusion, DALL-E), Wikipedia (Porträt von Pierre Louÿs)

Bibliographische Information der deutschen Nationalbibliothek:

Die deutsche Nationalbibliothek verzeichnet diese Publikation in der Deutschen Nationalbibliografie; detaillierte bibliografische Daten sind im Internet über http://dnb.dnbde abrufbar.

Der zugrundeliegende französische Roman von Pierre Louÿs ist gemeinfrei.

Verlag: BoD · Books on Demand GmbH, In de Tarpen 42, 22848 Norderstedt, bod@bod.de

Druck: Libri Plureos GmbH, Friedensallee 273, 22763 Hamburg

ISBN: 978-3-7693-2828-8

**Für Jean de Tinan[1]**
*der die Zusage für diese schlichte Widmung mitgenommen hat*

*P.L. September 1898*

**Das Gesetzbuch von Tryphême**
*Artikel 1: Schade Deinem Nächsten nicht.*
*Artikel 2: Tu, was dir gefällt.*

*König Pausole*

**Widmung des Übersetzers**
*Wer dieses Buch in der Absicht erworben hat, sich darüber zu empören, wird gut bedient werden. Gleiches gilt für den, der sich daran zu erfreuen gedenkt.*

*A.H.*

---

1 Ein Französischer Schriftsteller (1874 – 1898) und Freund des Autors. Diese Widmung ist aus dem französischen Original übernommen

*Henri Bataille: Porträt von Pierre Louÿs, in: Têtes et Pensées; 1901, Pa-*
*ris, Bibliothèque de l'Arsenal*

# Inhalt

# Personenverzeichnis

Der König Pausole

Blanche Aline, Tochter des Königs
Mirabelle
Die Königin Diane, genannt „Diane à la Houppe"
Die Königin Françoise
Die Königin Gisèle
Die Königin Alberte
Die Königin Denyse
Die kleine Königin Fannette
Das Porträt der Königin Christiane
Macarie, das Maultier des Königs
Madame Perchuque, Erste Dame des Hofes
Galatée, eine junge Frau
Philis, ihre jüngere Schwester
Madame Lebirbe
Nicole
Thierette, ein Milchmädchen
Rosine, Hüterin der Himbeersträucher
Die Vorleserin des Königs
Die Schwester des kleinen Bauern
Eine Wäscherin
Eine Marktfrau
Ein ausgezeichnetes junges Mädchen
Ein bedrängtes junges Mädchen
Eine Hoteldirektorin
Erste Kammerfrau des Königs
Zweite Kammerfrau des Königs

Monsieur Taxis, Groß-Eunuch
Giglio, Page des Königs
Monsieur Lebirbe
Kosmon
Himère
Der Küchenmeister
Monsieur Palestre, Minister der öffentlichen Spiele
Der Direktor der Sicherheitspolizei
Der Direktor der „Sauvetage de l'Enfance"
Drei Redner
Ein Pächter
Ein katalanischer Seemann
Ein kleiner Bauer
Ein Vater
Ein Kamel

366 Königinnen – Stallmeister – Damen des Hofes – Pagen – Gärtner – Wächter –
Bedienstete des Palastes – Tänzerinnen – Polizisten – Bauernmädchen – Gäste –
Hotelangestellte – Bauern – Bäuerinnen – Das Volk.

# Erstes Buch

## Erstes Kapitel

### in dem König Pausole zum ersten Mal die Widrigkeiten des Lebens kennenlernt

*Man sieht, dass in Nationen, wo die Gesetze des Anstands seltener und lockerer sind, die ursprünglichen Gesetze der allgemeinen Vernunft besser beachtet werden.*

*Montaigne[2], III, 5.*

König Pausole hielt Gericht. Er hatte es sich unter einem Kirschbaum bequem gemacht. „Dieser Baum spendet genauso viel Schatten wie jeder andere", sagte er gern, „aber im Sommer trägt er köstliche Früchte. Und das kann keine ehrwürdige Eiche von sich behaupten."

Der König hielt an der traditionellen Hoftracht fest – weite Gewänder, deren Faltenwurf seiner königlichen Würde schmeichelte. Doch er war für Verbesserungen offen, solange sie den Müßiggang nicht störten. „Man muss mit der Zeit gehen", erklärte er. Seine Krone, auf den ersten Blick prächtig, war in Wahrheit aus leichtem Aluminium gefertigt und lediglich mit einer dünnen Goldschicht überzogen. Das machte sie weitaus angenehmer als den Zylinderhut seines Vetters, des Königs von Griechenland, worüber er sich oft amüsierte.

Natürlich bemerkten scharfsichtige Beobachter, dass die Krone nur vergoldet war. Doch, so der König: „Wer solche Details aus der Ferne erkennt, lässt sich von einer Krone ohnehin nicht beeindrucken – selbst wenn sie aus purem Gold wäre. Warum sich also den Kopf schwerer machen als nötig?"

König Pausole regierte uneingeschränkt über Tryphême, ein bemerkenswertes Land. Dessen Fehlen auf politischen Atlanten lässt sich vielleicht so erklären: Wie glückliche Völker keine Geschichte haben, so haben blühende Länder keine Geographie. Auf modernen Karten gibt es immer noch weiße Flecken – unbekannte Gegenden, die von der Welt vergessen wurden. Tryphême hingegen ist ein blauer Fleck, mitten im Mittelmeer. Und das erscheint völlig natürlich.

Doch nein, das ist nicht der Grund für diese merkwürdige Lücke. Dass der Name Tryphême aus allen Enzyklopädien gestrichen wurde, dass man die Karte Europas verfälscht und diese grüne Halbinsel von unseren Küsten entfernt hat, liegt an einer verschwörerischen Stille, die man über sie

---

2   Michel de Montaigne (1533–1592), ein französische Essayist und Denker der Renaissance.

9

verhängt hat. Man kennt dieses Schweigen – es ist dasselbe, das unter Literaturkritikern herrscht, wenn ein großartiges Werk entsteht. Ein Schweigen, das ein junges Talent erstickt, bevor es sein erstes Lächeln wagen kann. Wissenschaftler und Geographen, ebenso niederträchtig, bedienen sich derselben Methode: Sie halten Touristen von einem Land fern, das sie selbst für ein Paradies halten. Aber lassen wir diese armseligen Machenschaften beiseite. Tryphême ist eine Halbinsel, die die Pyrenäen in Richtung der Balearen verlängert. Sie grenzt an Katalonien und das französische Département Roussillon, heute bekannt als Pyrénées-Orientales. Ich spreche davon, weil ich dort gewesen bin. Der Leser möge sich nicht einbilden, dass die wahre und zeitgenössische Geschichte, die ich seit fünf Minuten für ihn aufschreibe, nur ein Hirngespinst sei.

Es war im zwanzigsten Jahr seiner Regentschaft, als König Pausole – nach so vielen stillen Jahren – die Last einer unruhigen Seele und die Herausforderungen des Lebens zu spüren begann. An diesem Junimorgen war er lange nach Sonnenaufgang aufgestanden und hatte sich, sanft schaukelnd auf seinem Maultier Macarie, zu seinem Gerichtsstuhl tragen lassen. Zahlreiche Diener begleiteten ihn: Einer trug seine Zigaretten, ein anderer den Sonnenschirm, die meisten taten nichts.

Keiner dieser Diener war bewaffnet. Der König zog es vor, geliebt zu werden, statt gefürchtet. „Furcht", sagte er, „ist nicht von Dauer und kaum auszuhalten. Die Liebe des Volkes dagegen ist ein einzigartiges Gefühl: Sie lebt von Erinnerungen, sieht selbst die kleinsten Gesten als Wohltaten – und verlangt nichts anderes, als geschätzt zu werden."

Die Gerechtigkeit, die König Pausole jeden Tag unter einem Kirschbaum in seinen Gärten walten ließ, war so angesehen, dass sich jeder bereitwillig seinen Urteilen fügte. Das Buch der Sitten und Gebräuche, das ihm seine Vorfahren hinterlassen hatten, hatte er radikal vereinfacht. Sein Gesetzbuch bestand nur noch aus zwei Artikeln – ein seltenes Werk, das sein Volk tatsächlich verstand.

*Artikel 1: Schade Deinem Nächsten nicht.*
*Artikel 2: Tu, was dir gefällt.*

Es erübrigt sich zu sagen, dass der zweite Artikel in keinem zivilisierten Land anwendbar ist. Doch diesem Volk lag sehr viel daran.

Die Bewohner von Tryphême wechselten – anders als die Menschen in anderen Ländern – nicht von der Vormundschaft des Vaters direkt in die des Staates. Mit der Volljährigkeit wurden sie frei und folgten ihren eigenen Launen, nicht den Vorgaben des Gesetzgebers.

Der König gönnte sich täglich das Vergnügen, durch seine Urteile ein Stück persönlicher Freiheit zu retten. Es war keine besonders anstrengende Arbeit: König Pausole hätte keine mühselige Tätigkeit akzeptiert. Seine eigene Freiheit war ihm heilig, und er folgte mit größter Hingabe den Launen, die ihm zur Faulheit rieten.

An diesem Morgen warteten ein Dutzend Kläger und eine große, reglose Menge auf dem schattigen Rasen, als der König unter den Zweigen seines Kirschbaums erschien. Ein Murmeln voller Bewunderung, Neugier und leiser Sympathie begrüßte ihn. Er erwiderte die Begrüßung, indem er seine weiche, elegante Hand wie ein Tuch grüßend vor seinem Gesicht bewegte. Mit wenigen Schritten bestieg er die drei Stufen seines Gerichtsstuhls und erhob sich damit über die Menge.

Der erste Kläger trat vor. Es war ein Fremder, ein katalanischer Matrose mit hochgekrempelten Ärmeln und fast schwarzen Armen. „Sire!", rief er. „Gerechtigkeit gegen meine Frau! Sie ist mit einem anderen durchgebrannt!"

„Oh, oh!", sagte der König und pflückte eine Kirsche. Während er sie mit den Zähnen schälte und das Fruchtfleisch genüsslich auslutschte, fügte er hinzu: „Und was soll ich da tun?"

„Aber, Sire, wir waren vor dem Bürgermeister und dem Priester verheiratet. Sie hat auf die Bibel geschworen!"

„Und wenn sie Euch geschworen hätte, vor ihrem dreißigsten Geburtstag nicht zu sterben – würdet ihr sie dann ins Gefängnis werfen, wenn sie die Pest bekäme? Ihr sagt, sie hat geschworen? Das ist die einzige Schuld, die ich ihr anrechne. Und selbst das war, nach den Gesetzen eures sonderbaren Landes, der nichtigste aller erzwungenen Schwüre. Ihr habt doch gerade den Beweis erhalten, dass sie ihn nicht halten konnte.

Wenn sie Euch wenigstens getäuscht hätte! Wenn sie nur so getan hätte, als würde sie Eure Gesellschaft genießen, um nicht davongejagt zu werden – dann könnte ich euren Zorn verstehen. Aber sie hat Euch nicht getäuscht, denn sie ist gegangen. Ihre Offenheit ist tadellos.

Und warum ist sie gegangen? Wahrscheinlich, weil sie jemanden gefunden hat, der Euch überlegen ist: an Jugend, an Schönheit, an Charakter – oder, wer weiß, vielleicht sogar an Vermögen. Würdet ihr widersprechen, dass ein junges Mädchen am Tag ihrer Hochzeit das Recht hat, all diese Gründe abzuwägen? Umso mehr darf sie es tun, wenn sie eine Frau geworden ist und die Erfahrung sie berät."

„Aber es steht doch im Gesetzbuch: ‚Schade Deinem Nächsten nicht.'"

„Ganz genau. Deshalb verbiete ich Euch, Euren Nachfolger zu verfolgen."

Er drehte sich zur Menge: „Kommen wir zur zweiten Angelegenheit."

„Majestät", dröhnte eine tiefe Stimme, „ein Bettler, ein Ziegenhirt hat mein einziges Kind entehrt[3]."

„Oh, oh!", protestierte der König. „Man sollte nicht vorschnell von Widerstand sprechen. Ich wäre gespannt, das Opfer selbst zu sehen."

---

3 Der Vater führt in Wahrheit keine Klage gegen den Ziegenhirten, sondern gegen seine eigene Tochter, da er wohl ihr Verhalten als Schande für seine eigene Ehre empfindet. Der Ziegenhirt ist im Verfahren nicht einmal anwesend.

Die Tochter wurde vorgeführt. Sie trug die bevorzugte Kleidung der jungen Frauen von Tryphême: ein sonnengelbes Tuch auf dem Kopf, mondhelle Pantöffelchen an den Füßen – und sonst nichts.

Pausole war zwar der Ansicht, dass der Anblick einer hässlichen, alten oder gebrechlichen Person für manche eine Zumutung sei, und betrachtete es als unerwünscht, wenn körperlich unvollkommene Gestalten oder groteske Gesichter unbedeckt erschienen. Doch da der Anblick eines jungen Mädchens oder eines kräftigen Mannes nur die gesündesten und tugendhaftesten Gedanken wecke, hatte er klargestellt, dass die menschliche Schönheit – dieses ebenso kostbare wie flüchtige Geschenk – so oft wie möglich unverhüllt zu bewundern sei. Nur in den wenigen Winterwochen, die auch die Mittelmeerküste kennt, machte er eine Ausnahme.

„Mein Freund", sagte der König, während er sich zu einem Diener hinüberbeugte, „die übrigen Kirschen hängen zu hoch, um sie ohne Mühe zu pflücken. Ich werde keinen anderen Baum wählen – ich bin an diesen hier gewöhnt. Hängt morgen ein Dutzend ausgewählter Kirschen an die unteren Zweige."

Dann wandte er sich der jungen Frau zu, die ihn mit mehr Hoffnung als Verlegenheit ansah. „Nun?", sagte er. „Beschwert Ihr Euch etwa auch? Ich höre nur auf Euren Vater, wenn er in Eurem Namen spricht."

„Oh, Sire, redet Ihr selbst mit ihm, damit er mich nicht schlägt. Ich bin zu aufgewühlt, um zwei Tage hintereinander zu schweigen, und ich schäme mich vor Euch nicht – Ihr seid so gerecht. Gestern Abend ging ich in die Berge zu meiner Schwester, mit einem Krug Milch für ihr Kind. Sie hat mir von den Freuden erzählt, die ihr Leben verschönern – Freuden, die mir in meinen langen Nächten so schmerzlich fehlen. Auf dem Rückweg, unter den Weidenbäumen, begegnete ich einem Ziegenhirten in meinem Alter.

Sire, er war gerade aus dem Wasser gestiegen, und er war so hübsch, so sauber, so anmutig, dass er in meinen Augen sehen musste, wie sehr ich ihn mochte. Männer glauben immer, sie würden uns erobern; dabei nähern sie sich nur denen, die sie längst erwählt haben. Und wenn sie es wagen, uns zu nehmen, dann nur, wenn sie davon überzeugt sind, dass wir nichts dagegen haben. Oh, Sire, ich schwöre Euch, ich habe ihn nicht absichtlich ermutigt! Ich wollte erst nicht, dass er mich berührte – oder zumindest glaubte ich, es nicht zu wollen.

Aber als ich ihn ansah, in dem Moment, als ich ihn am meisten bewunderte, ergriff er meine Hand. Ja, Sire, mein Vater hat Euch die Wahrheit gesagt: Ich habe erst mit aller Kraft versucht, zu widerstehen. Aber kein Laut kam über meine Lippen. Ich hätte um nichts in der Welt jemanden zu Hilfe gerufen – denn ich war sicher, dass ich allein mit der Situation klarkommen würde.

Ich habe lange dagegen angekämpft, vom Sonnenuntergang bis in die Nacht. Doch als ich sah, dass es zu spät war, um nach Hause zu gehen, gab ich meinen Widerstand auf. Bis zum nächsten Morgen habe ich es immer wieder geschehen lassen. Und ich bin entschlossen, gegen eine so starke Versuchung nicht mehr länger anzukämpfen. Man hat Euch gerade gebeten, meine Schwäche vor neuen Übergriffen zu schützen. Aber die einzige Gewalt, die ich fürchte, ist die meines Vaters. Mit dem anderen komme ich gut zurecht."

Der König hatte ihre Rede schweigend angehört. Als sie endete, erklärte er: „Dieses Mädchen ist ihrem Vater weit überlegen – an Verstand, Initiative und Lebenssinn. Ich werde sie von der väterlichen Gewalt befreien. Mit welchem Recht sollte ich eine solche Autorität über einen so klugen Kopf bestehen lassen? Geh, Kind, Du bist frei! Tue nichts Böses und lebe nach Deinem Willen, so wie es das Gesetzbuch von Tryphême vorschreibt. Der nächste Kläger!"

So kam es, dass die dritte Angelegenheit nicht die war, die der König erwartet hatte. Während das Mädchen noch sprach, erschien plötzlich eine alte Frau in der Magnolienallee, die zum Palast führte. Sie hatte ihre Röcke hochgeschürzt und bewegte sich mit einer eiligen, unkoordinierten Hast, die an das Hüpfen einer Heuschrecke erinnerte. Aus der Ferne war ihr keuchendes Atmen zu hören. Schließlich stolperte sie bis zum Gerichtsstuhl, klammerte sich an einen Ast – sei es, um nicht zu stürzen oder um den Sturz zumindest hinauszuzögern – und hauchte: „Sire! ..."

Doch ihre Stimme war so schwach, dass man einen Moment lang glaubte, sie sei tot. „Das ist eine Alte aus dem Palast", bemerkte ein Diener. „Die Aufseherin der königlichen Gemächer", ergänzte ein anderer.

Da die Hofetikette angesichts der Gutmütigkeit des Königs eher lax gehandhabt wurde, gab die Dienerschaft ihrer Neugier Ausdruck: „Es muss etwas passiert sein!"

Der König erhob sich. „Was gibt es?", fragte er.

„Sire ... Blanche Aline ... Ach, Sire ... Eure Tochter ... die Prinzessin ..."

„Nun?"

„Ach!" Und die Alte fiel in Ohnmacht.

Im selben Moment näherte sich eine zweite Hofdame, gemessener und mit einem Brief in der Hand. Sie senkte ihren gelben Sonnenschirm und sprach: „Mit großem Bedauern, Sire, muss ich Euch mitteilen, dass Ihre Königliche Hoheit, Prinzessin Aline, den Palast auf mysteriöse Weise verlassen hat. Es besteht jedoch kein Grund zur Sorge um ihre Gesundheit.

Die Hofdame, die Ihre Königliche Hoheit zu wecken und ihre Träume zu deuten pflegt, fand auf ihr gewohntes Klopfen hin vier Stunden lang keine Antwort. Besorgt wagte sie es schließlich, einzutreten – ein Schritt, wie Ihr sicher versteht, der nur in äußerster Not unternommen wird. Doch Ihre Königliche Hoheit war nicht da. Das Bett war unberührt, als hätte es die Nacht leer gestanden.

Es scheint, dass Prinzessin Aline den Palast ohne jede Ankündigung und ohne Gepäck verlassen hat – abgesehen von einer Puderbüchse, einem Schminktiegel, einer Geldbörse und einem weiteren Toilettenartikel, dessen genaue Bezeichnung ich nicht zu nennen wage. Niemand weiß, wann sie aufgebrochen ist oder welchen Weg sie genommen hat. Es wird vermutet, dass sie das Zimmer durch das Fenster verlassen hat. Bei unseren Nachforschungen stießen wir schließlich auf ihrem Schminktisch auf ein Briefchen mit der Aufschrift ‚Für Papa'. Sire, hier ist es."

Der König konnte es nicht begreifen. Vergeblich erzählte die Hofdame alles im hellen Tageslicht – für ihn blieb es ein verwirrendes Traumgespinst. „Meine Liebe, Ihr redet wirres Zeug", sagte er. „Ich höre nur Worte ohne Zusammenhang. Ihr seid verrückt, das springt ins Auge. Warum sollte meine Tochter mich verlassen? Wo könnte es ihr besser gehen als im Palast, an meiner Seite? Und wie soll ich glauben, dass sie gegangen ist, ohne sich von mir zu verabschieden? Das sind Träume, sage ich Euch. Sie hat wegen der Hitze vielleicht nicht in ihrem Zimmer geschlafen. Bestimmt liegt sie auf den Terrassen, in ihrer Hängematte. Daran habt Ihr nicht gedacht. Geht, sucht sie dort, anstatt mich mit Euren Verwirrungen zu belästigen."

Doch dann fiel sein Blick auf das Briefchen in seiner Hand. Auf dem farbigen Umschlag standen diese Worte, in einer phantasievollen, ungleichmäßigen Handschrift: „Für Papa". Darunter verlief eine Linie, die horizontal hätte sein sollen, sich aber mit einem kleinen Sprung nach oben wölbte.

Mit einem zögerlichen Ruck öffnete er den Umschlag und entfaltete den Brief:

*„Papa, wenn ich glauben müsste, dass Du darunter leiden würdest, hätte ich niemals den Mut, fortzugehen – so wie ich es jetzt tue. Aber Du kannst nicht traurig sein, denn ich bin glücklich. Du hast doch immer gesagt, dass Du nur mein Glück willst.*

*In sieben Monaten, wenn ich volljährig bin, komme ich zurück. Warte ohne Sorge auf mich. Ich gehe mit jemandem fort, der sehr hübsch ist und gut auf mich achten wird – fast so gut wie Du.*

*Ich küsse Dich, wenn Du nicht böse bist.*

*Deine Line"*

Die Menge hatte sich inzwischen genähert. Ohne zu wissen, was vor sich ging, aber neugierig, beobachtete sie die Aufregung des Königs – ein seltenes Ereignis. Einige Kläger wurden bereits ungeduldig. Das junge Mädchen, das zuvor freigesprochen worden war, fürchtete, dass ihr Freispruch durch die neue Entwicklung widerrufen werden könnte. „Bin ich also frei, Sire? Möge Eure Majestät das meinem Vater noch einmal bestätigen."

Der König machte eine ungeduldige Geste. „Zum Teufel mit den noch offenen Angelegenheiten! Diener, bringt mein Maultier! Das darf nicht so enden. Sie ist verrückt geworden! Wir müssen sie so schnell wie möglich einholen. Ein solches Unglück hat es noch nie gegeben. Knechte! Ihr einfältigen Knechte! Geht mir voraus!"

Auf seinem treuen Maultier Macarie, das zum ersten Mal in seinem friedlichen Leben galoppierte, preschte König Pausole davon, eine weiße Staubwolke hinterlassend. Der Wind blies ihm bei diesem wilden Ritt die leichte Krone vom Haupt, und sie blieb ausgerechnet an einem Myrtenzweig hängen.

# Kapitel II

## in dem der König Pausole, sein Harem, sein Groß-Eunuch und der Regierungspalast vorgestellt werden

*Doch in meiner extremen Wankelmütigkeit,*
*die kommt und geht wie Ebbe und Flut,*
*habe ich kaum gesagt, dass ich liebe,*
*da fühle ich schon, dass ich nicht mehr liebe.*

*Saint-Amant*[4]

An dem Tag, an dem Pausole die nötige Reife erreicht hatte – lange vor der Geburt von Blanche Aline – stellte er drei Gewohnheiten und einen charakterlichen Makel an sich fest. Die Gewohnheiten, nach ihrer Bedeutung geordnet, waren: Trägheit, Vergnügen und Wohltätigkeit. An erster Stelle suchte er nach Ruhe, dann nach Genuss, und schließlich danach, anderen Gutes zu tun.

Sein Makel, der in dieser Geschichte eine entscheidende Rolle spielt, war eine beispielhafte und nahezu universelle Unentschlossenheit. Er beklagte sich nie darüber – im Gegenteil. Gerade sie verlieh seinen Faulenzereien eine überlegene Sinnlichkeit, die er sehr schätzte.

Das Schließen eines Fensters fühlte sich für ihn an wie eine unwiderrufliche Entscheidung. Die Wahl einer Frucht, einer Frau oder einer Krawatte stürzte ihn in eine Verwirrung, die beinahe Angst war. Nie zerriss er ein Blatt Papier, nicht einmal einen Umschlag, aus Angst, er könne eine übereilte Entscheidung später bereuen. Sobald er einen Wunsch äußerte oder einen Befehl gab, hielt er die Ausführenden meist sofort zurück: „Wartet! Noch nicht!", „Das hat Zeit!", oder: „Wir verschieben das." So hielt er sein Leben in vorsichtiger Schwebe und vermied alles, was endgültig war.

Doch diese Furcht vor dem Endgültigen galt nur für ihn selbst. Anderen gegenüber war er im Gegenteil oft überraschend entschlossen. Er sprach Urteile mit bemerkenswerter Bestimmtheit, was seiner Justiz den Ruf von Unfehlbarkeit einbrachte. Denn persönliches Vertrauen überträgt sich leicht auf die Entscheidungen einer Führungsperson – und nichts wirkt auf andere gefährlicher, als zu lange zu zögern.

Unter seinem Kirschbaum dachte Pausole nie lange nach – es sei denn, es ging darum, sich zwischen zwei Kirschen zu entscheiden, rot wie die Wangen eines schüchternen Mädchens.

Nachdem Pausole diese Eigenschaften an sich erkannt hatte, bemühte er sich nicht darum, sich zu ändern. Stattdessen versuchte er, seine Schwä-

---

4   Marc-Antoine Girard de Saint-Amant, 1594–1661) war ein französischer Dichter und Vertreter der Barockliteratur

chen so zu lenken, dass sie seinem Komfort und dem Wohl seiner Umgebung dienten.

Nach langer Erfahrung erkannte er, dass es klüger war, auf die tägliche Wahl einer Gefährtin aus seinem Harem zu verzichten. Diese Entscheidung fiel ihm immer schwer und führte oft dazu, dass er sich von der Kühnsten verführen ließ, anstatt seinen geheimen Vorlieben zu folgen. Fast immer bereute er es, die Schönste übersehen zu haben.

Eines Tages legte er deshalb eine dauerhafte Regel fest, die ihn von dieser Mühe befreite: Er reduzierte die Zahl seiner Frauen auf genau 365. Eine der Frauen, die nach diesem Dekret in ihre Heimat zurückkehren sollte, brach jedoch so herzzerreißend in Tränen aus, dass der König, stets barmherzig, einwilligte, sie als Gefährtin für die Schaltjahre zu behalten.

Von da an war die Einteilung seiner Nächte genau geregelt – und es lag nicht mehr in seiner Hand, den Plan zu ändern. Jeden Abend brachte ein anderes, doch vertrautes Gesicht die Erinnerung an Wangen zurück, die nach einem Jahr des Wartens umso kostbarer erschienen. Befreit von der Sorge, wen er als Nächstes wählen sollte, genoss Pausole diese einfachen Freuden mit umso größerer Hingabe.

Die Gemächer der Königinnen nahmen, wie könnte es anders sein, fast den gesamten Königspalast ein. Sie waren nach den vier Jahreszeiten geordnet und erstreckten sich in einem langen, bunten Gebäude, dessen tausend Fensterläden in der Sonne flatterten wie Festdekoration. Zwei Pavillons, die jeweils ein Stockwerk höher ragten, flankierten dieses prächtige Bauwerk.

Im einen wohnte der König selbst, im anderen tagte der Ministerrat. Doch um die Regierungsgeschäfte zu leiten, war Pausole gezwungen, durch den Harem zu schreiten – ein Weg, der seine festen Vorsätze regelmäßig ins Wanken brachte. Denn um es ohne Umschweife zu sagen: Wenn er den südlichen Pavillon verließ, erreichte er den nördlichen so gut wie nie.

Diese Anordnung war kein Zufall. Der König selbst hatte sie entworfen – mit klarem Blick auf die Konsequenzen. „Da die besten Monarchen stets im Luxus lebten und sich um die Amtsstuben wenig scherten", pflegte er zu sagen, „werde ich durch diese geschickte Architektur jede Neigung vermeiden, mich über Gebühr in öffentliche Angelegenheiten einzumischen."

Und tatsächlich lief alles wie geschmiert. Das Volk war zufrieden – und der König erst recht. Selbst die wenigen Unzufriedenen wagten es nicht, ihre Missgunst auf den Monarchen zu richten, sondern machten, wie es der Brauch ist, „die Ministerien" verantwortlich. Diese anonymen Amtsstuben hingegen genossen ihre ungestörte Arbeit in aller Ruhe und bedankten sich innerlich bei der Vorsehung für das königliche Laissez-faire[5].

Pausole hatte seinen Hang zur Zurückhaltung so weit perfektioniert, dass er nicht einmal über seinen Harem herrschte. An der Spitze dieses kleinen

---

5  Gewährenlassen, Nichteinmischung

Imperiums, in einer Doppelrolle als Groß-Eunuch und Marschall des Palastes, verwaltete eine eigenwillige Persönlichkeit die Angelegenheiten im Namen des Königs: Das war der Moralist[6] Taxis.

Schmächtig, pedantisch, mit eingefallenen Gesichtszügen und hinterhältigem Blick – Taxis war ausgestattet mit einer unnachgiebigen und selbstgerechten Seele. Er wird im weiteren Verlauf dieser Erzählung (um es vorwegzunehmen) die unvermeidliche Rolle des unsympathischen Charakters spielen. Doch Pausole hatte ihn ausgewählt, und niemand konnte daran zweifeln, dass der König seinem Funktionär eine Mischung aus Achtung, Vertrauen und, ja, fast Bewunderung entgegenbrachte.

Dieser ehemalige Algebrist[7], später Professor der protestantischen Theologie, dann mit Erfolg in verschiedenen polizeilichen Missionen tätig, war schließlich zum Groß-Eunuchen befördert worden. Er besaß einen Ordnungssinn und eine Prinzipientreue, die weit über bloße Pedanterie hinausgingen. In ihm erkannte man universelle Talente für die Ämter, die der Staat zu vergeben hatte, und Taxis wusste sich unverzichtbar zu machen – wenn schon nicht bei seinen Untergebenen, so doch bei seinen Vorgesetzten.

Ein einziges Beispiel genügt: Nur acht Tage nach seiner Ernennung herrschte im Harem Frieden – ein Zustand, den Pausole inmitten seiner träumerischen Phantasien nie für möglich gehalten hätte.

Es wäre heikel, näher auf die Qualifikationen einzugehen, die Taxis für das Amt des Ober-Eunuchen ins Feld führte – heikel und, um ehrlich zu sein, wenig reizvoll. Taxis schien von Natur aus für diese Position berufen. Der Himmel hatte ihn von den Begierden des Fleisches verschont und, in einem Anfall von Übermaß, auch in keiner Frau solches Verlangen nach ihm geschaffen. Die Vorsehung wollte offenbar verhindern, dass jemand, der selbst von Verlangen unberührt blieb, dennoch die Qual verursachen könnte, Begierde in anderen zu wecken. Taxis war weder Opfer noch Anlass zur Sünde[8].

Allerdings musste er sich damit abfinden, unter seinen jungen Schutzbefohlenen keine Bewunderer oder Verbündeten zu finden – etwas, das er ohnehin kaum als Verlust empfand. Er hielt sich streng an seine Pflichten.

Der König, ein erklärter Feind jeder Art von Krieg, verabscheute auch Religionskriege. Als Freund aller Freiheiten ließ er seinen Untertanen Gewissensfreiheit, sei es in jesuitischen oder freimaurerischen Spielarten. Innerhalb des Harems, wie auch auf seinem gesamten Territorium, tolerierte Pausole tausend Kulte und praktizierte selbst mehrere davon – in der Überzeugung, so die verschiedenen Paradiese in all ihrer Vielfalt erleben zu können.

---

6    Im Original: Hugenotte

7    Hier wohl Rechenlehrer der grundlegenden Algebra

8    Normalerweise bezeichnet „Eunuch" einen kastrierten Mann. Bei Taxis ist Pausole wohl davon ausgegangen, dass die Natur ausreichend vorgesorgt hat.

Sein bevorzugter Altar befand sich in einem kleinen Tempel im Park, der Demeter und Persephone[9] geweiht war. Diese Göttinnen, die auf Erden keine Verehrer mehr hatten, hörten wohlwollend auf den König, der sich ihrer erinnerte. Von der einen erbat er gute Ernten für sein Volk; von der anderen die Gnade, ihr erst so spät wie möglich vorgestellt zu werden.

Das sind also Pausole, seine Frauen, sein Groß-Eunuch und sein Palast. Sobald wir später erklärt haben werden, wer Blanche Aline ist, können wir die beschreibenden Kapitel beenden – das heißt, wir geben dem Leser weniger Gelegenheit, große Abschnitte auf einmal zu überspringen.

---

9   Antike griechische Göttinnen: Demeter ist die Göttin der Fruchtbarkeit, Persephone die Totengöttin.

# Kapitel III

**in dem Blanche Aline von Kopf bis Fuß beschrieben wird, damit der Leser ihre Flucht beklagen und gleichzeitig verzeihen kann**

*Wenn die Maler Akte gemalt haben, ist die Sünde groß, denn sie können diese Aufgabe nicht gut erfüllen, ohne die Natur zu betrachten.*

*Examen général des conditions, etc.*, 1676

Blanche Aline war die Tochter einer Holländerin und – allem Anschein nach – auch des Königs Pausole. Zumindest gab es niemanden, der daran zweifelte.

Ihr Haar war hellblond, ihre Haut von zarter Blässe, die leicht zu erröten schien. Ihre Nasenflügel waren fein geschwungen, ihre Lippen strahlten eine natürliche Heiterkeit aus.

Ich weiß, es mag unüblich sein, das Porträt einer jungen Dame so weit auszuführen, doch ändern sich die Zeiten, und mit ihnen die Konventionen. Vielleicht wird man sich eines Tages weniger von Tabus leiten lassen. Aus Liebe zur Kunst und zum Detail lasse ich mich jedenfalls nicht von heutigen Regeln einengen.

Blanche Aline, sieben Monate vor ihrer Volljährigkeit, zeigte reges Interesse daran, die Verwandlungen ihrer Erscheinung zu studieren. Es ist nur natürlich, dass wir sie dabei begleiten – aus respektvoller Distanz, versteht sich – wenn sie morgens mit aufmerksamer Neugierde vor ihrem Spiegel verweilte.

Kaum erwacht, sprang sie aus dem Bett, ließ ihr langes Nachthemd achtlos zurück und trat, nur mit ihrem geflochtenen Haar bekleidet, an den Spiegel. Die Begegnung mit ihrem Spiegelbild war von jugendlicher Unbekümmertheit und einer Spur Selbstverliebtheit geprägt.

Es begann mit einem Lächeln, das dem Bild im Glas galt. Dann folgten ein paar spielerische Gesten und Küsse, als würde sie eine alte Freundin begrüßen. Anfangs war es reine Sympathie für sich selbst, die aus ihrem Blick sprach – eine stille Zwiesprache, erfüllt von Zärtlichkeit und einer Art stiller Freundschaft. Doch nach und nach wandelte sich diese Wärme in neugierige Bewunderung.

Sie hatte erst vor Kurzem die Schwelle zur Jugend überschritten und entdeckte nun, was es bedeutete, heranzuwachsen. Ihre Figur, die sich noch im steten Wandel befand, erschien ihr wie ein Spielplatz voller Möglichkeiten. Die weichen Rundungen, die ihre Erscheinung zierten, schienen ihr wie kleine Wunder: Neugierig tastete sie sich voran, begutachtete hier die zarte Form einer Hüfte, dort die geschmeidige Linie ihres Beins – mit einer Faszination, die so rein war wie das Lächeln auf ihren Lippen.

Und wen hätte sie sonst lieben sollen, wenn nicht ihr eigenes, vertrautes Bild im Spiegel? Ihr Vater hatte ihr nie eine Freundin gegeben, und mit ihrer abgeschiedenen Erziehung war ihr Spiegelbild der einzige vertraute Gegenüber.

Man kann es bereits ahnen: Pausole, der gegenüber den Sitten seines Volkes so tolerant war, zeigte sich in Bezug auf seine Tochter überraschend streng. Während er es schätzte, den Schönheiten seines Reiches zu begegnen, frei und unbekümmert unter dem südlichen Himmel, bestand er darauf, dass Blanche Aline vor der Sonne geschützt blieb. Nicht aus moralischen Bedenken, sondern aus Rücksicht auf ihren Teint. Die Sonne des Südens, so pflegte er zu sagen, war nicht gnädig zu blonden Schönheiten wie ihr. Ein ungeschützter Aufenthalt im Freien hätte ihren zarten Glanz in einen Ton verwandelt, der an gekochten Hummer erinnerte – und das, so befand er, hätte sie ihrer einzigartigen Ausstrahlung beraubt. Deshalb zwang man sie, Kleidung zu tragen und stets einen Sonnenschirm mitzunehmen, wann immer sie die schattigen Gemächer verließ.

Von väterlicher Zärtlichkeit inspiriert, hielt Pausole es für richtig, seine vertrauten Theorien zur Kindererziehung bei seiner eigenen Tochter nicht anzuwenden. Moralisten scheuen sich selten, widersprüchlich zu handeln. Sie sind überzeugt, dass es genügt, das richtige Wort zu predigen, und dass ihr persönliches Beispiel für die Wirkung ihrer Ideen entbehrlich ist.

„Natürlich", dachte der König, „bin ich der Meinung, dass Kinder mit größtmöglicher Freiheit erzogen werden sollten – man muss sie ihren Instinkten überlassen, damit sie die ersten Freuden ihres kleinen, armseligen Daseins entdecken. Aber meine Tochter ist ein Sonderfall. Ihr Wohl verlangt eine besondere Behandlung. Keine Regel gilt für alle." Kurz gesagt: Er sperrte das unglückliche Kind ein.

Blanche Aline wusste wohl, dass das Schicksal ihr 366 Stiefmütter beschert hatte, von denen viele wegen ihres Geistes oder ihrer Schönheit herausragten. Doch der Zugang zum Harem blieb ihr Tag und Nacht verwehrt. Ihre Mutter war schon lange tot, Schwestern oder Freundinnen hatte sie nicht. Selbst die Hofdamen hatten strikte Anweisung, nur dann mit der Prinzessin zu sprechen, wenn es ihrer literarischen Bildung diente. Und doch blieb Blanche Aline fröhlich, denn da sie keine bessere Welt kannte, vermisste sie nichts.

Am Morgen gehörte ihr der ganze Park. Es war die Stunde, in der der König und die Königinnen noch schliefen. Sie spielte allein, mit einer Freude und Lebhaftigkeit, als wäre eine Schar Kinder um sie. Die Bäume waren ihre Gefährten, versteckte Winkel des Parks ihre Vertrauten. Atmungslos kehrte sie zurück, nachdem sie mit einer grünen Eidechse Verstecken oder mit einem rosafarbenen Kaninchen Wettrennen gespielt hatte.

Doch eines Morgens – ganz plötzlich – erschien es ihr interessanter, mit ihren Träumereien Federball zu spielen und mit ihrem Spiegelbild Menuett zu tanzen. Und nicht allzu lange danach erfuhr Pausole durch ihren

Brief, dass sie den Palast verlassen hatte – mit „jemandem sehr Netten", der versprach, gut auf sie aufzupassen.

So fand Blanche Aline, selbst in der Einsamkeit, in die ihr Vater sie eingeschlossen hatte, ohne Rat und ohne Vorbilder, durch die Kraft ihrer jugendlichen Phantasie genau die Gefährten, die sie in ihrem Alter der Verwandlung brauchte.

# Kapitel IV

## in dem König Pausole in seinen Palast zurückkehrt und entscheidet, was als Nächstes zu tun ist

> *Ich sitze auf dem Holz, die Pfeife in der Hand,*
> *den Kopf gestützt am Stein, das Herz von Gram umfangen,*
> *der Blick gesenkt, die Seele trotzig und befangen,*
> *und fluche meinem Los, dem harten Lebensband.*
>
> Saint-Amant

Vor den Stufen des Portikus hielt das Maultier Macarie auf seinen zitternden Beinen inne, tief verletzt durch die Zumutung eines wilden Galopps – etwas, das weder zu seinem Alter, noch zu seinen Gewohnheiten, geschweige denn zu seinem Wesen passte.

König Pausole trat unter die Gewölbe, ohne Krone, mit wirrem Haar, staubiger Robe und hilflos erhobenen Händen. Er nieste, Tränen stiegen ihm in die Augen. Er war erschöpft, niedergeschlagen, schweißgebadet, außer Atem und puterrot vor Anstrengung.

Niemand schien bereit, ihm die ersten Erklärungen zu geben. Die Korridore, leerer als die Galerien eines Museums, führten in verlassene Zimmer. Die Wachen hatten ihre Hellebarden zurückgelassen, die Hofdamen ihre Stickarbeiten hastig mit einer Nadel gesichert. Pausole stieß mit dem Fuß gegen einen verlassenen Phonographen, der ihm unvermittelt Mephistos Serenade vorspielte.

Der König kam zu dem Schluss, dass auch der gesamte Hof aufgebrochen sei, um der Prinzessin zu folgen – nicht aus Pflichtgefühl, sondern als Hommage an ihr charmantes Beispiel. Einzig in einer Fensternische fand sich eine Wäscherin, die offenbar in ihrer Arbeit gestört worden war. Pausole wollte sie fragen: „Ist das wahr?" Doch seine Kehle brachte keinen Laut hervor, und die erschrockene Haltung der Magd zeigte ihm, wie sinnlos eine solche Frage gewesen wäre.

Er setzte seinen Weg durch die stillen Gemächer fort, vorbei an fünfzehn Salons, in denen die Sessel wie eingefroren in vertrauten Positionen verharrten. Keiner war besetzt. Im Saal der Porträts hielt er inne und blieb vor einem Bildnis stehen, das in seiner verblassenden Erinnerung noch ein wenig der überaus anmutigen Königin Christiane ähnelte – der Mutter von Prinzessin Aline.

Er flüsterte: „Unglückliche! Ist das etwa Dein Blut? Deine Abstammung?" Doch Königin Christiane, die der Maler als Danaë[10] dargestellt

---

10 Danaë (altgriechisch Δανάη Danáē) war in der griechischen Mythologie die Tochter des Akrisios, Geliebte des Zeus und durch ihn Mutter des Heroen Perseus.

hatte, lächelte weiterhin unverändert. Ihre Knie blieben geöffnet, und kein Hauch von Scham legte sich auf ihre makellose Stirn.

Schließlich betrat der König den stillen Harem. Es war die Stunde der Siesta. Der große Saal atmete im trägen Rhythmus von dreihundert Träumen. Alle Frauen lagen dort, wo der Schlaf sie übermannt hatte. Einige ruhten auf kühlen Matten aus Schilfrohr, andere hatten sich auf die Stoffe ausgestreckt, während wieder andere mit ihren entspannten Körpern die weitmaschigen Hängematten füllten. Pausole konnte weder einen Schritt tun, noch sich setzen oder den Kopf heben, ohne auf eine nackte Schlafende zu stoßen.

Auf einem einzigen Diwan lagen fünfzehn Frauen nebeneinander. Ein gespanntes Netz hielt zwei von ihnen eng beieinander und drückte ihre Körper sanft aneinander. Diejenigen, die der Hitze zu entkommen suchten, hatten Zuflucht im flachen Becken gefunden. Mit den Köpfen auf dem kühlen Marmorrand gestützt, ließen sie ihre Beine unter Wasser ausgestreckt bis hin zur Statue einer Sirene, die in der Mitte des Beckens thronte. Diese bildete den Stempel einer geöffneten Tulpe, deren strahlenförmig angeordnete Körper die Frauen umgaben.

Inmitten dieser großen Stille begann auch Pausole sich zu beruhigen. Frieden, ebenso wie Unruhe, hat etwas Ansteckendes. Die ruhige, gedämpfte Atmosphäre des Harems legte sich wie ein wohltuender Schleier auf sein Gemüt. Als er einen Blick auf seine Kleidung warf, sah er, dass sie in einem erbärmlichen Zustand war. Nach und nach kehrte die Klarheit in seinen Geist zurück, und sie riet ihm, sich umzuziehen. Das tat er – jedoch nicht ohne Schwierigkeiten.

Die Wäscherin, die er zuvor getroffen hatte, hatte bereits im ganzen Palast das Gerücht verbreitet, der König sei ohne Krone, ohne Stimme und ohne Verstand zurückgekehrt, habe sie beinahe erwürgt – und sie sei dadurch zwei Tage früher als sonst unwohl geworden.

So wagte es der erste Diener, der auf Pausoles Ruf hin erschien, nur zögernd, die Spalte eines gerafften Vorhangs zu durchqueren – getrieben gleichermaßen von Neugier wie von einer gewissen Todesverachtung. Doch er erstarrte vor Überraschung, als er den König in seiner wohlbekannten, freundlichen Stimme sagen hörte: „Meine türkische Hausrobe und mein Zigarettenetui, bitte."

Der Herrscher von Tryphême, der sich so rasch wieder gefasst hatte, begann über die Situation nachzudenken. Es war nichts damit gewonnen, einfach anzuordnen, dass man Blanche Aline verfolgen solle. Selbst diese Entscheidung durfte nicht leichtfertig getroffen werden. Angenommen, man entschloss sich zu diesem Extrem – wie sollte man eine Suche planen, die so heikel war? Wen könnte man mit der Durchführung beauftragen?

Und selbst wenn all diese Fragen gelöst würden – welche Anweisungen sollte man dem Beauftragten für den Fall geben, der nur allzu leicht vorherzusehen war? Was, wenn die Prinzessin sich weigerte, den Bitten, den eindringlichen Appellen oder gar den respektvollen Aufforderungen Folge zu leisten, die man ihr zweifellos überbringen müsste? Offensichtlich ließen sich all diese Probleme nicht in fünf Minuten lösen. Außerdem drängte nichts. Welchen Zweck hätte es, die Dinge zu überstürzen? Alles deutete darauf hin, dass es bereits zu spät war, um Blanche Aline vor dem schlimmsten denkbaren Risiko zu schützen. Aber sie in den Palast zurückzubringen, dafür war später auch noch Zeit.

Da die vollendeten Tatsachen – wenngleich offenkundig und skandalös – nicht zu ändern waren, entschied Pausole, in aller Ruhe über die Folgen nachzudenken und eine Lösung zu suchen. Nachdem er sich so entschlossen hatte, vorerst keine Entscheidung zu treffen, nahm er ein Bad, rauchte zwei Zigaretten und aß einige Kekse, die er in alten Portwein tunkte.

Doch ein Bild ließ ihn nicht los: Wider Willen stellte er sich vor, wie seine Tochter in genau diesem Moment einen wichtigen Schritt ihrer Entwicklung vollzog. Er sah sie – in einer Haltung, die sich leider nur allzu leicht ausmalen ließ – und alle Phasen der erahnten Szene spielten sich mit schmerzhafter Deutlichkeit in seinem Kopf ab.

Besonders störte es ihn, dass er keinerlei Informationen über die zweite Person hatte, die an diesem Abenteuer beteiligt war. Sein Leben war gestört, seine innere Ruhe erheblich verletzt – und er wusste nicht einmal, auf wen er wütend sein sollte!

Ein solches Ereignis hätte nicht geschehen dürfen, ohne dass er zumindest in beratender Funktion einbezogen worden wäre. Jede Art von Bildung erfordert schließlich einen Spezialisten, dessen Eignung und Kompetenz die Schülerin selbst kaum beurteilen kann. Pausole konnte nicht begreifen, wie seine Tochter ausgerechnet an dem Tag, an dem sie sich erstmals einem so klassischen Fach widmete, einen Lehrer ihrer Wahl bestimmt hatte – ohne vorher sicherzustellen, ob dieser überhaupt qualifiziert war, ihr Unterricht zu erteilen.

Ja, das war zweifellos ein Fehler. Aber ein Fehler, den man nicht mehr rückgängig machen konnte. Also blieb nichts anderes übrig, als ihn mit Gelassenheit hinzunehmen. Es bringt nichts, das Unabänderliche zu kritisieren – man verschwendet nur seine Zeit.

Der König erinnerte sich an diese Lebensweisheit und an mehrere andere, die ebenso tröstlich waren. Zeit zu verlieren – „sich zu pausolisieren", wie er selbst gern sagte – war ihm an jedem anderen Tag leichtgefallen. Doch an diesem Abend fühlten sich selbst seine Träumereien unangenehm an. Und so kehrte er in den Harem zurück.

# Kapitel V

**in dem König Pausole sich mit den Frauen seines Harems berät und eine kluge Wahl unter ihren Ratschlägen trifft**

*Warum sind die Damen so zufrieden, wenn man ihnen sagt, dass andere Damen die Liebe so handhaben wie sie? – Weil ihre eigene Schuld dadurch kleiner erscheint.*

*Questions diverses et responces d'icelles, 1617[11]*

Während Pausole nachdachte, schlugen alle Uhren vier. Noch bevor der letzte Glockenschlag verklang, durchschritt Taxis, eine kleine Glocke in der Hand, bereits mit methodischen, entschlossenen Schritten den großen Saal.

Die Frauen erwachten widerwillig. Einige seufzten mürrisch, drehten sich um und versuchten, ihren unterbrochenen Traum wieder aufzunehmen – jedoch ohne große Hoffnung, dass man es ihnen erlauben würde. „Meine Damen", sagte der Groß-Eunuch, „die Zeit des Schlafens ist vorüber. Aufstehen! Aufstehen!"

„Ach nein … bitte …", flehten einige Stimmen.

„Es hat keinen Sinn, gegen die Ordnung zu kämpfen", erklärte Taxis. „Die Schrift lehrt uns: ‚Alles hat seine Zeit unter dem Himmel: eine Zeit zum Gebären und eine Zeit zum Sterben, eine Zeit zum Töten und eine Zeit zum Heilen, eine Zeit zum Niederreißen und eine Zeit zum Bauen.' Es gibt eine Zeit zum Träumen und eine Zeit zum Leben. Aufstehen!" (*Prediger 3, 1–3*) Er hielt inne und ließ seinen strengen Blick über eine Ecke des Saals schweifen, die über und über mit lang ausgestreckten, erschöpften Körpern bedeckt war. „Ah!", rief er gereizt. „Hier herrscht ein skandalöser Zustand! Ab heute Abend werde ich jeder von Euch einen festen, unveränderlichen Platz zuweisen, den sie zur Siesta nicht verlassen darf."

Ein leises Gemurmel erhob sich, doch ein drohender Blick brachte es sofort zum Verstummen. „Ruhe!", rief Taxis. „Meine Worte sind inspiriert von Rücksicht auf Hygiene, Ordnung und Anstand. Doch selbst wenn dem nicht so wäre, bliebe ihre Weisheit unbestreitbar. Denn es steht geschrieben: ‚Du sollst durch Gesetze und Vorschriften leben.' Was der Laune entspringt, ist verwerflich. Was durch Autorität bestimmt wird, ist vernünftig. So spricht eine gesunde, strenge und geradlinige Stimme." (*3. Mose 18, 5*)

Ein junges Mädchen wagte vorsichtig einzuwenden: „Verzeihung, Monsieur, warum lasst Ihr uns nicht selbst wählen? Ich schlafe lieber auf einer

---

11 Es handelt sich um eine französische Übersetzung des ursprünglich italienischen Buches von Ortensio Lando (ca. 1510–ca. 1558), die 1617 in Rouen bei Claude le Villain veröffentlicht wurde

Matte, und meine Schwester mag Teppiche. Wenn Ihr uns zwingt, das Gegenteil zu tun, wird niemand zufrieden sein, und wir werden unglücklich."

„Das spielt keine Rolle. Ihr wisst nicht, was gut für Euch ist. Die Autorität weiß es – für Euch, ohne Euer Wissen, trotz Eurer selbst. Das ist ihre Aufgabe."

„Auch wenn niemand sie verlangt?"

„Die Autorität wird ausgeübt. Sie fragt nicht. Sie allein entscheidet über ihr Recht, ihre Grenzen und ihre Handlungen."

„Im Namen von wem?"

„Im Namen der Prinzipien."

Taxis unterbrach die Diskussion und wandte sich zu einer Hängematte, in der zwei schläfrige Freundinnen lagen. „Ich sehe an diesem Beispiel, wie dringend Gesetze notwendig sind, da meine Ratschläge nichts fruchten. Hatte ich Euch nicht ausdrücklich darauf hingewiesen, wie unangemessen und schädlich eine solche Haltung ist? Ihr missachtet meine Anweisungen vollständig. Gut! Dann werde ich jetzt die Regeln festlegen."

Eine der beiden ließ schwach einen Arm aus der Hängematte hängen, die daraufhin leicht schwankte. Immerhin wusste sie ihm zu antworten: „Es steht geschrieben, Monsieur: ‚Wenn zwei beieinander liegen, wird ihnen warm. Aber wie soll einer allein warm werden?' Würdet Ihr hier etwa die Lehren der Bibel leugnen?" (*Prediger 4, 11*)

„Madame", sagte Taxis empört, „wenn Ihr das Alte Testament so gut kennt, würdet Ihr besser daran tun, klarere Texte zu wählen und …"

„Oh, dieser hier ist sehr klar."

„… und weniger zweideutige. Wo Ihr nur einen schlichten, körperlichen Satz seht, erkennt der Exeget eine mystische Bedeutung, deren Erhabenheit Euch entgeht. Doch lassen wir das. Ich hatte Euch geraten, niemals zu zweit zu schlafen, um Gelegenheiten zu vermeiden, Euch gewissen Ausschweifungen hinzugeben, die ich zwar nicht im Namen des Königs untersagen kann, die ich jedoch aus eigenem Antrieb für abscheulich erkläre."

„Das ist nicht im Pentateuch verboten."

„Weil man nicht gewagt hat, eine derart tiefgehende Abirrung vorherzusehen."

„Oh, man hat weit seltsamere Dinge vorhergesehen … man hat alles vorhergesehen – außer dieser Sache. Also lasst uns annehmen, dass sie erlaubt ist."

„Sie existierte nicht."

„Wie bitte? Sie existierte nicht? … Ah, lieber Monsieur! … Ihr seid wirklich unvergleichlich!"

Mitten in das aufbrandende Gelächter wollte Taxis eine Erwiderung einwerfen, doch eine andere Regelübertretung ließ ihn aufspringen und zu einer anderen Ecke eilen. „Bonbons?", sagte er streng. „Ihr esst Bonbons?

Jetzt? Bonbons um zehn nach vier! Der Nachmittagssnack beginnt erst um fünf. Das steht so im Stundenplan. Es ist absolut verboten, außerhalb der Mahlzeiten etwas zu essen. Ich bedauere, Euch mitzuteilen, dass Ihr ab morgen vier Tage lang auf den Parkspaziergang verzichten müsst." Ohne eine Antwort abzuwarten, eilte er weiter. „Derselbe Verweis gilt für Euch, Madame, die Ihr ein Buch genommen habt. Lesen ist erst ab halb sechs erlaubt. Zwischen vier und fünf sind Wecken, Toilette und Gespräche vorgesehen – das solltet Ihr wissen."

Die junge Königin, die so zurechtgewiesen wurde, ertrug die Strafe nicht schweigend. Mit einem Lächeln, das keineswegs schuldbewusst war, näherte sie sich Taxis: „Seid unbesorgt", sagte sie sanft. „Ich werde Euch nicht sagen, was ich von Euch halte, denn das würde mir nur eine neue Strafe einbringen. Aber ich weiß, wie sehr Euch die Keuschheit am Herzen liegt. Deshalb werde ich sie – vor Euren eigenen Augen – verletzen, Monsieur der Groß-Eunuch, mit den stets neuen Mitteln meiner kleinen Phantasie."

„Madame …"

„Bereitet Euch vor. Ich habe Euch gewarnt." Mit diesen Worten begann sie eine Pantomime von solcher lyrischer Sinnlichkeit, dass Taxis starr vor Entsetzen an die Wand zurückwich, seine Haare förmlich zu Berge stehend. „Madame … um Himmels willen …"

„Was habt Ihr nur? Alles, was ich gesagt habe, war doch sehr hübsch. Warum nehmt Ihr es so schwer?"

„Fühlt Ihr denn nicht, unglückseliges Kind, in welchen Abgrund aus Hölle und Verdammnis Ihr Eure Seele stürzt?"

„Leider nein!", sagte die junge Frau, und fügte mit einem unschuldigen Lächeln hinzu: „Ich mache einfach weiter."

Taxis, machtlos gegen diese unerschütterliche, heitere Lust, deren Flamme die Seelen der Menge entzündete, floh schließlich überstürzt aus dem Saal. Ein begeisterter Jubelruf begrüßte sein Verschwinden – doch genau in diesem Moment trat König Pausole ein. Da er glaubte, der Grund für diese bewegte Freude zu sein, verbeugte sich der König, tief gerührt, vor den Frauen.

Das warme Halbdunkel, das sich über den großen Saal gelegt hatte, wurde nun von den letzten Strahlen der untergehenden Sonne durchzogen. Wolken aus transparentem Purpur und Kupfertöne tanzten über den Boden, Staubkörner schwebten im Licht. Die Frauen schimmerten in goldenem Glanz. Einige standen, ihre Stirn in das heraufziehende Zwielicht getaucht, andere lagen ausgestreckt auf Matten und wirkten wie glühende Figuren aus Emaille.

Pausole ließ sich auf einem Diwan nieder, und die sieben Königinnen, die in dieser Woche für seine Zärtlichkeiten vorgesehen waren, umringten ihn sofort. Ihr lebhaftes Geplapper überschlug sich:

„Nun?" – „Was ist los?" – „Welche Neuigkeiten gibt es?" – „Wer hätte das gedacht?" – „Das ist unmöglich!" – „Was ist geschehen?" – „Wir wissen gar nichts!" – „Ist man sich wirklich sicher?" – „Weiß man, mit wem?" – „Habt Ihr ihre Spur aufgenommen?" – „Wo verstecken sie sich?"

Der König zuckte die Schultern. „Ich weiß nicht mehr als Ihr."

„Aber was wurde entschieden?"

„Man kann heute nichts entscheiden; das wäre absurd."

„Warum?"

„Weil unüberlegte Pläne die schlimmsten Katastrophen heraufbeschwören."

„Aber die Zeit vergeht, und die Prinzessin entkommt!"

„Unsinn. Sie wird Tryphême nicht verlassen, seid beruhigt. Wenn ich mich dazu entschließe, sie verfolgen zu lassen – und dieser Gedanke ist mir zuwider – wird das morgen möglich sein. Auch am Tag danach wird es noch möglich sein. Das ist eine offensichtliche Wahrheit."

„Und dann?"

„Dann bin ich gekommen, um Eure Ratschläge einzuholen. Ich weiß nicht, ob ich ihnen folgen werde. Vielleicht entdeckt eine von Euch die List, die ich benötige."

Die Frauen drängten sich um ihn. „Oh! Ich …", begann eine. „Ich …", warf die zweite ein. Doch bevor sie sprechen konnten, mischte sich Königin Denyse mit ihrer kleinen, überzeugenden Stimme ein: „Sire, Ihr solltet an den heiligen Antonius schreiben. Seht Ihr, wenn man jemanden oder etwas verloren hat, ist das der einzige Weg, es wiederzufinden." Die anderen Frauen warfen ihr zweifelnde Blicke zu. Sie errötete, blieb aber beharrlich: „Doch, wirklich!" Dann erzählte sie ausführlich eine persönliche Anekdote, die – man muss es zugeben – zumindest in ihrer Überzeugungskraft Bestand hatte.

Während dieser Erzählung ließ der König seinen Blick auf einer sehr jungen Königin ruhen, die bisher schweigend geblieben war. Sie war noch ganz rein und offenbarte in ihrem Schweigen eine Zurückhaltung, die Pausole ansprach.

Er wandte sich an sie: „Wo würdest Du jetzt sein, wenn ein ähnliches Abenteuer Dich mir entrissen hätte?", fragte er. „Welches Mittel hättest Du gewählt, um zu fliehen, und welchen Weg? Wärst Du weit gerannt, um einen Vorsprung zu gewinnen, oder in der Nähe geblieben, um keinen Verdacht zu erregen? Sag mir all das, Gisèle; und denke gut nach – es ist wichtig."

Gisèle schwieg, sichtlich überrascht. „Ah", lächelte der König, „ich verstehe. Du willst Deine Tricks nicht verraten …"

„Oh!", rief sie gekränkt. „Ich werde niemals welche anwenden müssen! Wenn ich zögere, dann nur, weil man auf eine solche Frage kaum antworten kann. Wir führen die Männer in unsere Arme, aber danach sind es sie, die uns führen. Ich habe das in Romanen gelesen, Sire, denn andere Erfahrungen habe ich nicht. Aber selbst ohne Erfahrung scheint mir das selbstverständlich. Ich habe Vater und Mutter verlassen, um dorthin zu kommen, wo Ihr mich seht, und ich würde Euch anderswohin folgen, wenn es Euer Wunsch wäre. Seid gewiss, die Prinzessin hat mehr Vertrauen als Übermut. Ihr, der die Männer besser kennt als ich, solltet Euch fragen, was ihr Liebhaber getan haben könnte – das ist der beste Weg, um zu wissen, wo sie ist."

Pausole seufzte. „Später", sagte er. „Es ist sinnlos, dass ich mir selbst Mühe mache, die ebenso gut von meiner Umgebung auf würdevolle Weise erledigt werden kann. Wenn ein schwieriger und kompexer Fall auftritt, klärt sich das Notwendige erst nach einer Menge harter Arbeit. Dieser erste Schritt ist eine Anstrengung, in die ich mich nie einmische. In ein paar Tagen wird die Frage geklärt sein, ohne dass es mich eine einzige Sorgenfalte gekostet hat. Dann werde ich sehen, ob es notwendig ist, selbst darüber nachzudenken. Aber höchstwahrscheinlich werde ich mich damit begnügen, die klügsten Ratschläge auszuwählen – es sei denn, selbst diese Aufgabe erscheint mir zu heikel."

„Und was würde dann geschehen?"

„Das werden wir sehen. Heute ist es an Euch, für mich zu denken. Ich bin gespannt, Euch zu hören."

„Darf ich sprechen?", fragte Königin Françoise.

„Ich bitte darum", erwiderte Pausole.

„Nun, bei einer Entführung ist der erste Tag der Tag der Unvorsichtigkeiten, und der zweite der Tag der List. Die Prinzessin ist ganz in der Nähe; ich weiß es, als würde ich sie sehen. Der junge Dummkopf, der sie begleitet, glaubt, er sei durch ein Gebüsch oder die Vorhänge seines Bettes versteckt. Er hat sie ganz offensichtlich in die Nähe gebracht – daran besteht kein Zweifel. Morgen wird er merken, dass er einen Fehler gemacht hat. Und übermorgen wird er so vorsichtig sein, dass die gesamte Polizei des Königreichs seine Spur nicht mehr finden wird. Es ist heute, jetzt, dass gehandelt werden muss, ohne eine Stunde zu verlieren. Spürt Ihr das nicht?"

„Gut", bedankte sich der König. „Hier haben wir die erste Banalität. Ich bin froh, dass sie ausgesprochen wurde: Ich brauche mich nicht weiter darum zu kümmern. Allerdings gefällt mir der Rat in keiner Weise; doch Françoise, Eure Haut ist so fein getönt um die Taille und so zart zwischen den Brüsten, dass ich Euch zumindest für fünf Minuten Recht geben will."

„Ihr macht Euch über mich lustig."

„Das denkt nur Ihr allein."

„Sire", meldete sich Königin Diane, „ich möchte ebenfalls sprechen."

Diane – im Harem bekannt als Diane à la Houppe, um sie unter ihren Namensvetterinnen zu unterscheiden – zitterte leicht. Heute Abend war sie es, die – von 365 Rivalinnen beneidet – das Bett des Königs teilen sollte. Das Jahr voller Hoffnungen und Erinnerungen, dessen Ende sie so nah sah, hatte offenbar länger gedauert, als ihre Geduld es ertrug.

Sie errötete und stammelte: „Sire, Ihr irrt Euch. Der erste Tag einer Entführung ist der Tag aller Geheimnisse, und der zweite der Tag des Vergessens.

Der Unbekannte, der Prinzessin Aline zur Seite steht, hat sie mitten unter fünfhundert Personen aus dem Palast hinausgebracht, ohne Aufmerksamkeit zu erregen. Er hatte einen sehr geschickten Plan, den er perfekt ausführte. Seid gewiss, dass er diesem Plan weiterhin folgt.

Heute Abend denkt er, dass alle hinter ihm her sind: Er wird sich auf keinen Fall erwischen lassen; und wenn er sich in einem Gebüsch versteckt, dann ist es das letzte Gebüsch, in dem man suchen würde. Aber er wird herauskommen müssen. Erwartet ihn auf dem Weg. Je mehr Ihr ihm zeigt, dass er zu viele Vorsichtsmaßnahmen getroffen hat, desto unvorsichtiger wird er danach werden.

Seine Ergreifung hängt allein von Eurer Geduld ab. Wenn ihn niemand verfolgt, werdet Ihr ihn in acht Tagen entweder auf den großen Straßen oder in einer Loge der Oper finden. Also könnt Ihr nicht nur warten, sondern es ist äußerst wichtig, dass Ihr heute Abend ruhig bleibt."

„Ich bin entzückt", sagte der König. „Dieser Rat ist ebenso banal, ebenso klug und ebenso notwendig wie der erste. Außerdem widerspricht er dem ersten genau, und so gleichen sich ihre Gewichte aus, ohne dass ich mich durch eines von beiden belastet fühle."

Nach einer kurzen Pause schloss er: „Es ist also mit einer herrlichen, ganz entspannten Freiheit, dass ich, Diane à la Houppe, Deinen Rat annehme. Wiederhole ihn mir, denn er gefällt mir. Also, mein liebes Gesicht, Du versicherst mir …"

„… dass es das Beste ist, nichts zu tun, und dass Ihr zu Bett gehen könnt."

Pausole stimmte mit einer Handbewegung zu.

Die schöne Diane seufzte und ergänzte, lächelnd: „Mit mir."

# Kapitel VI

## In dem Diane á la Houppe und König Pausole jemanden eintreten sehen, den sie überhaupt nicht erwarten

*Nur ihre Nacktheit zeigt, welch Reichtum ihr gegeben,*
*Je mehr man sieht, je mehr entfaltet sich ihr Glanz;*
*Ihr Prunk ist ganz in ihr, und wie ein göttlich Leben,*
*Erstrahlt ihr Wesen hell im eig'nen Lichtentanz.*

*Malleville[12], 1634*

Diane, begleitet von einer Dienerin, war eines Tages im quadratischen Salon des Museums von Pausole damit beschäftigt, den Bacchus von Velázquez[13] zu kopieren. Der König, der den Geschmack der jungen Frau und – prophetisch – auch die Anmut ihrer Gestalt zu schätzen wusste, bat sie mit gebührender Höflichkeit um jene Gunst, die sie allein zu gewähren vermochte.

Diane stimmte ohne Zögern zu. Selbst ihre Dienerin, die konsultiert wurde, sah keinen Grund, Einwände zu erheben. Nur ihre Eltern hätten das Mädchen gern bei sich behalten. Doch sie wussten, wie unerschütterlich König Pausole die individuelle Freiheit verteidigte, und wagten es nicht, ihren egoistischen Wunsch öffentlich zu äußern.

Als Diane in eines der Vorzimmer des Harems eingeführt wurde, warf sie mit sichtlicher Erleichterung die Kleidung ab, die ihr während der Jahre häuslicher Enge auferlegt worden war. Pausole, der aufrecht dastand, beobachtete mit unverhohlener Aufmerksamkeit die Enthüllung ihres Körpers: Erst fiel die unförmige Bluse, dann der klösterlich geschnittene Rock und schließlich die unbeholfene weiße Hose. Stück für Stück kam eine sonnengebräunte, wohlgeformte Figur zum Vorschein.

Sie war mehr schön als niedlich: jugendliche Frische, die sich bereits zur reifen Pracht entwickelt hatte. Ihr Oberkörper war makellos proportioniert, die Schultern ebenmäßig, die Brüste rund und üppig wie Melonen. Mit geschickten Bewegungen befreite sie ihre langen, wohlgeformten Beine von den letzten Stoffresten. Selbst ihre Haut war geschmeidig und üppig. Ein sanfter Flaum zierte den Lendenbereich und die Rundung ihrer Oberschenkel. Als sie ihr dunkles Haar von den gezahnten Spangen löste, fiel es wie ein Flügel aus Federn über ihren Rücken.

Die anderen Frauen des Harems, die dieser Schönheit begegneten, reagierten anders: Sie lachten und gaben ihr den spöttischen Beinamen „Di-

---

12  Jean Ogier de Gombauld, Sieur de Malleville (1576–1666), war ein französischer Dichter und Dramatiker des 17. Jahrhunderts
13  Diego Rodríguez de Silva y Velázquez (1599–1660) war ein spanischer Maler des Barock, der zu den wichtigsten Porträtmalern seiner Zeit gehörte. Der „Triumph des Bacchus" entstand 1626 bis 1628

ane á la Houppe" – Diane mit der Locke[14]. Frauen haben sehr spezielle Theorien über die Schönheit ihrer Rivalinnen. Doch Diane nahm es gelassen. Sie hatte ein freundliches Wesen, und ihre erste Nacht mit dem König, die vom Abend bis zum Morgen währte, versetzte sie in eine Stimmung, in der ihr alles im Palast charmant erschien.

Leider war das in den zwölf Monaten, die dieser ersten Begegnung folgten, nicht mehr der Fall gewesen. Pausole hatte ihr erklärt, dass er sie nicht erneut sehen könne – eine Entscheidung, die der allgemeinen Regel entsprach. „Ich habe zu große Angst, mich in Dich zu verlieben", hatte er ihr gesagt. „Eine solche Katastrophe würde meinen Seelenfrieden und die Interessen des Staates gefährden."

Diane konnte dieses Argument nicht verstehen. Die anderen Königinnen, die die jährliche Zusammenkunft als praktische Gelegenheit sahen, neue Seidengewänder aus Manila oder Pantoffeln aus Paris zu erhalten, nahmen die Regel ohne Klagen hin. Doch Diane liebte es, zu lieben, und wie der junge Augustinus suchte sie nichts anderes. Vom König getrennt, weigerte sie sich, die Spiele zu lernen, die die anderen ihr immer wieder vorführten – Spiele, die sie je nach Laune in den höchsten Tönen lobten oder herablassend als bloße Zerstreuung abtaten.

Ein Jahr der Tränen und Sehnsucht verging. Am letzten Tag dieses Jahres erlebte Diane den schmerzhaftesten Morgen: Die Prinzessin war spurlos verschwunden, und Diane sah in ihrer verzweifelten Vorstellung den König selbst aufbrechen, um sie zu suchen.

„Ach, Sire", rief sie aus, sobald der Vorhang zur Schlafkammer hinter ihr und dem König gefallen war, „schaut nicht zu lange in meine Augen! Ich habe seit heute Morgen so viel geweint."

„Houppe, Du bist bezaubernd", erwiderte Pausole. „Ja, Deine Lider sind geschwollen, und Deine Augen glänzen noch von den Tränen. Doch dieser Glanz verleiht Deinem Blick die reine Sinnlichkeit einer Liebenden. Du könntest erschöpft sein von den Freuden des Vergnügens, nahe der Ohnmacht – und Deine Augen, meine Houppe, würden dennoch im gleichen Glanz strahlen. Lass mich in meinem Irrtum verweilen: Für einen Moment kann ich glauben, sie verdanken diesen Glanz mir."

Diane neigte den Kopf, lächelte – wider Willen. Die Nacht, erfüllt von sanftem Licht, drang durch eine breite Öffnung in das dunkle Gemach. Auf der Terrasse davor, unter der hochgezogenen Markise, lag Tryphême in einem sanften Blau und Weiß ausgebreitet. Die hügelige Landschaft, durchzogen von Wäldchen und niedrigen Häusern, wurde von einer großen Allee durchquert – jener Allee, die der König genommen hätte, um in seine Hauptstadt zu gelangen, hätte er nicht hundert (oder vielmehr dreihundertsechsundsechzig) Gründe gehabt, seinen Palast nicht zu verlassen. Ein riesiger Feigenbaum ließ seine Zweige wie einen Teppich über die Balustrade hängen. Die Balustrade selbst verschwand fast unter den flachen Blättern, zwischen denen lilafarbene Früchte schimmerten.

---

14 Vermutlich ist damit der zuvor beschriebene Flaum gemeint.

Links erstreckte sich der Park mit verblühten Magnolien, zarten Eukalyptusbäumen, gedrungenen Zwergpalmen und majestätischen, mondsilbern schimmernden Farnen. Eine Hecke aus Aloen säumte den dunklen Garten, hinter dem sich die Ebene scheinbar bis zu den Sternen ausbreitete. Doch anstelle des Groß-Mundschenks erschien plötzlich der Groß-Eunuch. Seine unsympathische, hässliche Visage lugte durch die Vorhänge.

„Ah, was ist es denn jetzt schon wieder?", sagte der König mit kaum verhohlenem Ärger. „Ich brauche Euch nicht, Taxis. Ich habe zu tun."

„Verschwindet!", fügte Diane mit gereiztem Ton hinzu. „Ihr habt hier nichts zu suchen."

„Es ist Zeit für mein Abendessen", fuhr Pausole fort. „Und die einzigen Schriftstücke, die ich zu lesen gedenke, sind die Speisekarten."

„Habt Ihr die Speisekarte etwa mitgebracht?", fragte Diane scharf. „Nein? Dann verschwindet endlich!"

„Mein Freund", sagte der König, „wenn Ihr Euch weiterhin in die Zuständigkeiten der anderen Hofbeamten einmischt, steuern wir direkt auf die Anarchie zu. Geht und sagt dem Groß-Mundschenk, dass ich ihn noch einmal bitte, in meinem Namen den Wein für den Abend auszuwählen. Ich habe weder Zeit noch Nerven, um darüber zu entscheiden – und noch weniger, um Euch anzuhören. Geht!"

„Ja, verschwindet!", rief Diane, nun vollends gereizt.

Als Taxis dennoch regungslos und respektvoll verharrte, packte Diane ihn mit beiden Händen an den Schultern und sagte mit todernstem Ton: „Elender Ketzer! Selbst wenn der König Euch hier duldet, werde ich Euch hinauswerfen, bevor Ihr ein einziges Wort sprecht – wenn nicht mit Gewalt, dann auf eine Weise, die Ihr nur zu gut kennt!"

Der König hob die Arme. „Ach je!", sagte er. „Ein Streit. Houppe, beruhige Dich. Taxis wird gehen. Er ist ein vernünftiger Mann und wird längst verstanden haben, dass wir sein Gespräch im Moment nicht wünschen."

Taxis lächelte honigsüß, doch sein Gesicht verzog sich bald zu wichtigtuerischer Selbstgefälligkeit.„In der Tat, Sire. Und wäre ich nicht von der unnachgiebigen Stimme meines Gewissens gerufen worden – einzig der Pflicht geschuldet, die oft undankbar ist –, so hätte ich Euren Wunsch längst erfüllt. Aber meine Aufgabe ist erhabener als mein persönliches Interesse. Ich handle nicht aus Willkür, wie Ihr es mir vorwerft. Als Marschall des Palastes war es meine Pflicht, mich um den ernsten Vorfall zu kümmern, der sich heute Morgen im Erdgeschoss des Südflügels ereignet hat. Mein Handeln war notwendig. Ich habe Nachforschungen über Prinzessin Aline angestellt."

„Ach!", stöhnte die Königin Diane. Doch sie fing sich schnell wieder, stand auf und fragte energisch: „Wer hat Euch den Auftrag gegeben?"

„Der König hat mir die heilige Mission anvertraut, Turbulenzen und Ausschweifungen in der königlichen Residenz zu verhindern, zu unterbinden und gegebenenfalls zu bestrafen."

„Ah, zu verhindern! … Nun, es scheint, dass Ihr nicht ‚verhindert‘ habt, dass ein Fremder hier eindringen konnte, als wäre es sein Zuhause. Ihr habt auch nichts ‚unterbunden‘, denn die Prinzessin ist Euch unter der Nase davongelaufen, und sechs Stunden lang keiner davon wusste. Und jetzt wollt Ihr ‚bestrafen‘? Der König verbietet es Euch, Herr Groß-Eunuch!“

„Seine Majestät …“

„Der König missbilligt. Das ist alles. Das genügt. Kehrt um. Der König hat gerade eine bewundernswerte Entscheidung getroffen, von der er gewiss nicht abweichen wird, nur um sich Eure Launen anzuhören. Es ist besser, mindestens einen Tag lang nichts zu unternehmen; man wird Euch nicht erklären, warum, aber das ist der Befehl: Folgt ihm. Geht! Ruft Eure Männer zurück. Schweigt über den Vorfall und verschwindet bis morgen Abend. Versteht Ihr?“

Taxis reichte zitternd die drei Papiere, die er in der Hand hielt. „Aber, Sire, hier sind die Berichte. Der Verführer ist identifiziert. Die Prinzessin hat ihn nicht verlassen. Ihr Versteck wird ohne ihr Wissen überwacht. Ich warte nur auf ein Wort von Euch, um zu handeln.“

„Mein Herr“, erwiderte Pausole, „ich habe nicht den Wunsch, mich kopflos in die Banalitäten des Alltags zu stürzen. Ich mag keine Abenteuer, und ich habe nicht die Absicht, welche zu erleben. Ihr sprecht und handelt mit einer verhängnisvollen Hast. In solchem Ungestüm liegen weder Weisheit noch Methode, und ich frage mich, wie ich je dazu kam, Euch zu schätzen. Taxis, Ihr seid ein unbesonnener Tollkopf. Beendet die Überwachung, die Ihr so leichtfertig vor dem Versteck meiner Tochter eingerichtet habt. Und dabei belassen wir es für heute Abend. Ich habe gesprochen. Zieht Euch zurück.“

Taxis wich drei Schritte zurück, zeigte mit einem knochigen Finger zur Decke: „Der Ewige wird es beurteilen!“, sagte er. Mit diesen Worten verbeugte er sich steif und verschwand.

Diane, die mit dem König allein geblieben war, ergriff die Gelegenheit beim Schopf: „Ah, Sire, wann werdet Ihr uns von diesem abscheulichen Mann befreien? Er ist unser Peiniger, Ihr könnt Euch nicht vorstellen, was er alles erfindet, um uns zu quälen. Er regelt alles, verteilt alles, verwaltet sogar unsere Gedanken. Wir können weder schlafen noch tanzen, noch im Park laufen, noch Romane lesen oder Bonbons essen, außer zu den Zeiten, die seine Manie vorgibt. Das kleinste Vergehen wird mit Einzelhaft bestraft. Schon eine winzige Verspätung genügt. Er bringt uns um!

Um ihn zu vertreiben, haben wir nur ein Mittel: das, das ich vorhin anwenden wollte. Und selbst wenn Ihr ihm nicht verboten hättet, uns über Anstand zu predigen, würde er uns für diese Methode furchtbar bestrafen, denn nichts bringt ihn mehr in Rage als die Szenen, die wir ihm manchmal unweigerlich bieten müssen. Doch dieses Mittel widerstrebt mir, und ich habe nicht einmal immer Freude daran, es von anderen angewendet zu sehen.

Außerdem, was für eine merkwürdige Idee war es, einen protestantischen Pastor an die Spitze eines Harems zu setzen, in dem alle nackt sind! Ihr wolltet es so, also ist es perfekt, und ich stelle Euch Fragen, ohne sie zu lösen. Warum gebt Ihr uns nicht echte Eunuchen, wie es im Orient üblich ist? Meine Gefährtinnen bedauern manchmal, dass diese armen Wesen den Frauen ein vollständiges Vergnügen bereiten können, das sie selbst nicht teilen und das niemandes Eifersucht wecken kann. Ich denke kaum an solche Dinge; ich finde meine Freude allein in der Erinnerung an Euch. Aber ich möchte, dass man mich nicht daran hindert, in Ruhe daran zu träumen, und dass sich kein abscheuliches Gesicht den ganzen Tag zwischen diese Erinnerung und mich stellt."

„He, he!", sagte Pausole. „Taxis hat auch seine guten Seiten."

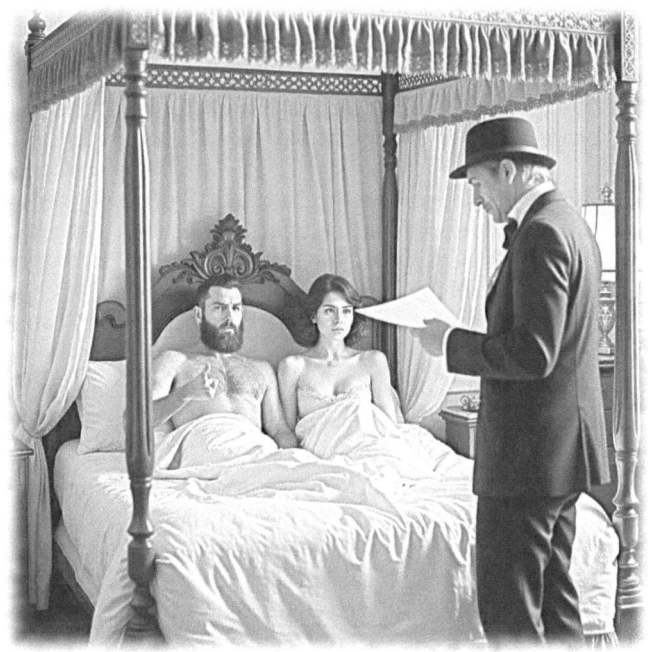

# Kapitel VII

## das wegen der geltenden Gesetze beträchtlich gekürzt wurde

> *O süßer Tod, wie wonnig ist Dein Los!*
> *Wenn Glück es gibt, so find' ich's im Vergehen.*
> *Ein Grab ganz nackt – aus elfenbein'ner Schoß,*
> *Die Seele steigt verzückt zum lichten Höhen.*
>
> *– Théophile de Viau[15], 1625*

Ich werde die Mahlzeit, die darauf folgte, nicht beschreiben. Man hat mir nämlich gesagt, dass die Gesetze unseres Landes den Romanschriftstellern erlauben, sämtliche Verbrechen ihrer Figuren als warnendes Beispiel anzuführen – jedoch nicht die Details ihrer sinnlichen Freuden. Denn in den Augen des Gesetzgebers ist ein Massaker eine geringere Sünde als ein Vergnügen.

Und da ich nicht sicher bin, ob in unseren Werken die Freuden des Bettes oder die des Tisches strenger geächtet werden – und da ich außerdem bei Rücksprache mit meinem Gewissen nicht entscheiden kann, was verwerflicher ist: eine Scheibe Brot zu essen oder ein Kind zu zeugen –, ziehe ich es vor, Vorsicht walten zu lassen und hier weder von Brüsten noch von Granatäpfeln zu sprechen.

Man soll sich also mit der knappen Mitteilung begnügen, dass das Abendessen von König Pausole und der schönen Diane Folgendes umfasste:

> *Vorspeisen*
> *Eine erste Vorspeise*
> *Ein Hauptgericht*
> *Eine zweite Vorspeise*
> *Einen Braten*
> *Einen Salat*
> *Ein Gemüsegericht*
> *Eine Nachspeise*
> *Obst und Konfekt*
> *Die Weine X, Y und Z*

Es war ein bescheidenes Abendessen. Mehr ist dazu nicht zu sagen. Ebenso verschleiern wir, was darauf folgte.

Diane, die nach einem einzigen Morgen der Liebe ein Jahr lang vom König getrennt und im Harem eingeschlossen war, war wieder zur Jungfrau geworden. – Verstehe, wer will. Ich erkläre nichts. – Kurz gesagt, auch der König fand, dass diese zweite intime Begegnung der ersten stark ähnelte.

---

15 Théophile de Viau (1590–1626) war ein französischer Dichter des Barock, bekannt für seine sinnliche, provokante und oft ketzerische Dichtung.

Kurz vor Sonnenaufgang gingen die beiden hinaus, um auf der mit Teppichen ausgelegten Terrasse frische Luft zu schnappen. Um die höchsten Feigen zu pflücken, streckte Diane à la Houppe sich schmerzvoll mit erhobenen Armen, glatt wie eine Blume und von drei nächtlichen Malen gezeichnet.

# Kapitel VIII

## in dem Pausole einen Brief untersucht, der dem Leser keineswegs unwichtig erscheinen wird

*Man kann sich leicht vorstellen, was ein recht eingebildeter junger Mann,*
*der an leichte Erfolge gewöhnt ist, einem jungen Mädchen sagt, nachdem*
*er sieben Stockwerke erklommen hat, um zu ihr zu gelangen, und sich si-*
*cher ist, erwartet zu werden.*

*Mme Ancelot[16], 1839*

Gegen Mittag wachte Pausole wie üblich auf – schlicht und ohne großes Aufheben. Ein „feierlicher Morgenempfang" war ihm fremd; überflüssige Zeremonien belasteten sein Leben nicht.

Ein leises Klingeln rief eine Kammerzofe herbei, die an diesem Morgen ihren ersten Dienst im königlichen Gemach antrat. Zitternd vor Nervosität und unsicher auf den Beinen, stieß die junge Frau gegen Stühle und errötete heftig, als ihr Blick auf die noch schlafende Diane fiel, die neben dem König lag – unbedeckt und in all ihrer Schönheit.

„Pssst!", machte Pausole und legte den Finger an die Lippen. „Sprecht leise. Wie spät ist es?"

„Ja, Sire ... Nein, ich ... ich weiß es nicht", stammelte die junge Frau.

„Gebt mir meinen Morgenmantel und sorgt dafür, dass mein Bad vorbereitet wird. Teilt außerdem der Vorleserin mit, dass ich sie erwarte, und lasst den Küchenmeister wissen, dass ich frühstücken möchte. Ach, und zieht bitte die Vorhänge zu, damit die Königin so lange wie möglich schlafen kann."

Dann setzte er fast übertrieben vorsichtig einen Fuß nach dem anderen leise auf den Boden. Die Aussicht, sich für ein weiteres Jahr von der fordernden Diane verabschieden zu müssen, hielt ihn in keiner Weise zurück. Kurze Zeit später lag er entspannt in einem wohlriechenden Bad, während in respektvoller Entfernung seine Vorleserin eintrat, um ihm die wichtigsten Telegramme und Zusammenfassungen der Feuilletons des Tages vorzutragen.

Nach Artikel Eins des Gesetzbuches von Tryphême („Du sollst Deinem Nächsten keinen Schaden zufügen") war es den Zeitungen streng verboten, skandalöse oder diffamierende Nachrichten zu veröffentlichen. Deshalb hatte auch keines der Blätter über die Flucht von Blanche Aline berichtet. Selbst wenn gelegentlich Andeutungen gewagt wurden, bewies die Vorleserin genug Takt, um diese stillschweigend zu überspringen.

---

16  Louise Charlotte Françoise de Bawr Ancelot (1792–1875) war eine Dramatikerin, Romanschriftstellerin und Salonnière in Paris. Sie führte einen bekannten literarischen Salon, in dem sich Größen wie Victor Hugo und Honoré de Balzac trafen.

Doch Pausole wirkte abgelenkt. Nachdem er sein Bad beendet hatte, ein warmes Frühstück vom Küchenmeister serviert worden war und er zwei Zigaretten geraucht hatte, begab er sich allein in die Gemächer seiner Tochter.

Dort bot sich ihm das Bild einer hastigen Abreise. Nichts war aufgeräumt, alles lag kreuz und quer. Das Schlafzimmer strahlte die Unruhe einer flüchtig beendeten Morgentoilette aus. Auch im Studierzimmer, im Ankleidezimmer, im Boudoir und sogar in den Bädern herrschte ein seltsames Durcheinander: Knöpfe, Geographiebücher, schwarze Strümpfe und Tennisschläger lagen wild verstreut. Ein Exemplar des *Télémaque*[17] trieb lautlos auf der Oberfläche des halb gefüllten Beckens.

Pausole streifte eine Viertelstunde lang melancholisch von Zimmer zu Zimmer. Er blätterte in Schreibheften, hob zierliche Mieder an, entrollte einen Ledergürtel und legte drei Haarnadeln mit fast rührender Sorgfalt zurück in ihre Schachtel. Schließlich drückte er mit dem Mittelfinger der rechten Hand auf die Klingel. Als ein Diener eintrat, sagte er: „Lasst den Marschall des Palastes wissen, dass ich ihn hier erwarte und mit ihm sprechen möchte." Kurze Zeit später trat Taxis ein.

„Monsieur", begann Pausole, „ich schätze Euren Eifer und Eure Methodik, da sie mich täglich von zwanzig Sorgen entlasten, die ich weder wünsche noch benötige. Doch Eure gestrige Untersuchung war unzeitgemäß – besonders in Anbetracht der Stunde und des Ortes, an denen Ihr meintet, mir Bericht erstatten zu müssen. Ich hatte Euch ausdrücklich mitgeteilt, dass ich zwischen fünf Uhr Abend und zwei Uhr am nächsten Nachmittag keinerlei Vorhaben bedenken möchte. Ihr habt Eure Anweisungen überschritten, indem Ihr in einem Fall, der Eure Kompetenzen eindeutig überstieg, eigenmächtig gehandelt habt. Und dann wagt Ihr es, mich um Anordnungen zu bitten, die ich nicht einmal in Erwägung gezogen hatte."

Ganz ruhig zündete sich der König eine Zigarette an, setzte sich, legte den rechten Ellbogen auf die breite Armlehne des Sessels, schlug die Beine übereinander und ließ den Kopf leicht zur Seite sinken. Mit einer beiläufigen Geste fügte er hinzu: „Nun, lest Euren Bericht vor."

Taxis zeigte keine Regung. Die kühle Logik der Nacht hatte seinen Übereifer gedämpft, und er hatte seinen Konflikt zwischen Pflichtgefühl und Karriereambitionen neu bewertet. Seine Bibel hatte ihm eine klare Passage zur Hand gegeben: „Ihr werdet gegen den König schreien, den ihr Euch selbst erwählt habt, doch der Herr wird Euch nicht erhören." *(1. Samuel 8:18)*

Dieser Vers löste seine Skrupel auf; Taxis kehrte zur Haltung eines Höflings zurück. „Sire, die Sache lässt sich in wenigen Worten zusammenfassen. Die Protokolle und Berichte befinden sich in dieser Mappe, aber ich halte es für besser, sie zu resümieren."

---

17  „Les Aventures de Télémaque" von François de Fénelon, das 1699 veröffentlicht wurde. ist ein pädagogisches und moralisches Werk, das als eine Art Bildungsroman und gleichzeitig als eine Anleitung zur Erziehung und zum guten Benehmen gedacht war.

Er trat ans offene Fenster und begann mit seinem Bericht: „Gestern Morgen, vermutlich gegen vier Uhr, setzte sich Ihre Königliche Hoheit, die Prinzessin Aline, vollständig bekleidet auf das Marmorbrett dieses Fensters. Sie hob die Beine an und führte eine Drehbewegung von rechts nach links aus – Spuren im Staub bezeugen dies – bevor sie aus einer Höhe von etwa fünfundsiebzig Zentimetern in das Blumenbeet sprang. Dort hinterließen ihre Füße zwei parallele Abdrücke, die sich kurz darauf in abwechselnde verwandeln. Weitere Spuren gibt es nicht. Ihre Hoheit hat den Palast allein verlassen."

Nach dieser Enthüllung verschränkte Taxis die Hände vor seinem schmalen Bauch und hielt inne. „Gestern Abend", fuhr er fort, „bereitete sich die Prinzessin darauf vor, die Nacht in einem Gasthaus namens *Hôtel Du Coq* zu verbringen, das 3,2 Kilometer von hier entfernt an der Straße zur Hauptstadt liegt. Sie kam dort um 15:40 Uhr an, aus einem nahegelegenen Wäldchen kommend, in Begleitung eines jungen Mannes, dessen Beschreibung mir vorliegt, der jedoch in der Region unbekannt ist."

„Wie alt ist er?", fragte Pausole.

„Sehr jung, kaum erwachsen."

„Nun, das ist entzückend", murmelte der König.

Taxis fuhr unbeirrt fort: „Hätte es Eure Majestät gewünscht, wäre der Verführer bereits gestern verhaftet und die Prinzessin ins Schloss zurückgebracht worden."

„Von Polizisten, nehme ich an?"

„Oder von speziellen Gesandten."

„Und was dann?", fragte Pausole. „Taxis, Ihr seht nie den eigentlichen Kern einer Situation. Ihr verkennt völlig die Feinheit und die liebevolle Zurückhaltung, die sie verlangt."

„Ich werde nicht darauf bestehen. Eure Majestät hat vollkommen recht. Ich habe Eure Befehle befolgt, und die Überwachung wurde gestern Abend um acht Uhr eingestellt. Seitdem habe ich mich strikt in einer abwartenden Haltung geübt."

„Es wäre jedoch wichtig zu wissen, mit wem wir es zu tun haben – zunächst, um zu entscheiden, ob wir handeln oder die Sache auf sich beruhen lassen. Wer ist dieser Bursche, den niemand je gesehen hat, der nicht zum Palast gehört, nicht aus der Umgebung stammt und plötzlich genug Einfluss auf den Geist meiner Tochter gewinnt, um sie vor unseren Augen zu entführen – ohne sich auch nur die Mühe zu machen, sie abzuholen? Sie geht zu ihm! Er wartet auf sie, und sie kommt zu ihm! Sie, die nie die Wiesen des Parks verlassen hat, findet sich plötzlich auf den Landstraßen wieder, in eine Absteige für Radfahrer, mit einem Flegel, den sie nirgendwo zuvor getroffen haben kann – und wirft sich in seine Arme! Gebt es zu, Taxis, das ist grotesk! Ich verzweifle daran, es zu verstehen … Aber habt Ihr keinerlei Hinweise?"

Nach einem kurzen, fast triumphalen Lächeln antwortete Taxis mit seiner gewohnt präzisen Stimme: „Vorgestern und am Tag zuvor hat eine Truppe französischer Tänzerinnen zwei Vorstellungen am Hof gegeben, vor Ihren Majestäten des Harems. Die Prinzessin Aline war im hinteren Teil ihrer Loge anwesend, da sie zum ersten Mal die Erlaubnis erhalten hatte, das Theater zu betreten. Sie zeigte während des gesamten Balletts die lebhafteste Freude, und man konnte beobachten, dass ihre Erregung jedes Mal zunahm, wenn eine Person namens Mirabelle tanzte."

Taxis machte eine Pause, um die Wirkung seiner Worte abzuschätzen, dann fuhr er fort: „Nach der Aufführung ließ die Prinzessin dieser Person ein Geldgeschenk überbringen – in Form eines Geldscheins, der in einem versiegelten Umschlag enthalten war. Ich bitte Eure Majestät, jedes Wort meiner Aussage genau abzuwägen. Meiner Meinung nach besteht ein Zusammenhang zwischen dieser kleinen Begebenheit und der öffentlichen Katastrophe, die ihr so schnell folgte."

Eine peinliche Stille breitete sich aus. Der König rauchte weiter und schwieg. Taxis hielt es für notwendig, sich weiter zu erklären. „Ich beschuldige mit einem Wort", fuhr er fort, „die Ballerina namens Mirabelle, eine teuflische Intrige gesponnen zu haben, mit dem Ziel, eine Seele ins Verderben zu führen, die durch so viel väterliche Fürsorge und Frömmigkeit in einem Zustand der Unschuld bewahrt worden war. Ich beschuldige diese Schurkin, die Kupplerin des Verbrechens gewesen zu sein, das begangen wurde! Den Namen des Verführers werden wir später erfahren; das spielt keine Rolle. Aber dass er Mirabelle kannte und dass sie ihm geholfen hat, sein Ziel zu erreichen, das bin ich bereit durch weitere Ermittlungen zu beweisen – vorausgesetzt, Eure Majestät stellt sich dem nicht in den Weg."

Pausole hob beide Hände. „Wir finden hier keinen Ausweg!", sagte er entmutigt. „Es wird immer komplizierter. Und was ist aus diesen Tänzerinnen geworden?"

„Sie sind am selben Tag nach Narbonne abgereist."

„Seht Ihr! Es gibt keinen Ausweg! Es ist eine völlig verworrene Angelegenheit."

„Verzeihung. Zwei Schuldige: zwei Ermittlungen. Die eine ist in Frankreich, wir werden ein Telegramm an die Place Vendôme[18] senden und nach den notwendigen Formalitäten ihre Auslieferung beantragen. Entführung ist ein Anklagepunkt, der in internationalen Verträgen vorgesehen ist. Das ist unkompliziert. Was den anderen Schuldigen betrifft, den haben wir hier. Sagen Sie ein Wort, und ich lasse ihn festnehmen."

Der König richtete seinen Blick auf Taxis, der weiterhin aufrecht stand. „Ihr seid ein gefährlicher Mann, Herr Groß-Eunuch. Nützlich, ja – aber gefährlich. Hätte Euch das Schicksal an meine Stelle gesetzt, ich würde keinen roten Heller auf das Glück meines armen Volkes geben. Ihr seid

---

18  zur Zeit der Veröffentlichung Sitz des französischen Justizministeriums

ein Kaiman, Taxis. Ihr habt den kalten Blick eines französischen Senators. Und außerdem versteht ihr mich nicht."

Pausole schnippte mit einer Bewegung voller Überdruss die Asche von seiner Zigarette. „Ich werde über all das nachdenken. Euer Bericht ist aufschlussreich, und selbst wenn er vom Möglichen auf das Sichere schließt, entbindet mich das nicht davon, die Hypothesen genau zu prüfen, die er aufwirft. Ich werde mir in aller Ruhe Gedanken machen. Bis morgen werde ich zu einer Entscheidung kommen. Geduld, Taxis. Beruhigt Euch."

Er stand auf, seufzte schwer und fuhr dann freundlicher fort: „Bis dahin jedoch, mein Freund, brauche ich dringend Ablenkung. Diese Angelegenheit bedrückt mich. Wenn sie länger anhält, werde ich womöglich krank davon. Sprecht mit mir. Lenkt meine Gedanken auf etwas anderes."

Taxis blähte seine Brust, senkte bescheiden den Blick und seufzte bewegt. Der wohlwollende Ton des Königs schien ihn zu ermutigen. Es schien ihm der passende Augenblick, ein Anliegen vorzubringen, das ihm am Herzen lag. „Darf ich es also wagen", begann er mit einer Mischung aus Demut und Wichtigkeit, „die Aufmerksamkeit Eurer Majestät auf meine bescheidene Person zu lenken? Und wenn meine Dienste – oder zumindest meine Anstrengungen – die erhabene Anerkennung desjenigen finden, der allein über ihre Bedeutung urteilen kann, darf ich dann hier die Hoffnung ausdrücken, mit der ich manchmal meine Einsamkeit erhelle?"

„Was soll dieses Geschwafel?", fragte Pausole trocken. „Sprecht Klartext. Spart Euch die Umwege."

„Ich bin lediglich *Commandeur de l' Ordre des Colombes*[19]. Gewiss, und ich beeile mich, dies zu betonen, meine bescheidenen persönlichen Ambitionen sind erfüllt. Doch meine alte Mutter, die in ihrem jurassischen Dorf lebt, hätte eine tiefe Freude und vielleicht einen neuen Lebensschub, würde sie erfahren, dass ich zum *Grand-officier* erhoben werde. Darüber hinaus, so glaube ich, verdient das hohe Amt, das Eure Majestät mir anvertraut hat, eine ehrenvolle Auszeichnung, an die ich nicht gedacht hätte, wäre es nicht der königliche Wille gewesen, mich an die Spitze der Palastverwaltung zu berufen. Ich spreche hier nicht für Taxis, sondern für den Chef der zivilen Haushaltung – und für die Sache der Autorität! Meine Bitte ist völlig uneigennützig."

Pausole zog die Sache in die Länge: „Wir werden sehen. Später. Heute habt Ihr eine schwierige Angelegenheit in die richtigen Bahnen zu lenken. Wenn Ihr es schafft, werde ich Euch die Auszeichnung verleihen – das verspreche ich. Aber zuerst setzt Eure Berichte fort."

„Die Prinzessin ..."

„Schon wieder sie? Hat sich seit gestern Abend nichts anderes ereignet, dass ihr mir den Kopf mit einem Ereignis zermartert, das bereits 36 Stunden zurückliegt?"

„Doch, Sire. Ich wagte es nur nicht ..."

---

19  Orden der Tauben. In der Tradition königlicher Orden gibt es auch innerhalb des Ordens verschiedene Rangstufen.

„Nun, dann raus mit der Sprache! Ich ermutige Euch."

„Majestät, es handelt sich um ein beleidigendes und verwerfliches Verge-hen – jedoch von grotesker Natur. Ein Hauch von Wahnsinn scheint den Palast zu durchwehen. Es ziemt sich nicht, dass Eure Majestät sich mit solch albernen Streichen abgibt, angesichts der derzeitigen Umstände. Ich habe darüber gewacht. Ich habe bestraft. Der Täter dieser Eskapade kann auf sein Urteil warten."

„Wie viel Mühe doch nötig ist, um die Darstellung eines simplen Sach-verhalts zu erhalten! Ich höre, Taxis. Wer ist der Übeltäter?"

„Es ist ein Page, der jüngste in der Kompanie, derselbe, über den ich mich so oft bei Eurer Majestät beschwert habe. Er hat seinen Unfug durch eine Tat auf die Spitze getrieben, die sich kaum beschreiben lässt. Es beschämt mich mehr, sie zu berichten, als ihn sie zu begehen."

„Nun? Was hat er getan?"

„Also … der ehrenwerte Monsieur Palestre, Minister für öffentliche Spie-le, bewahrt trotz seines Alters eine entschiedene Neigung zu amourösen Abenteuern mit dem weiblichen Dienstpersonal. Eure Majestät mag dies nicht wissen. Was mich betrifft, ich billige es nicht. Dennoch war diese Schwäche eines ansonsten so respektablen alten Mannes längst Gegen-stand der Gespräche unter den Pagen. Der boshafteste unter diesen jungen Taugenichtsen beschloss, Monsieur Palestre in einem Moment zu überra-schen, in dem er es am wenigsten hätte erwarten können. Er versteckte sich unter dem Bett der Zofe, mit der der Minister sich amüsierte – Eurer eigenen Zofe, Sire – und als er, durch gewisse Anzeichen, die ich weder beschreiben könnte noch wollte, den Schluss zog, dass seine beiden Opfer den Zustand der Ablenkung erreicht hatten, der für seine Absichten güns-tig war, kroch er aus seinem Versteck und warf ein Tennisnetz über das Paar …"

„Ha! Ha! Ha!" lachte der König.

„… Er verknotete es am Bettpfosten und zwang Monsieur Palestre und die Zofe somit, trotz ihres Widerwillens, in der kompromittierendsten Haltung zu verharren."

„Ha! Ha!"

„Und nicht zufrieden damit, sowohl Akteur als auch Zeuge dieser trauri-gen Szene zu sein", fuhr Taxis mit steifer Würde fort, „rief er das gesamte Pagenkorps in das Zimmer des Skandals und vervielfachte somit den Vor-fall um die Anzahl der Zuschauer. Die Vorfälle, die darauf folgten, waren von einer solchen Beschaffenheit, dass die unglückliche Dienerin, aus Er-schöpfung und Scham, für acht Tage das Bett hüten musste. Das erklärt, warum Ihr heute Morgen beim Erwachen ein neues Gesicht gesehen habt … Sire, ich bin zutiefst bestürzt darüber, dass Ihr mit solch wohlwollen-der Heiterkeit eine Schandtat aufnehmt, die ich für würdig halte, mit allen Verdammungen belegt zu werden – und das bis zur Vollstreckung ihrer Strafen."

Pausole protestierte mit einem abwehrenden Handheben: „Keineswegs, Taxis! Ihr habt eine Methode der Verallgemeinerung, die Euch dazu verleitet, allzu leicht in den Irrtum zu verfallen. Ihr kategorisiert Gesten und Taten nach einer Art mathematischer Moral, die ich nicht nachvollziehen kann und die mit ihrer natürlichen Ordnung nichts zu tun hat. Lasst mich dies ganz klar sagen: Ich hasse, vielleicht sogar noch mehr als Ihr, alles, was vulgär oder schlüpfrig ist. Die Lust, die lacht, existiert nicht. Das Vergnügen steht näher an der Trauer als an der Fröhlichkeit. Das sei hiermit als Grundsatz verkündet. Aber trotz dieses Prinzips muss ich sagen, dass die Anekdote, die Ihr mir erzählt habt, ausgezeichnet ist."

„Eure Majestät spottet."

„Keineswegs! Ich mache keinen Scherz. Diese Geschichte ist bewundernswert, ja fast göttlich, und zwar aus mehreren Gründen. Zuerst: Sie ist ganz in der Tradition der Griechen. So wurde die schuldhafte Aphrodite einst von Hephaistos, dem Gott der Schmiede, in einem Netz aus Eisen gefangen, während sie dem Kriegsgott Mars ein Rendezvous gewährte. Dass einer meiner Pagen von diesem klassischen Vorbild inspiriert wurde, erfüllt mich mit großer Zufriedenheit."

„Klassisch? Sire, sagt lieber: heidnisch."

„Des Weiteren, beachtet doch, dass dieser junge Mann, anstatt die olympische Tradition blindlings nachzuahmen, einen Tennisschläger und ein entsprechendes Netz wählte, um ausgerechnet den Minister für öffentliche Spiele einzuwickeln. Das zeugt von einem persönlichen Geist und unabhängigen Gedanken."

„Persönlicher Geist? Unabhängige Gedanken? Sire, ich sehe darin nur zwei schwerwiegende Makel!"

„Schließlich, Taxis", fuhr Pausole fort, ohne sich beirren zu lassen, „lobe ich in höchstem Maße die moralische Absicht, die über der gesamten Szene schwebt. Es ist sowohl lächerlich als auch widerwärtig, dass ein Greis von achtundsiebzig Jahren das Bett einer Dienerin teilt, die möglicherweise seine Urenkelin sein könnte. Man weiß ja nie. Wenn Monsieur Palestre sich beklagen sollte, dann kann er nur sich selbst die Schuld geben für die jämmerliche Haltung, in der diese jungen Leute ihn gesehen haben. Und was meine Kammerfrau betrifft: Sie hat nur bekommen, was sie verdient hat. Die Schande liegt nicht in ihrer Bestrafung, sondern in ihrer Tat."

Taxis zuckte bei diesen Worten sichtlich zusammen. Dennoch fragte er schließlich, bemüht um Fassung: „Und was soll ich mit dem Schuldigen tun, Sire?"

„Lasst ihn sofort frei und ladet ihn ein, mich hier persönlich aufzusuchen. Ich erwarte ihn. Es ist genau dieser junge Mann, dem ich in meiner gegenwärtigen Ratlosigkeit einen Ratschlag abverlangen werde."

# Kapitel IX

## in dem Pausole eine Entscheidung trifft

*Ich denke, dass Epikur[20] ein äußerst kluger Philosoph war, der je nach Zeit und Umständen die ruhige Lust ebenso wie die bewegte zu schätzen wusste.*

Saint-Évremond[21]

Die Hoftracht der Pagen am Hofe von Tryphême stammte aus der Zeit der Renaissance. Sie bestand aus einer gelben Seidenstrumpfhose mit einem kleinen Latz, der mit zwei Schleifen hochgehalten wurde, einer Federbarett-Mütze mit Perlhuhnfeder und einem königsblauen Wams.

In dieser leichten Uniform erschien der „Vogelfänger" des Monsieur Palestre vor Pausole, grüßte ehrerbietig mit der Federbarett-Mütze in der Hand und stellte sich mit eng aneinander geschlossenen Beinen vor.

„Wie heißt Du, junger Taugenichts?", fragte Pausole.

„Wie es Euch beliebt, Sire."

„Das gefällt mir schon mal sehr gut", antwortete der König. „Ich kenne nichts Unverschämteres, als andere Leute zu zwingen, einen Namen zu wiederholen, der ihnen möglicherweise nicht zusagt. Du hast mich mit Deinem ersten Satz bereits für Dich eingenommen. Verrate mir dennoch, welchen Namen Du trägst – Du kannst ihn ändern, falls ich es vorschlage."

„Sire, mein Name schreibt sich G-i-g-l-i-o. Sprecht ihn aus, wie Ihr wollt: auf Italienisch ‚Dschilio' oder auf Französisch ‚Giguelillot'."

„Dschilio", meinte Pausole, „das ist ein Dichter; und Giguelillot, das ist ein Narr. Ich hätte gern, dass Du beides bist."

„Das möchte ich auch", sagte der Page mit ernstem Ton. „Und ich wünsche es mir so innig, dass ich es vielleicht eines Tages werde."

„Warum möchtest Du ein Dichter sein?"

„Damit ich nichts sehe, nicht einmal eine Fliege, mit den Augen meines Nachbarn."

„Du magst Deinen Nachbarn also nicht?"

„Ich wünsche ihm nichts Böses. Aber ich bin lieber ich selbst als er, das ist alles."

„Und warum möchtest Du ein Narr sein?"

---

20  Epikur (341–270 v. Chr.) war der Begründer des Epikureismus, einer Philosophie, die Glück und Lust (volupté) als höchstes Ziel des Lebens sah.

21  Charles de Marguetel de Saint-Denis, Seigneur de Saint-Évremond (1614–1703), war ein französischer Essayist, Moralist und Epikureer, der vor allem für seine elegant-ironischen Schriften über Philosophie, Moral und das Vergnügen bekannt ist.

„Wenn mein Nachbar mich für einen Narren hält, weiß ich sofort, dass ich ihm nicht gleiche."

„Und wenn Du schlimmer wirst als er?"

„Das ist ziemlich schwierig."

„Woran würdest Du es erkennen?"

„An seinem Verhalten. Wenn er mich in Ruhe lässt, habe ich verloren. Wenn er mich angreift, bin ich glücklich."

Pausole machte eine spontane Geste. „Nimm eine Zigarette!", sagte er, indem er ihm mit vertraulicher Miene eine reichte. „Würdest Du auf dieselbe Weise urteilen, wenn Dein Nachbar eine Nachbarin wäre?"

„Oh, nein, ganz und gar nicht."

„Warum nicht?"

„Frauen sind nicht von dieser Welt."

„Ich hoffe, das sagst Du ihnen nicht?"

„Nein, ich sage ihnen nur Gutes und denke das auch immer."

„Wie siehst Du Frauen?"

„Als die besten Geschöpfe, die es gibt; die einzigen, die fähig sind, Gutes mit Gutem zu vergelten – oder sogar Gutes für Schlechtes zu geben, wenn nötig. Ich bin ihnen nur dankbar, obwohl ich nichts für sie getan habe, außer vielen von ihnen zu schmeicheln und eine zu lieben."

Pausole musterte ihn eingehend: „Bist Du glücklich?", fuhr er fort.

„Nein. Und Ihr auch nicht, Sire, das versteht sich von selbst."

„Warum bist Du dann fröhlich?"

„Um mich glauben zu machen, dass ich glücklich bin."

„Und was fehlt dir?"

„Wie Euch, Sire, fehlt mir das Unvorhergesehene, das Wunderbare, die Ereignisse."

„Die Ereignisse … Ich habe zu viele davon."

„Aber Ihr nutzt sie nicht."

„Wovon sprichst Du?"

„Von dem, was Ihr denkt."

„Ich sehe überhaupt nicht, wie dieses Ereignis mich glücklich machen könnte, wenn ich es nicht ohnehin schon bin", erwiderte Pausole überrascht.

Der Page wollte antworten, hielt aber inne. Da er nicht genau wusste, ob der König ihn um Rat fragte oder um eine Erklärung bat, wartete er ab, um sich über diese interessante Nuance Klarheit zu verschaffen.

„Also gut, setz Dich", fuhr Pausole fort. „Du hast ein heikles Thema angesprochen, das mich sehr beschäftigt, und hast Dich nicht darum geschert, dass es vielleicht klüger für Dich gewesen wäre, so zu tun, als wüsstest Du nichts davon. Damit hast Du gezeigt, dass Du die Gesetze der Unterhaltung über jene der Etikette stellst, und das gefällt mir, mein kleiner Freund. Hör zu: Ich bin nicht der Meinung, dass alte Männer gute Ratgeber sind. Erfahrung nützt nichts; kein Ereignis wiederholt sich jemals unter denselben Umständen. Im Gegenteil, man muss zugeben, dass Spontaneität ihren Nutzen hat, da man mit zwanzig Jahren seine Lebensgrundlage legt und danach nichts Wichtigeres mehr zu tun hat. Deshalb ziehe ich es vor, Deine Meinung zu hören, statt zum Beispiel den ehrwürdigen Monsieur Palestre zu konsultieren."

Giglio blieb reglos, sein Gesicht unverändert. Pausole, zunehmend aufgeschlossener, sprach weiter, als würde er sich einem vertrauten Freund anvertrauen: „Niemals", sagte er, „werde ich mich dazu entschließen, dieses Kind von der Polizei meines Reiches verfolgen zu lassen. Es wäre auch nicht angemessen, sie durch einen Sonderbeauftragten wieder ins Palais bringen zu lassen. Denn wenn ich sie von dem Unbekannten trenne, dem sie so bereitwillig gefolgt ist, dann sicher nicht, um sie einem anderen Legaten anzuvertrauen, der in ihren Augen mindestens genauso kompromittierend und weniger sympathisch ist. Und eine Frau zu schicken, wäre eine jämmerliche Idee. Das ziehe ich nicht einmal in Betracht."

„Warum geht Ihr nicht selbst, um sie zu holen?"

„Ich?"

„Ja, Ihr!"

„Ich selbst?"

„Natürlich."

„Ich, mich auf ein Abenteuer einlassen, um eine junge Frau zu suchen, das mit einem Unbekannten über die Felder geflohen ist?"

„Ja."

„Mein Freund, Du überstrapazierst Deine Berufung als Narr."

„Verzeiht, Sire. Darf ich Euch eine Frage stellen?"

„Welche?"

„Wollt Ihr wirklich, dass Ihre Hoheit ins Palais zurückkehrt?"

Pausole stützte sein Kinn in den Winkel seiner rechten Hand und dachte nach. „Das ist eine Frage, die ich bisher noch nicht erörtert habe", sagte er. Doch nach kurzem Überlegen erklärte er: „Ja. Ich habe den aufrichtigen Wunsch. Dieser Ausbruch tut ihr nicht gut."

„Da seid Ihr sicher?"

„Sicher."

„Nun gut. Da Ihr einerseits gerade festgestellt habt, dass Ihr weder einen Mann noch eine Frau noch die Polizei (also niemanden) losschicken könnt, um die Prinzessin zu verfolgen, und andererseits entschlossen seid, sie zu bitten, zurückzukehren, sehe ich nur eine Möglichkeit, ihr dies mitzuteilen: Geht und sagt es ihr selbst."

„Du bist ein logisch denkender Mensch."

„Das ist die Eigenschaft von Narren."

Der König erhob sich, schritt mit langen, wiegenden Schritten durch das Zimmer und öffnete schließlich die Arme in einer Geste des Einverständnisses: „Das ist unbestreitbar", sagte er. „Und ich wäre zu denselben Schlussfolgerungen gekommen, wenn ich die Zeit gehabt hätte, über all das nachzudenken."

„Also ...?"

„Also", unterbrach ihn der König, der sichtlich durch die Worte seines Pagen beflügelt wurde, „wird plötzlich alles ganz einfach, und ich habe nur noch eine Entscheidung zu treffen! Entweder lasse ich meine Tochter diese siebenmonatige Reise antreten, von der sie in ihrem Brief sprach; oder ich werde selbst mit ihr reden und sie zurück ins Palais bringen, das sie niemals hätte verlassen dürfen!"

Der Page erkannte sofort, dass Pausole, würde er ihn zu einem Moment des stillen Nachdenkens kommen lassen, all diese schöne Entschlossenheit wieder in der Trägheit seiner Natur versinken ließe.

„Sire, Ihr müsst aufbrechen", erklärte der Page bestimmt. „Das ist nicht nur gut für Ihre Hoheit, sondern noch viel mehr für Euch selbst. Wenn Ihr, wie Ihr sagt, nicht mehr glücklich seid, dann liegt das daran, dass Ihr Eure Zukunft in die Hände eines Mannes gelegt habt, der nichts davon versteht und Euch völlig falsch lenkt. Er ist es, der Euch enttäuscht. Er ist es, der Euch ein immer mögliches, jeden Morgen neues Glück vorenthält.

Ihr verkümmert in seiner Routine, Ihr sterbt an der Monotonie. Morgen zwingt Euch sein Kalender die Königin Denyse auf. Liebt Ihr sie? Nein, Ihr liebt sie nicht. Und doch werdet Ihr sie ertragen. Ihr werdet weiter dieselben Räume bewohnen, denselben Sessel nutzen, denselben Horizont durch denselben Fensterrahmen sehen. Entflieht dem! Es gibt so wenige Tage im Leben – sorgt dafür, dass nicht ein einziger von ihnen dem nächsten gleicht."

„Aber wer wird mir dann Ratschläge geben, wenn ich mich auf dieses Abenteuer einlasse?"

„Wer? Der Zufall, die Phantasie. Lasst Euch vom Glück eines jeden Tages führen und von Eurem guten Stern leiten. Dessen Rat ist leicht zu befolgen."

„Möge es nicht so enden", sagte Pausole und schüttelte den Kopf, „dass ich wie Melchior oder Balthasar[22] vor einer Krippe und einem kleinen Kind stehe ..."

„Und wenn schon? Ihr würdet es lieben."

„Du hast recht. Und außerdem werden wir schon bald dort sein. Die Flüchtlinge schlafen nur einen Steinwurf entfernt. Es ist keine Reise. Morgen werden wir sie wohl einholen."

„Ihr reist ab? Ihr reist wirklich ab?"

„Ich reise ab. Komm mit mir, mein Junge. Es macht mir Freude, dir beim Leben zuzusehen."

---

22  Zwei der Heiligen drei Könige, die nach dem christlichen Evangelium Jesus in einer Krippe fanden.

Sie gingen Seite an Seite hinaus. Pausole hatte seine Hand auf die Schulter seines Pagen gelegt und schritt energisch voran. An einer Biegung des Korridors begegneten sie Taxis.

Der König hielt inne, den Kopf hoch erhoben: „Monsieur der Groß-Eunuch", sagte er, „ich habe eine Entscheidung getroffen. Ich werde persönlich aufbrechen, um die Prinzessin Aline zu suchen. Verkündet meinen Aufbruch für morgen früh und sorgt dafür, dass meine Maultierstute um zehn Uhr dreißig gesattelt wird. Dieser junge Mann wird mich begleiten."

Taxis hatte die Klugheit, zu schweigen. Pausole musterte ihn eine Zeit lang, als ob er sein eigenes Wagnis abwägen wollte, und sagte dann in einem plötzlich sanfteren Ton: „Im Übrigen", schloss er, „werdet Ihr mit uns kommen."

# Zweites Buch

## Erstes Kapitel

**in dem Blanche Aline ein Ballett besucht und welche Folgen dies hat**

*Eine große Prinzessin liebte damals eine ihrer Hofdamen ...*
*Sauval[23] – Mémoires historiques et secrets – 1739*

Die Untersuchung, die der Groß-Eunuch leitete, brachte zwar gründliche Ergebnisse, doch die daraus gezogenen Schlussfolgerungen waren völlig verfehlt. Blanche Aline hatte für ihre Flucht keineswegs die zwei Komplizen gebraucht, die Taxis in seiner Phantasie herbeigeredet hatte. Eine einzige Person hatte genügt. Oder genauer gesagt: eine einzige Frau.

Und so geschah es: Zwei Tage vor dem Verschwinden der Prinzessin war eine Truppe französischer Tänzerinnen in den Harem gekommen, um mit ihren anmutigen Beinen und blumenverzierten Perücken eine Vorstellung zu geben. Zum ersten Mal in ihrem Leben durfte Blanche Aline an einer solchen Aufführung teilnehmen. Pausole hatte sich entschlossen, die Hinführung seiner Tochter zum Theater mit einem Ballettabend zu beginnen.

In seinen Augen war die Handlung einer Pantomime schwerer zu durchschauen und damit weniger gefährlich zu interpretieren als die Intrigen einer Komödie. Zudem spiele sich das Geschehen in einem Ballett immer vor einer unwirklichen Kulisse ab. Solche Figuren treffe man im echten Leben nicht, und wer versuchen würde, ihre anmutigen, aber überspitzten Bewegungen nachzuahmen, würde lediglich lächerlich wirken.

Dies alles war durchaus klug bedacht. Doch leider brauchte Blanche Aline nichts zu verstehen, um begeistert zu sein. Mitten unter den hüpfenden Sprüngen, anmutigen Drehungen und fließenden Schrittfolgen der Tänzerinnen fiel ihr vor allem eines auf: Ein außergewöhnlich hübscher junger Mann (oder vielleicht eine als Prinz Charmant verkleidete Frau) genoss in jeder Szene die glühenden Huldigungen von vierzig Frauen. Und sie fand, dass er diese Bewunderung wirklich verdiente.

Er war gut gebaut, elegant, faszinierend. Sie verglich seine Bewegungen mit denen der Beamten, die sie im Palast gesehen hatte – und verlieh ihm dafür in Gedanken einen Preis für Anmut. Auch einen für Schönheit, einen für Geist und schließlich den für das Herz. Mit offenem Mund und

---

23 Henri Sauval (1623 - 1676) war ein französischer Jurist, Chronist und Historiker, der sich vor allem mit der Geschichte und den Anekdoten von Paris beschäftigte. Seine postum veröffentlichten Werke machten ihn zu einem der bedeutendsten Chronisten des Ancien Régime.

leicht geneigtem Kopf verfolgte Blanche Aline das Ballett, eine so tief empfundene Zärtlichkeit in ihrem Blick, dass die Hofdamen um sie herum sicher alarmiert gewesen wären – hätten sie nicht selbst mit ebenso leidenschaftlicher Faszination auf die Ereignisse der Bühne gestarrt.

Nach der Aufführung erkundigte sie sich nach dem Namen dieser bezaubernden Gestalt. Man sagte ihr, die Rolle sei von der Tänzerin Mirabelle gespielt worden. Wo wohnte diese schöne Person? – Im hinteren Teil des Parks, in den Wirtschaftsgebäuden, erfuhr sie, noch für zwei Nächte, bis zu ihrer Abreise. Wie könnte man ihr zeigen, dass man beeindruckt war? – Mit einem Geschenk, schlug eine Hofdame leichtfertig vor. Blanche Aline dachte darüber nach.

Zurück in ihren Gemächern schob sie ihre minutiöse Abendtoilette noch ein wenig auf und verlangte sie nach einem Geldschein. Kurz darauf zog sie sich unter dem Vorwand intimer Pflege in ihr zart-lila tapeziertes Kabinett zurück, wo sie sicher vor Entdeckung war. Dort setzte sie sich an ihren Schreibtisch und schrieb mit zitternder Hand diese wenigen Worte:

*Mademoiselle,*

*Ihr seid wunderschön. Darf ich mit Euch sprechen? Heute Nacht, um zwei Uhr, werde ich im Park sein – unter dem großen Mandelbaum in der Nähe der Quelle. Sagt niemandem, dass ich Euch schreibe. Für alle anderen enthält dieser Umschlag nur eine Banknote. Nehmt sie bitte an, um mich nicht zu verraten.*

*Prinzessin Aline*

Sie legte den Geldschein in den Umschlag, schrieb als Adresse „An Mademoiselle Mirabelle" darauf und versiegelte ihn mit Wachs. Dieselbe Hofdame, die ihr zuvor das Geschenk empfohlen hatte, übernahm bereitwillig die Zustellung. Vielleicht war sie vom Wunsch beseelt, eine kleine gute Tat zu vollbringen – oder aber von der Neugier, das nächtliche Leben der Tänzerinnen aus der Nähe zu betrachten.

Allein zurückgeblieben und in ihrem schmalen, frisch bezogenen Bett liegend, fühlte sich Blanche Aline von einer unbezähmbaren Unruhe ergriffen. Sie versuchte zunächst, sich zu beruhigen, indem sie die Schlafposition wechselte: rechts, links, auf dem Rücken, auf dem Bauch, sitzend, kauernd, ausgestreckt oder zusammengerollt. Doch sie fand in keiner Lage Ruhe. Schließlich wich sie instinktiv bis zum Rand ihrer Matratze zurück, als würde sie einem geheimnisvollen Besucher Platz machen.

Lange vor der verabredeten Stunde stand sie auf, schlüpfte in ihre Hausschuhe, zog die Vorhänge auf und ließ den Mond bis in den hintersten Winkel des langen Zimmers scheinen. Die klare, warme Nacht lag leicht über den nebligen Rasenflächen und den dunklen Wäldern des Parks. Durch das offene Fenster konnte Aline in der Ferne die weiße Terrasse der Nebengebäude erkennen.

Sie stellte sich vor, wie Mirabelle gerade ihren Brief las. „Was wird sie von mir denken?", fragte sich das Mädchen. „Wird sie kommen? Vielleicht nicht ... vielleicht ist sie müde. Vielleicht hat sie Angst in der Nacht ..."

Um die Zeit zu vertreiben, nahm sie ein Zeichenblatt und begann, kleine geometrische Muster zu zeichnen – Kreise, Striche, Rauten, Mäander, die sich in Spiralen verliefen. Sie schattierte sie mit völliger Hingabe, bis ihre Ungeduld die Konzentration übermannte. Dann begann sie, im silbernen Licht des Mondes, das Porträt eines hübschen Unbekannten zu skizzieren, dessen Augen groß waren wie seine Träume und viel zu groß für den kleinen Mund darunter.

Doch selbst das Zeichnen konnte sie nicht beruhigen. Sie stellte sich vor ihren großen Spiegel und ließ ihr langes, weißes Nachthemd zu Boden gleiten. Nun setzte sie die Betrachtung ihres Körpers fort, die sie zuvor unterbrochen hatte. Märchen, die sie gelesen hatte, waren ihr noch in Erinnerung, und sie wusste, dass in Perraults[24] Geschichten die Liebe stets ihren Höhepunkt in den Vorhängen eines Bettes fand. Auch ahnte sie, dass Liebkosungen nach und nach all jene Stellen des Körpers erreichen würden, wo es süß war, sie zu erwarten, und köstlich, sie zu empfangen.

Sie wollte den Zärtlichkeiten, die sie erhoffte, auch wenn sie sie nicht genau benennen konnte, in jeder Hinsicht würdig sein. Sorgfältig puderte sie ihre Haut und betrachtete sich eingehend. Vom Regal mit den Parfümfläschchen wählte sie Eisenkraut, Zedernapfel und frisch gemähtes Heu, weil pflanzliche Düfte ihr für ein Treffen unter den Bäumen besonders passend erschienen. Sie benetzte damit ihren Körper, den sie so sehr mochte, und war dabei vielleicht ein wenig zu großzügig.

Sie zog rasch Strümpfe mit Strumpfbändern an, dazu ein leichtes Tageshemd; das Korsett verschwand noch schneller im Wäscheschrank. Darüber warf sie sich ein sehr leichtes Empire-Kleid, dessen hohe Taille sie mit einer Fibel[25] schloss, die unter einer kleinen Schleife verborgen war. Sie stellte fest, dass dieser kleine Trick ihre Formen, die ihr von Tag zu Tag kostbarer wurden, besonders gut zur Geltung brachte.

Schließlich schlugen die Uhren drei Viertel vor der ersehnten Stunde. Blanche Aline setzte einen Hut auf, passend zum Empire-Stil ihres Kleides, und zog lange, dunkle Handschuhe an, die den oberen Teil ihrer Arme nackt ließen. Sie war bereit.

Wie der Groß-Eunuch es herausgefunden hatte, setzte sie sich leise in das offene Fenster, hob beide Beine gleichzeitig, drehte sich mit geschmeidiger Eleganz und sprang hinaus.

Der Sprung war ungefährlich, da das Fenster im Erdgeschoss lag. Sie landete mit geschlossenen Füßen in einem noch feuchten Blumenbeet. Die Wachen patrouillierten zwar entlang des Parkgeländes, doch innerhalb der Mauern gab es keine. Niemand sah sie gehen. Um keinen Laut zu verur-

---

24  Charles Perrault (1628–1703) war ein französischer Schriftsteller und Mitglied der Académie française, der vor allem durch seine Sammlung von Märchen bekannt wurde.
25  Meist verzierte Sicherheitsnadel

sachen und stets im Schatten zu bleiben, schlich sie auf den Wegen am grasbewachsenen Rand der Wälder entlang.

Obwohl sie vor Ungeduld brannte, ihren Treffpunkt zu erreichen, zwang eine innere Eitelkeit sie, langsam zu gehen. Vielleicht wollte sie nicht als Erste dort sein. Doch offenbar hatte die andere Seite denselben Gedanken, denn unter dem großen Mandelbaum wartete niemand.

Enttäuscht schlenderte sie weiter, streifte umher, schlug einen langen Umweg ein. Nach und nach begann sie sich zu sorgen und schließlich zu zweifeln, ob überhaupt jemand kommen würde. Leicht beunruhigt versteckte sie sich schließlich in der Nähe des Baumes und starrte hartnäckig in Richtung des weißen Gebäudes.

Endlich regte sich etwas. Mirabelle, die instinktiv begriffen hatte, dass sie als Prinz Charmant Eindruck machen musste, war nicht in Alltagskleidung gekommen. Stattdessen hatte sie ihr Bühnenkostüm angelegt, um zu dieser Verabredung zu erscheinen, die ihr aus mehr als einem Grund zusagte.

Und Blanche Aline, überwältigt von höchstem Entzücken, sah ihn: Den heiß geliebten jungen Mann des Balletts. Im verzauberten Mondlicht kam er über die Wiese auf sie zu – schöner denn je, das glitzernde Kostüm im Licht funkelnd, die Augen fest auf sie gerichtet.

# Kapitel II

**in dem Pausole sich anschickt, seinen gefassten Entschluss auch auszuführen**

*Ihr werdet Neiderinnen und Feindinnen haben;*
*und Eure Schönheit wird nicht eher Soliman Liebe schenken,*
*als dass sie allen Frauen des Sultans Hass einbringt.*

*Scudéry[26], Ibrahim ou l'illustre Bassa, 1641*

Nachdem er Taxis und Giglio allein zurückgelassen hatte, begab sich König Pausole in seine privaten Gemächer, wo ihn Königin Denyse erwartete – dieselbe, die ihm einst geraten hatte, einen Brief an den heiligen Antonius zu schreiben, um Blanche Aline wiederzufinden.

Die arme Königin hatte trotz aller Bemühungen nicht geschafft, vier parallele Kratzer auf ihrer linken Brust, unter einer Schicht aus Creme und Puder ausreichend zu verbergen.

Sie schilderte ihm die Ursache ihres Leidens. Diane à la Houppe, nach ihrem einsamen Erwachen in den Harem zurückgekehrt, hatte auf einem Diwan einen Anfall von Verzweiflung und Tränen erlitten. Umgeben von boshaften Gefährtinnen, gereizt durch deren hämisches Gekicher, verspottet zugleich wegen ihres seltsamen Äußeren und ihrer als geschmacklos belächelten Leidenschaft, hatte sie sich, immer noch weinend, erhoben. Doch anstatt sich gegen jene zu wenden, die um sie herum eine Farandole[27] tanzten und sich über ihre Tränen lustig machten, hatte sie in der großen Halle die sanfte und unschuldige Denyse gesucht, um deren Brust aufzuschlitzen und sich für ihre Schmach zu rächen.

Pausole hörte sich diese Geschichte mit halbem Ohr an. Er hatte Königin Denyse in einem Kontingent von zwölf jungen Frauen aufgenommen, die ihm von einer treuen Stadt vorgestellt worden waren. Wenn er sie nicht zu ihrer Mutter zurückgeschickt hatte, dann nur, weil ihn ein Gefühl des Mitleids davon abgehalten hatte, dieser jungen Frau vor den Augen ihrer Mitbürgerinnen eine solche Schmach anzutun. Doch er liebte sie nicht; er fand sie unattraktiv und prüde, mit einer gewissen Ungeschicklichkeit.

Um auf sich zugleich die Regeln des Harems und die Prinzipien der Anständigkeit zu vereinen, hatte Denyse die Angewohnheit, ein kleines Spitzentuch vor sich zu tragen, das sie wie eine elegante Wilde aussehen ließ, das jedoch, flatterhaft und schlecht befestigt, genau das Gegenteil seiner eigentlichen Bestimmung bewirkte. Pausole, der ebenfalls Prinzipien hatte, war ein Befürworter der Nacktheit, doch er missbilligte durchsichtige

---

26  Madeleine de Scudéry (1607–1701), einer der bedeutendsten französischen Schriftstellerinnen des 17. Jahrhunderts und einer zentralen Figur der Préciosité, jener literarischen Bewegung, die Eleganz, Feinheit und emotionale Tiefe idealisierte.
27  Ein französischer Gruppentanz

Verhüllungen. Das Kostüm von Königin Denyse stieß ihn ab bis hin zur Verärgerung.

Er speiste sehr spät und ging dann auf die Terrasse, um über das gewichtige Ereignis nachzudenken, zu dem er sich entschlossen hatte. Als es Mitternacht schlug, bemerkte er seiner frommen Begleiterin, dass inzwischen der Samstag vor Pfingsten angebrochen war, und dass er glaubte, ihr einen Gefallen zu tun, sie an einem Vigilien- und Fastentag nicht in sündhafte Genüsse zu verwickeln. Mit diesen Worten schickte er sie zurück in den Harem, damit Diane à la Houppe Genugtuung finde.

Am folgenden Tag erhob sich die Morgenröte über eine besonders feierliche Stunde. Pausole betrachtete die Wände seines Zimmers, seine Teppiche, seine Schmuckstücke, die vertrauten Bilderrahmen. Ein Frösteln überkam ihn bei dem Gedanken, dass er das alles am Abend nicht mehr sehen würde. Unter dem Einfluss des ersten Erwachens, das dem Albtraum nahe ist, spürte er die Vorahnung all der Unbilden, die an den Wegkreuzungen auf Abenteuerlustige lauern.

In seinem Heim herrschten Ruhe, Friedens, stilles Glück und das Gleichmaß der Stunden. Welcher Wahn trieb ihn dazu, solche sanften Vorzüge zu verlassen? – Eine wehmütige Erinnerung an das einfache Leben ließ die Verse einer traurigen Idylle von La Fontaine[28] vor seinem inneren Auge aufsteigen, und in der symbolischen Gestalt eines kleinen gerupften Täubchens sah König Pausole sich selbst in einem kläglichen Schicksal verenden.

Dieser Eindruck währte jedoch nicht lange. Ein strahlender Morgen erfüllte das Zimmer. Die neue Kammerdienerin, die inzwischen kühner geworden war, sprach mit frischer, eifriger Stimme, erteilte ungefragte Auskünfte und wagte es sogar, Fragen zu stellen. Seine Majestät werde gutes Wetter haben. Der Wind komme aus dem Norden. Es habe ein wenig geregnet. Die andere Kammerdienerin sei schwer krank; die Ärzte sprächen von einer Gebärmutterentzündung. Am Abend habe es eine laute Auseinandersetzung zwischen dem Herrn Groß-Eunuchen und dem jungen Pagen Giglio gegeben. Wusste Seine Majestät das?

Pausole, entnervt, war nahe daran, ihr zu drohen, sie der ganzen Pagen-Gesellschaft zur gleichen Behandlung wie ihre Freundin auszuliefern. Doch da er nicht wusste, ob er sie mit Schrecken oder mit Begierde erfüllen würde, bat er sie einfach, den Herrn Groß-Eunuchen auf dem Dienstweg rufen zu lassen. Daraufhin erhob er sich und zog einen Morgenmantel an.

Nun gut, Giguelillot hatte recht, daran zweifelte Pausole nicht länger. Der Frieden grenzte an Langeweile, die Ruhe an Erschöpfung, die Gleichmäßigkeit der Stunden an Melancholie. Dieses Zimmer war, wenn man es genau betrachtete, schlichtweg öde. Und dieser Horizont, dessen nuancierte Verwandlungen er einst mit Interesse verfolgt hatte, hatte längst die begrenzte Palette seiner verschiedenen Lichtstimmungen für ihn er-

---

28 Jean de La Fontaine (1621–1695), war ein berühmter französischer Fabeldichter.

schöpft. Nur ein engstirniger Geist konnte seine Neugier auf die fünfzehn Feigenbäume der Terrasse und die dreißig Aloen der Hecke beschränken. Es gab andere Feigenbäume und andere gelbe Stängel in Tryphême. Dieser Ausflug versprach, reich an unerwarteten Freuden zu sein. So verstand Pausole die Kunst, allen Bedauern zu entfliehen, indem er die Definition von Glück den Umständen entsprechend neu definierte.

Der dramatische Auftritt von Taxis unterbrach seine Überlegungen. Der Moralist stellte sich vor die Tür, als wäre er bereit, sofort wieder hinauszugehen, sollte sein Anliegen abgelehnt werden. Dabei führte er Daumen und Zeigefinger seiner rechten Hand an den Spitzen zusammen – jedoch nicht mit der Bedeutung, die die athenischen Kurtisanen diesem kleinen Gestus beimaßen, sondern um anzuzeigen, dass er in den Worten eines Ultimatums sprach. „Sire", erklärte er, „eine Frage, nur eine einzige: Bin ich noch immer Marschall des Palastes?"

„Ich verstehe nicht", entgegnete Pausole.

„Ich will mich präzise ausdrücken. Bin ich der Vorgesetzte, der Kollege oder der Untergebene des Pagen namens Giglio?"

Pausole zuckte mit den Schultern. „Was zum Teufel treibt Euch denn zu jeder Stunde um, Taxis! Diese Frage stellt sich überhaupt nicht. Wir brechen in wenigen Augenblicken auf. Ich nehme nur ihn und Euch mit. Ich sehe nicht ein, zu welchem Zweck ich die Oberhoheit eines meiner Berater über den anderen feststellen sollte, wo doch beide an meiner Seite stehen und jeder nur meinem Befehl unterstellt ist."

„Sire, wir brechen auf, aber wir sind noch nicht aufgebrochen. Welche Abneigung Eure Majestät auch gegen Prunk und Zeremoniell haben mag, der Aufbruch erfordert Vorbereitungen, und Eure Abwesenheit verlangt Vorsichtsmaßnahmen. Nun aber erlaubt sich der junge Page, von dem die Rede ist, aus einem überflüssigen Eifer heraus, sich auf Eure geheimen Vorlieben zu berufen, um all meine Maßnahmen zu kritisieren und andere vorzuschlagen. Ich frage, ob er befugt ist, eine solche Haltung einzunehmen, die meine Handlungen lähmt und meine Würde verletzt."

„Ach, schon wieder ein Streit!", rief Pausole aus. „Ich will mich nicht einmischen! Dieser junge Mann hat zu mir gesprochen. Er hat Verstand. Sein Geist ist klar und scharfsinnig. Ich werde nicht auf seine Ratschläge verzichten. Ihr hingegen, Taxis, habt ebenfalls Eure Qualitäten, die niemand geringzuschätzen denkt. Ihr seid unangenehm, aber unverzichtbar, und ich dulde nicht, dass man Euch behindert. Klärt Euren Konflikt also gütlich und bemüht Euch, Euch zu einigen, ohne dass ich Stellung beziehen muss."

„Das ist unmöglich."

„Und warum?"

„Zwischen den Prinzipien dieses Jünglings und meinen eigenen, die Eure Majestät offenbar für gleichwertig hält, gibt es eine absolute Unvereinbarkeit. Einer von uns beiden muss weichen oder zerbrechen. Ich warte auf das Wort Eurer Majestät, welches Opfer es sein wird."

Der König riss ungeduldig ein Zündholz an, das mit einem Knall aufflammte – gleichsam ein Ausdruck seiner schlechten Laune. Er rauchte schweigend einige Minuten lang, dann sagte er: „Nun, das ist sehr einfach. Ihr werdet Euch abwechseln."

„Ah!", entgegnete Taxis trocken.

„Ihr teilt Euch den Tag. Von Mitternacht bis Mittag werdet Ihr, Taxis, die Oberhand haben. Es sind genau die Stunden, in denen ich Euch nicht sehen werde, mein Freund. Ihr werdet über meinen Schlaf wachen und gegebenenfalls über meine Vergnügungen. Später, von Mittag bis Mitternacht, wird Euer Nachfolger meine Route leiten und meine Wünsche inspirieren. Ich glaube, damit eine Lösung gefunden zu haben, die jede Möglichkeit von Reibereien ausschließt."

Mit einem bitteren Blick schloss Taxis mit den Worten„Es steht geschrieben: ,Ich werde das gleiche Los haben wie der Tor; warum also war ich weiser?'" Dann verneigte er sich und verließ den Raum.

Drei Stunden später ritt König Pausole zum ersten Mal die Straße hinunter in Richtung seiner Hauptstadt, flankiert von seinem Pagen und seinem Moralisten, angeführt von vierzig Lanzen und begleitet von reichlich Gepäck.

# Kapitel III

## in dem der Spiegel der Nymphen zum Spiegel der jungen Frauen wird

*Seid ewig gegrüßt, Hüterinnen des unglücklichen Feuers,*
*Feuchte Küsse, geboren aus kalten Rosen.*

*Joannes Secundus*[29]

Die Quelle und der große Mandelbaum befanden sich in der entlegensten Ecke des Parks. Einzig Blanche Aline mochte die langen Spaziergänge so sehr, dass sie gelegentlich die Stille dieser verborgenen Zuflucht aufsuchte.

Das Wasser, das aus dem Maul eines Satyrs mit spitzen, schelmischen Ohren sprudelte, fiel in eine natürliche Mulde aus roter Erde und grünem Gras, an deren Rändern dichte Büsche von Oleander wuchsen. Es war nicht das modrige, verwitterte Becken eines Gartens, in dem eine Quelle nutzlos ein vom Regen durchweichtes Erdreich überschwemmte. Stattdessen war es eine Wiege für Blumen, eingebettet in die purpurrote Erde des Südens – ein Quell des Lebens, aus dem bewegendes Grün emporbrach. Über all dem wachte der alte Satyr, ein Sohn des Pan, und blickte auf die Jugend des Waldes, die in lebendigem Strom ewig von seinen Lippen floss.

Über dem gehörnten Wasserspeier, den Blanche Aline für den Teufel hielt, umarmten einander zwei Marmornymphen, stehend und sich über das dunkle Becken beugend. Am Ende jedes Winters bedeckte der Mandelbaum sie mit seinen zarten Blüten. Im Sommer nahmen sie unter der Sonne die Farben von menschlicher Haut an. Nachts wurden sie wieder zu Göttinnen.

In der Nähe dieses dunklen, fruchtbaren Wassers, das man *Miroir des Nymphes* nannte, sah die kleine Prinzessin in ihrem Empire-Kleidchen ihren Prinzen, wie sein glitzerndes Jäckchen im Schimmer eines verzauberten Mondlichts auf sie zukam.

Sie entdeckte ihn, sobald er zwischen den Bäumen auftauchte, einer schimmernden weißen Sternschnuppe gleich. Dann sah sie, wie er größer wurde, klarer, schärfer. Er ging mit einem ruhigen Schritt, pflückte manchmal Blätter von den Zweigen und roch daran wie an Blüten. Er tauchte auf und verschwand im Wechselspiel von Licht und Schatten. Line hatte sich noch nie so aufgewühlt gefühlt. So eifrig sie auch war, ihn

---

29  Joannes Secundus (1511–1536), berühmten niederländischen Dichter der Renaissance, der für seine sinnlichen und raffinierten Liebesgedichte bekannt ist – vor allem für seine Sammlung „Basia" (Küsse)

gleich zu umarmen, wich sie doch bis zur Quelle zurück, hielt die Hand vor den Mund und wagte es nicht, ein Wort zu sagen.

„Ihr habt mich gerufen; hier bin ich", sagte Mirabelle zärtlich.

Line öffnete ihre großen Augen. Sie betrachtete ihren Prinzen von den Füßen bis zum Gesicht, aber vor allem sah sie ihm in die Augen. Er trug keine Kopfbedeckung, sein dunkles, kurz geschnittenes Haar umrahmte leicht schwebend seine Ohren. Sein Blick war tief und fest, mit einem sehr sanften Ausdruck, der jedoch nicht bis zu einem Lächeln reichte. Sie sah, wie sich das vertraute Gesicht zu ihrem neigte, und als sie die Augen schloss, legten sich zwei warme Lippen auf ihre.

Der schwarze Schatten der umschlungenen Nymphen verbarg die jungen Frauen, die aufrecht dastanden. Line zitterte. Die beiden Lippen strichen langsam mit ihrer Zärtlichkeit über ihre Wange und verweilten schließlich auf ihrem Mund.

„Ah!", hauchte sie schließlich.

Mirabelle trat zurück. Diesmal umspielte ein leichtes, doch immer noch sanftes Lächeln ihre schwarz umrandeten Augen. Sie hob die Augenbrauen und sah sich um.

„Nein. Wir sind allein", antwortete Line. „Bleibt." Dann, sich rasch korrigierend: „Kommt mit mir."

Ein paar Schritte hinter der Quelle befand sich ein kleiner griechischer Tempel, fünf korinthische Säulen trugen eine runde Kuppel. Die Säulen waren bis zur halben Höhe vermauert. Eine breite, kreisförmige Bank im Herzen des schattigen Monuments war mit Kissen aus getrocknetem Seetang bedeckt. Der Ort war so abgeschieden, dass sich Line, kaum dass sie sich neben die Tänzerin gesetzt hatte , ein Herz fasste, mit ihr zu sprechen.

„Man hat Euch meinen Brief übergeben?"

„Wie Ihr seht."

„Wisst Ihr, warum ich Euch gebeten habe zu kommen?"

Mirabelle war sehr vorsichtig.

„Um mit mir zu plaudern", sagte sie.

„Ja, genau. Aber jetzt seid Ihr hier, und ich habe plötzlich nichts mehr zu sagen …"

Mirabelle nahm ihre Hand. Line glaubte, dass auch sie nun zitterte. „Ich wollte Euch auch aus der Nähe sehen", fuhr Line fort. „Ihr seid so schön! Schön wie ein junger Mann … Während des ganzen Balletts habe ich nur auf Eure Augen geschaut, und ich beneide Euch so sehr, wenn Ihr wüsstet! Ich bin so traurig, blond zu sein; ich hätte gern dunkles Haar wie Ihr; aber wirklich ganz wie Ihr; ich möchte Eure Schwester sein …"

Mirabelle hielt es nicht für nötig, zu widersprechen.

Line streckte von sich aus ihre Lippen vor. „Küsst mich noch einmal wie vorhin, wollt Ihr?"

Und als sich ihre Münder voneinander lösten: „Wie wunderbar das ist!", sagte sie. „Wer hat Euch das beigebracht?"

„Ich habe es selbst erfunden", sagte die Tänzerin.

„Oh! Wie gut das ist! Wollt Ihr es noch einmal tun?"

Beide traten wieder ins Mondlicht hinaus. Das grüne Kleid und die mit Pailletten besetzte Weste irrten eine Weile um die plätschernde Quelle. Die eine schimmerte wie ein Smaragd, die andere wie Silber. Doch als sie, den Marmor-Nymphen folgend, ihre Umarmung im Wasser betrachten wollten, sahen sie, wie die Nacht ihre Farben mit denen des Wassers und der Bäume verschmelzen ließ.

Mirabelle sprach kein Wort. Ihre Unruhe und ihr Verlangen, kaum unterbrochen, kehrten zurück. Sie erkannte, dass sie sich verliebt hatte. Von diesem Moment an dachte sie nur noch daran, wie sie die Liebe am besten festhalten konnte. Sicherlich gehörten ihr noch ein paar Stunden, aber es wäre reine Verschwendung gewesen, diese mit den Versuchungen des Augenblicks zu veschwenden. Ein romantischer Plan reifte in ihr; sie prüfte ihn in Stille, fand ihn umsetzbar und wollte ihn, bevor sie ihn aussprach, erst andeuten – so viel Raffinesse hatte sie.

„Adieu", sagte sie plötzlich. „Ich werde Euch nie wiedersehen."

Blanche Aline wurde kreidebleich.

„Oh, noch nicht ...", flehte sie.

„Ich muss."

„Aber ich habe Euch kaum gesehen, habe Euch noch nichts gesagt. Ihr kommt und wollt dann gleich wieder gehen ... Vielleicht langweile ich Euch? Ihr versteht wohl gar nicht, warum ich Euch gerufen habe? Ich selbst weiß es doch kaum, aber ich bin so glücklich, wenn ich Eure Hand halte."

Mirabelle zog sie in ihre Arme.

„Bleibt hier, bitte ich Euch", fuhr die junge Prinzessin fort. „Bleibt, oder kommt morgen zur gleichen Stunde zurück. Ich werde auf Euch warten ..."

„Morgen? Aber wir brechen bei Tagesanbruch auf."

Line wurde noch bleicher und begann allmählich zu weinen. „Ist das wahr? Wirklich wahr, Ihr geht fort? Und wann kommt Ihr zurück?"

„Nie ..."

„Aber ich habe nur Euch, um jemanden zu lieben; wisst Ihr das denn nicht? Gestern im Theater habe ich genau gespürt, dass da etwas zwischen Euch und mir ist, dass wir zusammengehören und dass Ihr meine Freundin werden müsst. Ich rufe Euch, ich warte auf Euch, unsere Lippen begegnen sich – und dann soll das alles für immer vorbei sein? Wenn Ihr fortgeht, dann gehe ich mit Euch."

Mirabelles Umarmung löste sich. „Gut, dann brechen wir auf! Ich nehme Euch mit."

„Wirklich? Ihr wollt es?"

„Kommt."

„Nur mit Euch allein?"

„Ja. Ich werde meine Gefährtinnen verlassen. Wir gehören einander, und für immer allein."

„Oh! … Und wohin gehen wir?"

„In meine Heimat."

„Nein! Nein! Lasst uns in Tryphême bleiben."

„Das ist unmöglich. Morgen würdet Ihr entdeckt."

„Wie denn?"

„Durch die Befehle des Königs."

„Papa? Ihr kennt ihn wohl kaum! Es wäre eine schwerwiegende Entscheidung, mich suchen zu lassen. Bis er sie trifft, werden wir längst weit weg sein!"

# Kapitel IV

## in dem Pausole und seine Berater ihre Unterschiede offenbaren

*Ich, Prediger, lebt' als Schüler famos,*
*Als Höfling und Krieger – welch herrliches Los!*
*Viel Rollen gespielt, und das tat ich gern,*
*Minister jedoch, das blieb ewig mir fern,*
*Denn ein Heuchler wie Du, das fand ich zu groß.*

*Ronsard*[30]

Pausole, sein Page und sein Moralist ritten in Begleitung der Eskorte und des Gepäcks, und ihre Reittiere symbolisierten recht anschaulich die Unterschiede ihrer Charaktere.

Der König, der unter seiner leichten Krone ein weißes Batisttuch als Nackenschutz trug, saß auf einem Sattel, der einem Sessel glich: Er hatte eine Rückenlehne, Ohrpolster, frische Kissen, weiche Armlehnen und einen Sonnenschirm. Zwei dünne Metallstangen, aus der Ferne unsichtbar, hielten in Griffhöhe das Zepter und den Reichsapfel. Doch der Apfel war in Wirklichkeit eine Portweinflasche, und das Zepter verbarg einen Fächer.

Die Maultierstute Macarie, ein nicht sonderlich eifriges Wesen, trug diese zerbrechliche Konstruktion mit einem zerstreuten und resignierten Ausdruck – genau jenem Ausdruck, den Pausole selbst unter der Last der Staatsgeschäfte zur Schau trug. Ihr Fell war schneeweiß, doch der Schwanz und der Schopf hatten die Farbe einer grauen Maus. Sie bewegte sich elegant, aber gemächlich. Nie schlief sie weniger als sechzehn Stunden am Tag.

Taxis saß auf dem schwarzen Kosmon, einem Wallach ohne Laster, ohne Tugenden und dumm, wie nur ein Pferd es sein kann. Kosmon hatte weder Rasse noch Eleganz. Sein Herr schätzte ihn dennoch, weil er immer mit demselben Huf antrat, sich nicht von Stuten ablenken ließ und so pflichtbewusst war, dass er ohne Zögern in den Straßengraben gelaufen wäre, hätte man die Zügel nicht rechtzeitig herumgerissen.

Giglio hatte sich aus den königlichen Ställen einen jungen, feuerfarbenen Zebrahengst ausgesucht, mit vier weißen Fesseln, einem gestreiften Rücken und einem Stern auf der Stirn. Das Tier hieß Himère, war temperamentvoll und launisch. Sein Fell passte perfekt zum Kostüm des Pagen, und vom Federbüschel, das an Antennen erinnerte, bis zu den winzigen Hufen des Zebras wirkten die beiden wie ein insektengleicher Zentaur –

---

30 Pierre de Ronsard (1524–1585), war das bekannteste Mitglied der Pléiade, einer Gruppe von sieben Dichtern, die die französische Sprache und Literatur erneuern wollten. Sie orientierten sich an antiken Vorbildern.

ein leuchtender Käfer mit flammenden Flügeldecken und einem bläulich schimmernden Panzer.

„Seht, Sire", sagte Taxis und wies auf die Lanzenträger, „seht, wie präzise und ordentlich diese Vorhut ist. Die Pferde und Reiter sind alle gleich groß; die Lanzen wurden abgemessen, die Helme geprüft. Ich kenne das Leben dieser vierzig Männer. Das sind weder Raufbolde noch Weiberhelden. Jeder von ihnen trägt in seiner Tasche die Bibel von Osterwald[31], zensierte Ausgabe. Ich habe sie so geschult, dass, wenn ich sie gleich auffordere, einen Vers zu nennen, das ihren jetzigen Dienst erhellt, sie alle dasselbe zitieren würden: ‚Gib mir den Sieg über meine Feinde, aber bewahre mich vor dem gewalttätigen Mann', wie es im achtzehnten Psalm steht."

Giglio stützte sich in den Steigbügeln auf: „Diese viereckige Eskorte mit ihren hochgereckten Lanzen sieht aus wie ein umgestürzter Rechen auf der Straße. Sie wirkt weder stark noch kriegerisch. Diese Männer können sich kaum im Sattel halten; sie sitzen aufrecht, aber auf die Art eines Dieners auf einer Kutschbank oder einer Buffetdame im Restaurant. Sie halten ihre Lanzen wie Kerzen und die Zügel wie Servietten. Ein Blick auf ihre Rücken genügt, um zu verstehen, was sie sind: Beim ersten Karabinerschuss würden sie davongaloppieren – vermutlich nicht so schnell wie mein Zebra."

„Die armen Kerle", sagte Pausole. „Wie heiß ihre Helme sein müssen und wie schwer ihre Lanzen zu tragen! Warum ziehen sie sich nicht die Jacken aus bei dieser drückenden Hitze? Haben sie wenigstens Rum in ihren Flaschen und Pfirsiche in ihren Beuteln? Taxis, das wäre unverzeihlich, wenn Ihr das nicht bedacht habt."

Taxis streckte seine dürre Hand aus: „Ich gebe ihnen das Vergnügen der Entsagung. Das ist eine höhere Freude. Sie wissen, dass es in den Wiesen Bäche gibt, aus denen sie trinken könnten, und entlang der Straße Tavernen mit prall gefüllten Fässern, während sie trockene Kehlen, spröde Zungen und leere Mägen haben. Sie genießen den bittersüßen Geschmack des Durstes. Ich, der ich mich, leider, eben erst erfrischt habe, beneide sie um dieses Glück, das ich mir durch doppelte Buße gerade selbst versage."

Der König drehte sich halb im Sattel um und musterte seinen Minister. Er betrachtete ihn von den schlichten, abgenutzten Schuhen bis zum speckigen Filzhut. Er registrierte den engen, verblichenen Gehrock, die acht ausgeleierten Knöpfe, die eckigen Nägel, die breiten Nasenlöcher, das fettige Haar und die schmalen Lippen.

Dann, nachdem er sein Maultier zum Austreten angehalten und sich wieder bequem zurückgelehnt hatte, sagte er beiläufig: „Taxis, es ist ein Glück für Euch, dass Ihr unentbehrlich seid, denn Ihr seid ein abscheulicher Kerl."

---

31  Jean-Frédéric Osterwald (1663–1747) war ein Schweizer Theologe und Übersetzer der Bibel. Seine französische Bibelübersetzung wurde ursprünglich 1724 veröffentlicht.

Der Morgen verging in einem gleißenden Licht. Der Schatten der alten Platanen, die die Straße säumten, wurde immer kürzer. Der Staub der weißen Straße kroch auf die grasigen Böschungen. Vor den Hufen der drei Reittiere huschten grüne Blitze – einige flinke Eidechsen.

Rechts und links der Gräben erstreckten sich die Gärten der königlichen Blumen, mit kuppelförmig angelegten Beeten und Gewächshäusern, die von frischem Wasser glänzten. Hier wuchsen Tausende seltener Arten und neue Züchtungen, die die einfallsreichen Gärtner Tag für Tag hervorbrachten. Jeden Morgen brachte man dem Harem Arme voller frischer Blumen, leichter Blätter und Palmenwedel. Die Gärtner führten über die Launen der Königinnen akribisch Protokoll, und jede von ihnen erhielt nach dem Aufwachen eine Blume ihrer Wahl in einer Vase mit schlankem Hals.

Pausole und seine beiden Begleiter erreichten gerade das letzte Gewächshaus, als die Uhr in dessen Mosaikfassade vier Viertel und zwölf Schläge schlug.

Sofort trieb der Page mit einer raschen Bewegung seines Fußes sein Zebra so dicht an Taxis' Pferd, dass die beiden Tiere Nase an Nase standen: „Herr Groß-Eunuch", sagte er, „Ihr kennt den Wunsch Seiner Majestät. Die Stunde hat geschlagen. Ab jetzt übernehme ich das Kommando. Gebt es bitte an mich ab."

„Empfangt es vom König!", erwiderte Taxis mürrisch.

„Ich gebe es dir, Kleiner", sagte Pausole.

Giglio salutierte, lenkte sein Reittier zurück und rief der Eskorte zu: „Wenden! Sammeln!"

Die vierzig Gardisten rückten zusammen. Der Page, aufrecht und lässig im Sattel, mit ausgestreckten Beinen und stolz schwingender Feder, sprach zu ihnen: „Kameraden, der Herr dort, der heute Morgen befehligte, hat Euch Werkzeuge gegeben, mit denen Ihr nichts anfangen könnt. Die Straßen sind sicher, Tryphême ist friedlich, der König wird von seinem Volk geliebt. Niemals werdet Ihr Eure Lanzen zwischen Schulterblatt und Zwerchfell in die breiten Rücken eines Barbaren stoßen müssen. Das ist klar. Nun, in der Kunst muss alles einen Zweck haben. Was nutzlos ist, ist dumm. Ihr werdet jetzt die Spitzen Eurer Lanzen in diese Mauer dort treiben und so lange drücken, bis das Holz an der Steckhülse bricht. Führt die Bewegung aus!"

„Sire! Aber Sire …", flehte Taxis.

„Lass sie gewähren", sagte Pausole. „Das ist sehr gut durchdacht."

Die vierzig Gardisten brachen ihre Lanzen wie befohlen.

„Behaltet die Stangen!", befahl Giglio. „Und jetzt folgt mir."

Sie betraten die Blumengärten. Der Page durchschritt die Wege, inspizierte die Beete und trat in die Gewächshäuser. Er ließ sich von den Botanikern Blumen mit langen Stielen vorführen: Iris, Anthurien, gestreifte Lilien, Tigerlilien, Turban-Lilien – schließlich blieb er vor riesigen Tulpen stehen.

„Das ist, was wir brauchen", sagte er. „Jeder von Euch befestigt eine dieser Tulpen mit Binsen an der Spitze seiner Stange und trägt sie auf den Wegen mit dem gleichen Respekt, als wäre es die Fahne."

Dann überreichte er dem König eine Rose, Taxis eine Spinnenblume und für sich selbst wählte er eine Calla. Die ganze Truppe setzte ihren Marsch auf der glänzenden Straße fort.

„Das ist wundervoll!", sagte Pausole. „Aber diese Männer hatten Durst, und ich glaube, sie haben nicht getrunken."

# Kapitel V

## in dem Mirabelle ihre maliziöse und sentimentale kleine Seele enthüllt

*Über die Sallé ist die Kritik unsicher:*
*Einer behauptet, sie hat viele glücklich gemacht,*
*ein anderer meint, sie liebt lieber ihresgleichen,*
*ein Dritter sagt, sie schätzt wohl beides ...*
*Chanson über Mademoiselle Sallé, Tänzerin der Oper[32] – Recueil de*
*Maurepas[33], 1735*

Entschlossen, noch in derselben Nacht zu fliehen, gingen die beiden jungen Frauen jede in ihr eigenes Zimmer, um die Vorbereitungen für ihre kleine Reise zu Fuß zu treffen.

Das Empire-Kleid huschte über die dunklen Rasenflächen, erklomm die Treppe des Portikus, folgte der Galerie-Terrasse, stieg durch ein offenes Fenster in einen Salon, und verschwand schließlich im schlafenden Palast.

Das Pailletten-Kostüm hingegen verschwand entlang des Baches und durch die Lichtung, bis es in einem entfernten Haus verschwand, wie ein kleiner Stern, der am Horizont untergeht.

Und tatsächlich legte sich das Kostüm zur Ruhe – unter einer Chaiselongue. Kleine Schnallenschuhe, weiße Strümpfe und sogar das Hemd wurden dazugeworfen. Dann tauchte Mirabelle im Schein einer Kerze beide Hände in einen Kleiderkoffer, in dem es mehr Jacken als Blusen gab.

Sie zog ein Hemd mit flachem Kragen heraus, wie es Söhne besserer Damen manchmal noch tragen müssen, obwohl sie keine Sechzehn mehr sind. Sie schlüpfte in eine gestreifte Unterhose, eine marineblaue Hose, eine weiße Weste, eine breite weiße Krawatte und einen kurzen Blazer – und setzte schließlich einen Strohhut für Damen auf.

So gekleidet warf sie, die Hände in den Taschen, ihrem Spiegelbild über die Schulter einen schnellen Blick zu, zwinkerte sich selbst zu und zog kokett einen Schmollmund. Mirabelles Augen funkelten vor Lebensfreude.

Sie murmelte sogar einen metaphorischen und leicht vulgären Satz in schwer verständlichem Argot[34], der andeutete, dass dieses Travestie-Kostüm sie vorübergehend mit einem naiven und hässlichen Geschlecht versöhnte, das nicht ganz das ihre war.

---

32  Marie Sallé (1707–1756) , gefeierte Tänzerin und Choreografin des 18. Jahrhunderts, bekannt für
    ihre Auftritte an der Académie Royale de Musique (Opéra de Paris) und in London.
33  Sammlung von oft frechen und frivolen Liedern, die am Hof kursierte.
34  Jargon, Sprache der französischen Gauner und Bettler

Denn jede Verstellung wäre vergebens: Mirabelle fühlte keinerlei Neigung zu Männern. Die Stärke des Männlichen – der Stiernacken, die Bizeps wie Flaschen, die Brustmuskeln wie Tischplatten – nein, offensichtlich hatten die Götter ihre Meisterwerke nicht für sie geschaffen. Sie mochte weder Schnurrbärte noch Bärte, und erst recht keine Bartschatten[35]. Das hinderte sie freilich nicht daran, einen Freund – oder auch einen flüchtigen Bekannten – anzunehmen, wenn man sie höflich darum bat. Es hieß, sie sei auch jenseits der Bühne für ihre anspruchsvollen „Auftritte" bekannt, und dort wie auf der Bühne zwang ihre künstlerische Gewissenhaftigkeit sie, eine Leidenschaft vorzutäuschen, die sie in Wahrheit nicht empfand.

Diese kleinen Privatballette, bei denen sie so zärtlich mimte, ließen ihre Abneigung gegen die Männer jedoch von Tag zu Tag wachsen. Sie fügte sich diesen Dingen, das arme Kind, denn die Besuche von Zuschauern bei Tänzerinnen gingen stets mit gewissen unvermeidlichen Aufmerksamkeiten einher, die man allgemein als sehr überzeugend ansah. Ihre eigene Vorstellung von Liebe jedoch setzte noch größere Feinheiten voraus, und ihr künstlerisches Empfinden gründete sich auf Symmetrie.

Nun aber hatten sich Männer, so wie sie kennengelernt hatte, oft genug als sentimental wie ein Bilboquet[36] (um Gavarni[37] nicht nur genau, sondern auch treffend zu zitieren) erwiesen. Zudem muss man leider feststellen, dass eine Dame und ihr Begleiter, sobald sie eine „Einheit" bilden, ein Paar ergeben, das unpassend – ja, fast schon unharmonisch – wirkt.

Diese Überlegungen, zusammen mit ihrem natürlichen Hang, hatten die kleine Tänzerin dazu gebracht, ihre Freuden im Kreis vertrauter Freundinnen zu suchen. Vorsichtig begann sie zunächst mit ihren Kolleginnen aus dem Ballett. Sie bekam stets Zustimmung – sei es durch Worte, Gesten oder Blicke, je nach den individuellen Vorstellungen von Zurückhaltung. Manche stimmten zu, ohne eine tiefere Leidenschaft zu entwickeln, aber keine konnte der harmlosen und geheimen Versuchung widerstehen.

Sechs Monate nach ihren ersten Gehversuchen in der Travestie war ihre Reputation groß – und ebenso die ihres Theaters. Sie lud ein. Sie hatte sogar einen *Jour*[38], an dem sie in ihrer kleinen, sehr intimen Wohnung zehn bis zwölf Vertraute empfing, die es für unnötig hielten, ihre geteilten Vorlieben zu verbergen. Das wurde schließlich so verrucht, dass es sogar ehrbare Damen reizte.

Diese erklärten sich ihr auf verschiedenste Weise – durch Vermittlerinnen, Briefe oder direkte Annäherung. Sie boten stattliche Geschenke und verlangten dafür nur zwei Dinge: das, was sie „das Laster" nannten, und das, was sie „das Geheimnis" nannten – also Lust und Diskretion.

---

35  Spuren eines dunklen Bartes, die sich nach einer Rasur auf der Haut noch abzeichnen
36  Ein Kugelfangspiel
37  Paul Gavarni (eigentlich Sulpice Guillaume Chevalier, *1804–1866*) war ein berühmter französischer Karikaturist, Zeichner und Schriftsteller.
38  Fixer Tag (in der Woche), an dem eine Dame besuchsbereit ist

Mirabelle, geschmeichelt über alle Maßen, stürzte sich in diese Abenteuer. Schon bald war sie ihrer alten und bescheidenen Partnerinnen überdrüssig, die doch ein weniger schnödes Schicksal verdient hätten. Stattdessen sprang sie von der Bühne direkt ins Parkett – wie ein Schmetterling mit glitzernden Flügeln. Unzählige Enthüllungen warteten noch auf sie, und sie wollte sie alle und sie bekam sie auch. Sie erlebte die Freuden des Ehebruchs, die Enge des Fiakers, den Duft möblierter Zimmer, die zu kurze Stunde, den falschen Namen und die *poste restante*[39]. Selbst die höchste Spannung des Ehebruchs, die des „flagranti", blieb ihr nicht erspart – vermutlich, um sie zu warnen. Eines Tages drang ein Ehemann in ein Séparée ein, in dem es zwar weder ein Bett noch einen Mann gab, wo er sich dennoch betrogen fühlte. Mirabelle konnte ihre Freude kaum zurückhalten – so groß war ihre Unschuld gegenüber dem Verbrechen.

Aber genug von den allgemeinen Betrachtungen über diese ambivalente Figur. Wir werden uns nicht in Details verlieren – sie wären ohnehin nicht anständig. Hier wollen wir uns nur darauf beschränken zu erklären, warum Mirabelle auf der Bühne mit unfehlbarem Auge die durch ihre Tänze bezauberte Blanche Aline erkannte; warum ihr Blick sich von scharfsichtig in verführerisch wandelte; warum sie nicht überrascht war, zwei Stunden später einen Zettel mit einer Verabredung zu erhalten; und schließlich, warum sie, wie der Prinz im Märchen, der Versuchung nachgab, die stärker war als ihre Vorsicht – und das Ensemble verließ, um die Tochter des Königs zu entführen.

Währenddessen war die junge Aline in ihr Zimmer zurückgekehrt. Sie hatte von ihrer Frisierkommode ein Rouge-Etui, eine Puderdose, ein prall gefülltes Portemonnaie und einige kleine Toilettenartikel genommen – kurzum alles, was die Hofdame später vor König Pausole aufzählte, als sie ihrer traurigen Pflicht nachkam, ihm den gefundenen Brief zu übergeben.

Diesen Brief schrieb Line in zwei Minuten. Sie machte sich kaum Hoffnung, dass man ihr vergeben würde, doch sie wollte verhindern, dass sich jemand Sorgen um ihre – für sie so kostbare – Gesundheit machte. Ihre inneren Gefühle verblassten angesichts ihrer Freude, wie Sterne im Licht des Mondes verblassen. Und diese Freude war so strahlend, dass sie kaum durch das gebotene Schweigen zurückgehalten wurde.

Falls die Hofdamen nicht hörten, wie sie hüpfte, rannte, in die Hände klatschte und ihren *Télémaque*[40] ins Waschbecken warf – als Zeichen ihrer neu gewonnenen Freiheit – so lag das vielleicht (und ich wage kaum, diese Vermutung auszusprechen) daran, dass die schuldigen Wächterinnen ihre angrenzenden Zimmer verlassen hatten, um sich andernorts die süße Erschöpfung zu suchen, die zuverlässig gegen Schlaflosigkeit hilft.

Wie dem auch sei, Blanche Aline floh in einer fast lärmenden Hast, ermutigt von dem Geheimnis, das ihren ersten nächtlichen Ausflug umgeben

---

39 Postlagernd; hier wohl allgemein Hinterlegung von Botschaften unter falschem Namen
40 Siehe 1. Buch Kapitel VIII

hatte. Sie lief durch die Wälder zum *Miroir des Nymphes* – und fand zunächst niemanden dort.

Das Wasser plätscherte und gluckste wie zuvor. Der teuflische Wasserspeier und die beiden marmornen Nymphen, die vor dem dunklen Hintergrund der Bäume sehr blass wirkten, waren die einzigen Bewohner dieses wieder verlassenen Ortes. Aline stieg zum kleinen Tempel hinauf, machte Lärm und rief leise.

Zögernd trat Mirabelle aus dem Schatten zwischen den Säulen hervor. Sie hatte ihr silbern schimmerndes Kostüm gegen ein anderes getauscht. Zunächst war Aline enttäuscht, doch sofort erkannte sie, dass Mirabelle in ihrer modernen Kleidung noch schöner wirkte. Der große weiße Kragen betonte ihre Züge, und ihr dunkleres Haar schien beinahe schwarz.

Doch sie lächelte nicht. Sie seufzte tief. In ihrem Travestie-Kostüm, das sie wie einen verliebten Jüngling erscheinen ließ, nahm sie vor ihrer Freundin eine schwermütige, wehmütige Haltung an, die zu diesem „männlichen Alter" passte. Nicht, dass sie bewusst eine Rolle spielen wollte – die Last ihrer eigenen Gefühle hatte ihr die Stirn schwer gemacht, unter einer Strähne, die wie Trauer wirkte. Eine tiefe Empfindung für die Schwere des Augenblicks und die Erinnerung, die sie für immer daran bewahren würde, ließ ihr kleines Herz heftig schlagen. Sie stellte sich vor, wie sie später, vermutlich arm, Orangen in der Rue Saint-Denis[41] oder Bleistifte an der Canebière[42] verkaufen würde – in einem Alter, in dem Männer wie Frauen, die sie einst begehrten, sie nur noch verhungern lassen würden..

Mirabelle ahnte, dass Frauen in solch seltenen leuchtenden Momenten all das Licht und die Dunkelheit ihrer Vergangenheit in sich vereinen. Und sie wusste, dass sie, weit über ihre Jugend hinaus, diese Nacht – zugleich mondhell und düster – für immer in Erinnerung behalten würde. Also nahm sie die kleine Prinzessin Aline an der Hand und führte sie in den Kreis der Dunkelheit, den die sechs griechischen Säulen umschlossen.

Mit leiser Traurigkeit dachte sie an die vergangene Stunde zurück, in der sie mit einem Schauer gespürt hatte, dass sie ihre Freiheit hingab. Zum Andenken nahm sie ein kleines Band aus weißem und grünem Stoff von einem Kissen. Nahe der Quelle pflückte sie ein duftendes Blatt und eine duftlose Blume, die sie in ihrem Taschentuch einschlug.

Unter dem Segen der einander ähnlichen beiden Nymphen, die zwei Hände über das Wasser ausgestreckt hatten und einander an anderen beiden hielten, drückte Mirabelle schließlich langsam einen Kuss auf die Augen der Blanche Aline, der ihr rein und geschwisterlich erschien.

„Willst Du wirklich mit mir kommen?"

„Oh ja!"

Ihre Lippen berührten sich. Aline schloss die Augen.

Mirabelle straffte sich und flüsterte: „Liebst Du mich?"

---

41  Straße in Paris, historisch die Verbindung nach Saint-Denis und Flandern
42  Prunkstraße in Marseilles

„Oh ja! Oh ja!"

„Sag es noch einmal ... Sag es mir allein ... Sag mir: ‚Ich liebe Dich, Mirabelle.'"

„Ich liebe Dich, Mirabelle."

„Wirst Du nichts bereuen?"

„Ich habe nichts zu bereuen."

„Wirst Du mir überallhin folgen?"

„Nicht zu weit, wenn Du willst. Aber ich werde dahin gehen, wo Du bist, Du bist meine Freundin ..."

Mirabelle sah sie ernst an und drückte ihre Arme fest. „Weißt Du, was eine ‚Freundin' ist? Nein. Das macht nichts, Du wirst es bald wissen. Verlass mich nicht, schwöre mir, dass Du bleibst. Acht Tage. Ganze acht Tage mit Mirabelle ..."

„Acht Tage? Viel mehr! Was redest Du?"

„Schwöre mir acht Tage. Ich verlange nicht mehr. Wenn Du acht Tage bleibst, halte ich Dich acht Jahre."

„Warum siehst Du so traurig aus?"

„Küss mich ..."

„Hier ..."

„Hast Du geschworen?"

„Alles, was Du willst."

Zärtlich schüttelte Mirabelle dennoch den Kopf. Sie schwieg, blickte noch einmal zu den marmornen Nymphen auf, und sagte schließlich: „Lass uns schnell gehen", sagte sie. „Wo ist der Weg? Das Tor?"

„Oh, das Tor ist bewacht. Komm hier entlang. Ich kenne einen Ausgang, durch den wir aus dem Park gelangen können."

Hand in Hand gingen sie rasch davon. Mirabelle, um einen ganzen Kopf größer, legte ihre Hand sanft auf die schmale Gestalt ihrer Freundin. Ihre Berührung war zärtlich und suchend, bis Aline lächelte und den Kopf hob, um ihr in die Augen zu sehen.

Sie verließen den Park zwischen zwei Aloe-Pflanzen, aber abseits der Straße, querfeldein. Im trockenen harten Erdboden waren Fußspuren zu erkennen. Mirabelle konnte nichts mehr sehen, denn der Mond war untergegangen. Langsam führte Aline sie an der Hand, und bald befanden sie sich im Graben.

Wohin sollten sie gehen? Sie wussten es nicht. Sie folgten einem Maisfeld, dann Gemüsefeldern, wo rote Paprika, Wassermelonen und Süßkartoffeln wuchsen. Der Tag begann allmählich zu dämmern. Unter den Hecken aus Kaktusblättern schwebten Nebelschwaden wie weiße Schneebänke.

„Ich bin müde", sagte Aline und legte ihre Wange auf die Schulter ihrer Freundin. „Wie spät es schon ist! Wo können wir uns ausruhen? Ich habe seit Stunden nicht geschlafen!"

Sie diskutierten im Gehen. Es gab ein Dorf mit einer Herberge an der Straße – aber wie sollten sie ein Zimmer vor Sonnenaufgang verlangen? Sie hatten weder Kutsche noch Mäntel, noch Gepäck. Was, wenn die Wirtin Fragen stellte? Wie sollten sie erklären, warum sie um diese späte und kühle Nachtzeit noch nicht im Bett waren?

„Folgen wir der Straße", sagte Mirabelle. „Dort drüben sehe ich einen Hain mit Olivenbäumen, wo wir im Schatten schlafen können, bis der Tag vorüber ist."

Nach einem Marsch, der der kleinen, beinahe schlafenden Aline endlos vorkam und dennoch nicht länger als fünfundzwanzig Minuten dauerte, erreichten sie den Rand des Waldes. Einige Olivenbäume erhoben ihre flachen, dunklen Kronen vor den anderen Bäumen, doch dahinter drängten sich rote Kiefern und Zypressen, verbunden durch wildes Gestrüpp und sanfte, grasbewachsene Hügel.

Aline warf ihre Arme um Mirabelle, drückte ihr einen schläfrigen Kuss in den linken Nasenwinkel und legte sich mit ausgebreiteten Armen nieder, ohne sich einen besseren Platz zu suchen. Sofort streute der Sandmann seinen Schlaf über ihre Augenlider.

# Kapitel VI

## in dem sich Pausole und seine Gefährten unterhalten und das Gespräch sich um eine Nadel zuspitzt

*Klearista wirft Äpfel auf die Ziegenhirten*
*(βάλλει καὶ μᾶλοισι τῶν αἰπόλων, ἅ Κλεαρίστα)*
*Theokrit[43], fünftes Idyll, Vers 88*

„Es gefällt mir", sagte Pausole strahlend, „es gefällt mir außerordentlich, dass vierzig Tulpen mich auf dem Weg in meine Hauptstadt begleiten! Diese Eskorte bewaffneter Männer widersprach all meinen Wünschen. Taxis, Du warst schlecht beraten, meine Zerstreutheit auszunutzen, um sie mir aufzuzwingen. Was hätte man gedacht, wenn man mich hinter diesem kriegerischen Aufzug gesehen hätte? Dass ich losziehe, um meinem Nachbarn, Monsieur Loubet[44], eine Schlacht zu liefern? Ich bin kein Kriegsherr, das weißt Du. Ausrottung liegt mir nicht. Und in meinem Königreich soll kein anderes Blut vergossen werden als das der Jungfrauen – oder das der kleinen Hühner."

„Die armen Hühner", sagte Giglio. „Ich würde lieber fünfzig junge Mädchen ruinieren, als ein weißes Küken zu schlachten. Obwohl – die Schreie der Mädchen sind viel schlimmer."

„Ja", sagte Pausole, „aber daran gewöhnt man sich."

Da die Hitze immer stärker wurde, öffnete der König sein Zepter in der Mitte und zog einen Fächer hervor, der japanischen Ursprungs war. Ein orientalischer Maler hatte ihn mit einem genauen, schlichten Pinselstrich gestaltet: Er zeigte ein junges nacktes Mädchen in der Hocke von vorn, mit kunstvoll frisiertem Haar und spitzen Brüsten. In der Hand hielt sie einen kleinen Schirm, mit dem sie ihre linke Schulter bedeckte.

„Das Vorrecht der Kurtisanen", fuhr der König fort, „ist doch eigentlich empörend. Ihr durchschnittliches Aussehen hat sich in der Kunst fast aller Völker zum Inbegriff weiblicher Schönheit entwickelt. Und das ist wohl unvermeidlich, da sich alle anderen Frauen weigern, mit ihnen zu konkurrieren. Seit über einem Jahrhundert kennt man gerade einmal vier oder fünf Europäerinnen von Rang, die vor einem Bildhauer oder Maler ihr Hemd abgelegt haben, um ihm zu erlauben, die hübschen Dinge, die sie darunter verbergen, für andere sichtbar zu machen. Niemand weiß, war-

---

43 Theokrit (Θεόκριτος, um 300–260 v. Chr.), war ein antiker griechischer Dichter und der Begründer der bukolischen Dichtung (Hirtendichtung). Er stammte wahrscheinlich aus Syrakus (Sizilien) und wirkte später in Alexandria am Hof von Ptolemaios II.

44 Émile Loubet (1838–1929) war bei der ersten Veröffentlichung des Romanes 1901 Präsident der Dritten Französischen Republik. Wir erinnern uns, dass Tryphême im Mittelmeer vor der französischen Küste liegt.

um das so ist. Überall – außer in Tryphême, und in Japan, wie die Zeitungen berichten – gilt eine nackte Frau als Prostituierte.

Nun, ich gestehe gerne ein, dass Kurtisanen manchmal mehr Genie und Talent haben als ihre Maler, dass sie bewundernswerte Raffinessen entwickeln, und dass man in dem Moment, in dem man ihre Wirkung spürt, versucht sein könnte, sie ebenso zu beklatschen wie zu umarmen. Aber trotzdem sind sie Handwerkerinnen – schließlich ist ihre Tätigkeit mechanisch. Und keine manuelle Arbeit bleibt auf Dauer ohne Folgen für die Harmonie des Körpers. Sie sind sogar Dienstmägde, denn sie richten sich nach unseren Launen. Und kein Gehorsam tut jemals der Schönheit des Geistes gut. Ihr ästhetisches Monopol in Europa ist also eine Anmaßung, und ich bin stolz darauf, das geistige Niveau meiner Untertanen erhöht zu haben, indem ich ihnen erlaubt habe, in Ruhe die Schönheit der Jungfrauen zu bewundern – während unsere Nachbarn ihre gesamte Kunst auf den Wanst einiger Dirnen gründen."

„Ihr seid ein Künstler, Sire", warf Giglio ein.

„Nein", entgegnete Pausole. „Ich liebe die Natur so, wie die Götter sie geschaffen haben. Ich liebe es sogar so sehr, sie zu sehen, dass ich keine Zeit finde, sie mit den Augen anderer zu betrachten, wie es die Sammler von Gemälden tun. Ich bin überhaupt kein Künstler."

Er schaute seinen Pagen an, als erwarte er eine neue Zustimmung. „Mein Freund", sagte er zu ihm. „Aber im Ernst, wie soll ich Dich nennen? Du sagtest mir, dass man Deinen Namen entweder italienisch oder französisch aussprechen könne, Djilio oder Giguelillot. Doch ich habe das Gefühl, dass ich, wenn ich ‚Djilio‘ sage, die Betonung nicht mit der nötigen Kraft hinbekomme. Ein Mailänder würde mich auslachen, wenn er mich in diesem Augenblick hörte. Andererseits ist ‚Giguelillot‘ eine genauso lächerliche Aussprache wie ‚Schakesspierre‘ oder ‚Loangrin‘. Ich kann mich nicht daran gewöhnen. Da Französisch die Sprache meines Volkes ist, lass mich Deinen Namen daran anpassen und Dich schlicht ‚Gilles‘ nennen."

„Sire, ich heiße Gilles", erklärte der Page. „Da Ihr es so wünscht, habe ich schon immer Gilles geheißen; ich habe nie einen anderen Namen getragen. Gilles! Nur Gilles; oder Gilles Gilles; oder Gilles, wie es Euch beliebt."

„Gilles allein ist spritziger, verrückter, es passt besser zu Deinem Erscheinungsbild."

„Aber Ihr, Sire, welchen Namen werdet Ihr tragen?"

„Ich?"

„Ich meine … für die Nachwelt?"

„Wie bitte?"

„Sire, man nennt die Geschichte eine Art Bauersfrau in einem schlecht drapierten roten Kleid. Sie sitzt auf einem griechischen Thron, mit Lorbeer geschmückt, wie ein kleines Mädchen, das in der Schule einen Preis gewonnen hat. Sie hat den Busen einer Wöchnerin, die Schultern eines Lastenträgers und die Nase von Pallas selbst. Außerdem hat sie die seltsame Angewohnheit, die Namen berühmter Männer auf eine eherne Tafel zu schreiben, die sie auf ihrem linken Knie balanciert. Genau dieser Marotte verdankt sie ihren Namen (fragen Sie Ihre Künstler!). Denn dieselbe Bauersfrau, im selben schlecht drapierten Kleid, mit denselben Doppelbrüsten und der gleichen pferdeartigen Nase, könnte ebenso gut die Wissenschaft sein, die Republik Argentinien oder die Omnibusgesellschaft – das hängt allein von den Gegenständen ab, die sie auf der Spitze ihres Oberschenkels balanciert.

Wenn man ein großer König ist, dann ,tritt man vor die Geschichte', begleitet von mehreren männlichen Putten. Diese tragen Wappen und symbolisieren Finanzen, Kunst und Literatur. Einen Münzgraveur wird man nie vom Gegenteil überzeugen. Für diesen feierlichen Moment reicht der Name des Königs allein nicht aus. Man gibt ihm einen berühmten Beinamen, den man dann meist der ,Eingebung des Volkes' zuschreibt. Welchen Beinamen wünscht Ihr?"

„Ich werde darüber nachdenken", sagte Pausole.

„Als ich in Paris lebte, lernte ich dort einen großen Dichter und Dramatiker kennen, der sich einen Spaß daraus machte, den Präsidenten seines Landes historische Beinamen zu geben. Er hatte *Thiers le Bref* genannt, *Grévy le Gaigneur, Carnot le Juste, Faure le Bel* – und noch einige andere ...."[45]

„*Saint Pausole* wäre für mich ausreichend", sagte der König bescheiden.
„*Saint Pausole l' Aréopagit*[46], oder *Saint Pausole de Tryphême*. Nach meinem Tod, falls der Staatsschatz nicht völlig ruiniert ist, möchte ich, dass meine Nachfolger die nötigen Ausgaben für meine Heiligsprechung übernehmen. Es soll teuer sein, heißt es, ein Heiliger zu werden. Graf wird man viel günstiger. Aber ich denke, dass gekrönten Häuptern Rabatt gewährt wird und ihnen viele Verzögerungen erspart bleiben. Ich hoffe, die Heilige Kongregation der Riten[47] wird keinen allzu großen Einwand gegen meinen Aufstieg in den siebten Himmel haben.

Natürlich habe ich mehrere Kulte verehrt, und ich weigere mich entschieden, die zahllosen Götter, deren Nichtigkeit mir nicht bewiesen wurde, als bloße Idole zu behandeln. Aber ich habe auch den katholischen Glauben praktiziert; ich habe sogar seine Tugenden gelebt. Ich bin sanftmütig und demütig von Herzen. Mein ganzes Leben lang habe ich danach gestrebt, die Menschen glücklich zu machen, verrückte Streitereien zu schlichten, verfeindete Hände zu vereinen und Frieden und Liebe zu verbreiten. Das

---

45  Es handelt sich um französische Präsidenten der 3. Republik: Thiers der Kurze, Grévy der Gewinner, Carnot der Gerechte, Faure der Schöne

46  Der Begriff "Areopagit" bezieht sich ursprünglich auf die Mitglieder des antiken athenischen Gerichtshofs Areopag. Im christlichen Kontext wird er oft mit dem Heiligen Dionysius Areopagita oder einem mystischen Schriftsteller assoziiert, der dieses Pseudonym verwendete. Hier vermutlich ironisch als Anspielung auf philosophische oder moralische Autorität gemeint.

47  Die Heilige Ritenkongregation (lateinisch Sacra Rituum Congregatio) war bis 1969 eine Zentralbehörde des Vatikans, die sich u.a. mit Heiligsprechungen befasste.

sind doch ehrenwerte Verdienste. Und ohne von paradiesischen Ambitionen besessen zu sein, scheint es mir, dass ich ein Heiliger von vorbildlicher Art wäre."

Taxis sprang auf – jedoch nicht, wie man meinen könnte, aus Widerspruch. Er hatte den letzten Worten des Königs gar nicht zugehört. Sein Blick war seit einer Minute auf einen kleinen glänzenden Gegenstand gerichtet, der mitten auf der Straße lag.

„Sire!", rief er. „Eine Spur!"

Er stieg ab und hob den Gegenstand auf – doppelt wertvoll durch seine Natur und Herkunft. Er untersuchte ihn sorgfältig und sagte mit ernster Miene: „Hier ist ein kleines Schmuckstück aus Gold, eine Fibel. Diese Nadel trägt auf dem Deckel ihrer Spitze ein graviertes ‚A' mit einer Krone aus Kornblumen – das Monogramm der Prinzessin Aline. Außerdem bemerke ich, dass die Klammer offen ist: Das bedeutet, dass sie direkt von dem Kleidungsstück gefallen ist, das sie zusammenhielt, und nicht aus einem Etui. Ich folgere ..."

„Taxis, Ihr seid ermüdend", unterbrach ihn der gutmütige Pausole. „Wir suchen weder nach *Capitaine Grant*[48] noch nach *La Longue Carabine*[49], und ihr werdet uns nicht dazu bringen, im Staub den Spuren dieses Mädchens nachzuspüren oder wie ein Skalpjäger die gebrochenen Zweige zu zählen. Ich jedenfalls werde mich hier auf der großen Straße meiner Staaten sicherlich nicht wie ein Apachenhäuptling[50] verrenken."

„Es ist trotzdem wichtig ..."

„Zu wissen, dass meine Tochter hier vorbeigekommen ist? Ach, das wusstet Ihr nicht? Wir kennen den Ausgangspunkt und die erste Etappe ihrer kleinen Reise. Dazwischen gibt es nur einen Weg. Sie musste diesen passieren. Selbst wenn sie den extravagantesten Umweg gewählt hätte, um von zu Hause zum Gasthaus zu kommen, würde uns das nicht daran hindern, sie dort zu finden, falls sie noch da ist – und es würde uns auch nicht mehr darüber sagen, in welche Richtung sie sich heute bewegt, falls sie ihre Reise fortsetzt."

Der Ton, in dem Pausole seine Antwort gab, war aufschlussreich. Giglio verstand sofort: Der König hatte es keineswegs eilig, das Ziel ihrer Reise allzu schnell zu erreichen. Wenn man nicht aufpasste, würde man ihn enttäuschen, indem man die Exkursion vorzeitig beendete – eine Unternehmung, die ihn so viele Anstrengungen gekostet hatte, überhaupt in Gang zu kommen.

Giguelillot (der Leser wird hoffentlich nichts dagegen haben, wenn wir diesen Charakter abwechselnd Giglio, Giguelillot, Djilio oder Gilles nen-

---

48  Hauptfigur in Jules Vernes Roman *Die Kinder des Kapitän Grant* (*Les Enfants Du capitaine Grant*, 1867).

49  Spitzname von Natty Bumppo, der Hauptfigur aus James Fenimore Coopers *Lederstrumpf*-Romanen (*The Leatherstocking Tales*). Natty Bumppo ist ein legendärer Jäger und Trapper, der für seine Schießkünste und seine Fähigkeit, Spuren zu lesen, bekannt ist.

50  bezieht sich auf das stereotype Bild eines Apachenhäuptlings, wie es in der europäischen Literatur des 19. Jahrhunderts oft dargestellt wurde. Diese Häuptlinge wurden u.a. als meisterhafte Fährtenleser und unermüdliche Verfolger beschrieben.

nen?) – also Giguelillot hatte eine Idee: Er musste Taxis ablenken. „Entschuldigung", sagte er ernst, „die Nadel ist offen gefallen, sagt Ihr? In welche Richtung zeigte die Spitze?"

Er ging nicht weiter darauf ein. Taxis, stolz darauf, die Antwort auf diese Frage selbst zu finden, legte all seine Energie in die Untersuchung. Das machte die Frage für ihn umso bedeutender. „Moment!", brummte Taxis. „Genau darauf wollte ich hinaus. Das ist ein entscheidender Punkt, den ich gleich klären werde."

Pausole blickte zu Gilles hinüber, der keine Regung zeigte. Auf den Knien auf dem Schotter suchte Taxis nach der exakten Stelle, an der er die Nadel aufgelesen hatte. „Hier! Ich habe sie gefunden", verkündete er. „Der Abdruck ist sehr deutlich. Der Schenkel mit dem Verschluss ist senkrecht zur Straßenachse; aber die Spitze zeigt in Richtung des Palastes, entgegengesetzt zu der Richtung, in der das Gasthaus liegt."

Er erhob sich. „Das", erklärte er mit finsterem Blick, „führt zu unerwarteten Schlussfolgerungen. Die Goldnadel, die ich in der Hand halte, gehört zu jenen, die Frauen – so glaube ich – gewöhnlich am oberen Ende ihres unteren Rückens befestigen. Ihre Funktion ist es, den unanständigen Spalt des Rocks zu schließen und ein Kleidungsstück an der Taille zu befestigen, das nicht herunterfallen soll. Sie wird stets, so nehme ich an, mit der Spitze nach innen befestigt. Folglich, wenn eine solche Nadel sich langsam löst und schließlich zu Boden fällt – da es nicht wahrscheinlich ist, dass sie dabei Saltos schlägt, den Gesetzen der Schwerkraft folgend – zeigt ihre Spitze auf dem Boden vermutlich in die Richtung, in die die Dame ging, die sie verloren hat. In diesem Fall zeigt die Spitze in Richtung des Palastes; also muss Prinzessin Aline, nachdem sie das *Hôtel Du Coq* verlassen hat, umgekehrt sein und sich nun in die entgegengesetzte Richtung bewegen – die genau entgegengesetzt zu der Richtung, in der wir unterwegs sind."

Er hob zwei Finger und fuhr fort: „Aber – das ist nicht sicher."

„Oh, doch!" protestierte Gilles. „Ihr habt vollkommen recht …"

„Das glaube ich gern; trotzdem ist eine Vermutung noch kein Beweis. Und da wir hier das *Hôtel Du Coq* haben (es ist das sechste Haus rechts in dem Weiler, den ihr dort seht), ist das Einfachste, unsere Nachforschungen dort zu beginnen und anschließend zu entscheiden, in welche Richtung wir weitergehen."

„Auf keinen Fall!", rief Giguelillot. „Es gilt, das Dringlichste zuerst zu erledigen. Wir werden uns hier trennen. Der König und ich führen die Nachforschungen im Dorf durch. Ihr, Monsieur Taxis, kehrt zurück, untersucht die Wege und Wälder, schnuppert den Wind, prüft den Horizont, kratzt den Sand – das geht uns nichts mehr an. Denkt nur daran, dass der König um acht Uhr zu Abend isst. Viertel vor acht, Herr Groß-Eunuch."

„Ich habe keine Befehle entgegenzunehmen außer von meinem Souverän."

„Wer bin ich", sagte der Page demütig, „wenn nicht sein Wille, seine Walküre, Monsieur Taxis? Er spricht durch meine Lippen zu Euch."

„Ich mische mich nicht ein", sagte Pausole. „Ich stimme dem im Prinzip zu. Geht, Taxis, da dies der Rat meines Tagesberaters ist. Ihr könnt Eure Meinung äußern, sobald Mitternacht geschlagen hat. Bis dahin keine Diskussionen. Das System hat keinen anderen Zweck, als Spannungen zu vermeiden. Beweist mir, dass es gut durchdacht ist."

Taxis warf einen wütenden Blick auf das Zebra und dessen Reiter. Dann packte er mit zitternder Hand die Zügel des keuschen Kosmon, führte das Tier zum Straßengraben, erklomm die höchste Böschung, vollführte zum Aufsteigen mit einiger Mühe, was Mirabelle in ihrem tänzerischen Fachjargon als „Battements in offener vierter Position[51]" bezeichnet hätte, und landete schließlich wieder im Sattel.

Er trabte bereits in Richtung des Gartens der Blumen, als Pausole, die gute Macarie bittend, sich wieder in Bewegung zu setzen, melancholisch fragte: „Also, Kleiner, ist das dort das Gasthaus?"

Er war im Begriff, unmittelbar in die tragischen Ereignisse einzutreten, Unbekannte zu befragen, Dinge zu erfahren, die er im Grunde nicht wissen wollte, skandalöse Nachforschungen anzustellen und am Ende all dem mit einer notwendigen Entscheidung gegenüberzustehen. Seine Stimme verriet einen deutlichen Unmut angesichts der Annäherung an diesen fatalen Punkt. Doch Giguelillot lenkte mit einem einzigen Wort die unangenehme Spannung um.

„Das Gasthaus?", sagte er. „Das ist noch ein Stück entfernt. Das erste Haus im Dorf ist ein Bauernhof. Und wenn Ihr wollt, Sire, könnten wir dort Milch trinken, bevor wir mit unserer Arbeit beginnen."

„Ah! Welch vortreffliche Idee!" rief der König. „Lasst uns hineingehen! Das gefällt mir. Wir haben hier auf der Straße eine Sonne wie auf Sizilien; ich fühle mich wie am Land und keuche wie ein Stier. Gehen wir die wolligen Schafe ansehen! Die schönen Augen der Kühe! Die Lämmer mit ihrer Wolle, die weich ist wie der Schlaf, wie der Sizilianer sagt. Gehen wir den Ziegenhirten besuchen, der seine bärtigen Ziegen weidet …"

„Und Kléarista[52], die ihm Äpfel zuwirft!"

„Und Kléarista, die ihm Äpfel zuwirft!" wiederholte Pausole, berauscht von der Vorstellung.

---

51 Ballettfigur, wo in breitem Stand das Bein hoch geschwungen wird
52 Eine Figur aus den Bukoliken des antiken Dichters Theokrit (5. Idyll, Vers 88), die dort ebenfalls einem Ziegenhirten Äpfel zuwirft.

# Kapitel VII

## In dem Giguelillot nach einigen recht halsbrecherischen Abenteuern eine List ersinnt und Blanche Aline wiederfindet

*Der Fall ehrbarer Frauen ist oft von einer Geschwindigkeit, die verblüfft.*

*Octave Feuiellet*[53]

Der Bauernhof, den Pausole und sein Page betraten, während die vierzig Tulpen unter dem Torbogen Wache hielten, war von einem Architekten gebaut worden, der vielleicht Theokrit[54] auswendig kannte, sich davon aber nicht völlig einnehmen ließ.

Die Gebäude und der gepflasterte Boden des Hofs, bedeckt mit Keramikkacheln, gingen in abgerundete Ecken über, wo der kleinste Bazillus, der winzigste Pilz oder die bescheidenste Bakterie keine friedliche Existenz führen konnte – geschweige denn lieben oder Nachkommen zeugen –, wie es noch in jener Zeit möglich war, als Kléarista es wagte, eine Flöte zu spielen, die von Keimen nur so wimmelte.

Der ländliche Duft von Phenol und das Aroma von Kupfersulfat mischten sich hier mit dem Heugeruch, der aus den Ställen herüberwehte. Am Ende des Hofs, unter einem Metallvordach, standen rund dreißig Tränken. Jede wurde von einem eigenen Filter gespeist und wartete auf die Schnauze eines Ochsen, der selbstverständlich auch eine eigene Badewanne hatte – keimfrei und vorbildlich hygienisch.

„Oh Sire, wo sind wir hier hineingeraten?", fragte Djilio verzweifelt.

„In eine Fabrik für Milch, Butter und Mastgeflügel", antwortete Pausole. „Sie macht einen ausgezeichneten Eindruck, und ich bin beruhigt, was das Essen angeht, das uns hier erwartet. Dieser Bauernhof ist genau so, wie die Griechen ihn gebaut hätten, wenn sie gewusst hätten, was wir wissen. Er ist sauber und geometrisch."

Das Zebra wieherte in der prallen Sonne. „Außerdem", fuhr Pausole fort, „waren die Griechen überaus vorsichtig, und vieles, was wir in den letzten 18 Monaten ‚erfunden' haben, war ihnen längst bekannt. Ich habe in den Abhandlungen eines Arztes aus Ephesos gelesen, dass sie das Wasser, das sie tranken, abkochten, abkühlen ließen und dann erneut abkochten. Sie wussten, dass Flusswasser das Schlimmste ist, dass Brunnen in der Nähe von Thermen gefährlich sind, und dass Geburtshelfer sich die Hände waschen müssen, bevor sie zu Werke schreiten. Weißt Du, was wir Fort-

---

53  Octave Feuillet (1821–1890) war ein bekannter französischen Romancier und Dramatiker des 19. Jahrhunderts. Er war ein erfolgreicher Vertreter des psychologischen Romans, der sich oft mit den Abgründen der menschlichen Seele, gesellschaftlichen Konventionen und moralischen Konflikten auseinandersetzte.

54  Theokrit (griechisch: Θεόκριτος, ca. 300–260 v. Chr.) war ein antiker griechischer Dichter, der als Begründer der bukolischen Dichtung (Hirtendichtung) gilt.

schritt nennen, ist nie etwas anderes als eine Rückkehr zu den Griechen oder eine Weiterentwicklung ihrer Prinzipien. Der Bauernhof, den wir betreten, ist ihnen näher, als er auf den ersten Blick scheint. Sieh nur, hier kommt der Pächter."

Ein alter Mann eilte herbei, den Strohhut in der Hand, zitternd, gerührt, stolz und erfreut. Der Leser möge sich die weiteren Adjektive selbst ausdenken, um den Zustand eines alten Landmanns zu beschreiben, der König und Page empfängt.

Himère und Macarie, die königlichen Tiere, wurden in erstklassige Ställe geführt. Pausole lehnte sich kameradschaftlich auf die Schulter seines Untertanen, denn er hielt nie viel von Förmlichkeiten. Giguelillot dagegen war hellwach und richtete sein Interesse auf die Mägde des Hofes.

Eine nach der anderen tauchten sie auf: erst eine, dann zwei, sieben, zehn, zwölf. Die weniger ansehnlichen trugen Kittel und Kopftuch, doch die hübschen trugen nichts – wie es in Tryphême Sitte war.

Giguelillot entdeckte unter ihnen eine, die, nackt zwischen ihren kleinen Holzschuhen und dem Tuch, das ihre Frisur zusammenhielt, wie geschaffen schien, um ihm die Mußestunden eines freien Tages zu verschönern.

Während der König Pausole den Pächter freundlich nach seinen Erwartungen für die Ernte und die Getreidepreise ausfragte, näherte sich der Page der Milchmagd, die ihn mit einem süßen Lächeln betrachtete.

„Du kannst Kühe melken?", fragte er sie.

„Das ist das Einzige, was ich kann", antwortete das Mädchen.

Ihre Stimme klang lebendig und warm.

„Na dann", sagte Gilles, „führe mich hin. Wir werden eine Schale Milch füllen – für Seine Majestät, die Durst hat, und für mich, aus purer Höflichkeit."

Sie lief voraus, ihre Brüste in ihren Händen. Er folgte ihr in einen glänzend sauberen Stall, der eher an die Kulissen eines Zirkus erinnerte. „Wie heißt Du?"

„Thierrette, mein Herr."

„Thierrette, Deine Brüste glänzen wie zwei goldene Butterklumpen. Bring dem König die Milch, die Du willst; meine Lippen wollen nur Deine."

„Ich habe keine", sagte sie lachend, „und ich tue nichts dafür, dass ich welche bekomme."

„Keine? Das werden wir sehen."

„Versucht es."

Er prüfte es, rechts und links, mit einer Hartnäckigkeit, die ihr offenbar nicht missfiel. Wie ein gieriges Kind saugte er, die Wangen eingezogen, und ihre Brüste spannten sich unter seinen Lippen. Doch es kam nichts – außer langen Schauern und einem zufriedenen Erröten.

„Noch immer nichts", sagte er schließlich. „Du lässt mich warten. Komm näher; vielleicht bekomme ich etwas in einem Jahr."

„Das ist ziemlich spät, wenn Ihr Durst habt. Trinkt zuerst das hier."
Sie setzte sich neben eine weiße Kuh, umfasste das weiche, zitternde Euter, zog die dicke Zitze zwischen Daumen und zwei Finger hervor und ließ einen schrägen Strahl weißer Milch herausschießen.

Giglio wartete in einiger Entfernung, bis sie zu ihm zurückkam. Doch sie ging mit langsamen, festen Schritten aus dem Stall, die Porzellanschale mit der schweren, zitternden Creme vor ihrer Brust.

„Ich bringe das dem König", sagte sie. „Wartet, Ihr seid als Nächster dran."

Doch sie warteten keine Sekunde. Kaum war sie aus dem dunklen Stall hinaus in das helle Licht der Tür getreten, wo ihr schwarzes Haar einen bläulichen Schimmer annahm, war der Page bereits durch den hinteren Ausgang des großen Raumes verschwunden. Er durchquerte helle Flure, luftige Vorhallen und Vorratsräume, die wie landwirtschaftliche Ausstellungen anmuteten – und die ihm in ihrer Anordnung äußerst missfielen.

Giguelillot hatte wenig Bewunderung für die mühsame Arbeit des Menschen übrig und behandelte selbst die ernstesten Dinge mit einer beklagenswerten Leichtfertigkeit. Dafür war er bei der Gestaltung von Räumen – ob für die Arbeit oder das Vergnügen – unerbittlich. Seine Ansichten darüber waren umso fester, je neuer sie waren. Er mochte gewisse Formen von Unordnung, die etwas Spontanes hatten, doch nichts konnte ihn mehr reizen als eine „aufgeräumte" und regelmäßig angeordnete Umgebung.

Mit aktiver Begeisterung brachte er also alles durcheinander, was er bewegen konnte. Er warf Seilrollen in die Erntemaschinen, legte Haken und stählerne Klingen in die Eggen und Pflüge, steckte dünne Heugabeln, schlanke Schaufeln und robuste Hacken in den Kessel und den Schornstein eines bedauernswerten Lokomobile[55]. Und dann, als wäre der Fliesenboden ein gewöhnliches Feld, zertrümmerte er ihn mit einem Hieb der Hacke.

Der rote Untergrund kam zum Vorschein. „Ah!", rief er. „Das ist doch ein schöner Farbton."

Er trat ein paar Schritte zurück, blinzelte halb und ließ den Raum auf sich wirken: wie das Licht einfiel, wo sich die Schatten sammelten. Dann suchte er sich mit Bedacht eine andere Stelle in der Hauptgasse und setzte mit einem weiteren Hackenschlag einen „roten Akzent".

Mit großem Eifer machte er weiter und bemühte sich mehr als eine Viertelstunde lang, die Dekoration des Raumes zu verändern – ohne Rücksicht auf die Regeln von Owen Jones[56]. Einige Sensen, denen er die Stiele abgenommen und mit Bedacht flach auf dem Boden arrangiert hatte, entfalteten ihre langen blauen Klingen und ließen das Rot in eine Palette aus Orange übergehen. Reihen aus aufeinandergelegten Stöcken schufen

---

55  historische mobile Dampfmaschine
56  Owen Jones (1809–1874) war ein britischer Architekt, Designer und bedeutender Theoretiker der dekorativen Kunst.

baumartige Linien und verliehen der Komposition eine Art Stabilität. Zwei Sichelklingen, die er mit den Spitzen und Griffen über einer roten Vertiefung zusammenfügte, bildeten ein künstliches Zentrum, einen Brennpunkt aus rostiger Erde, der durch einen kleineren, aber ebenso notwendigen Brennpunkt in einer anderen Ecke ausbalanciert wurde.

„Ah, ah!", rief er erneut. „Das sieht doch gar nicht schlecht aus. Jetzt kann man diesen Raum betreten. Die Dinge sind endlich an ihrem Platz."

Angespornt von seiner zwanzigminütigen Schaffenslust setzte er seinen Rundgang durch den Hof fort. Ein Vorratsraum, gefüllt mit roten Erdbeeren und Himbeeren, öffnete sich nicht weit von ihm. Er trat ein.

„Guten Tag, Herr", sagte eine kleine Stimme. Hinter purpurfarbenen Kisten erblickte Giglio den weißen Umriss eines Frauenkörpers, durchzogen von goldenen Reflexen. Vielleicht würde diese hier sanfter und weniger raffiniert sein als die junge Thierrette. Er verlor keine Zeit damit, sie nach ihrem Namen zu fragen oder mit den Feigen, Bananen und Mandarinen eine dekorative Spielerei zu gestalten.

Er trat näher und erklärte: Rose, Liliane, Marguerite – oder wie auch immer Dein blumiger Name unter Deinen Schwestern lauten mag: Wenn ich der Herr dieses Ortes wäre, würde ich keine anderen Früchte wollen als die Deines samtigen Körpers, so weich wie eine Pflaume. Gib mir Deine Orangen, Deine Erdbeeren und Deine Pflaumen – und dieses Granatapfelherz, das so fest verschlossen ist."

Hätte der junge Poet vor einer seiner Leserinnen gekniet, so hätte er vielleicht nach noch selteneren Vergleichen gesucht – so denn solche noch zwischen den Früchten der Frau und denen der Erde zu finden sind. Doch die Tryphémoise, der er diese Schmeicheleien machte, hatte nie zuvor etwas gehört, das ihr mehr Anmut zu haben schien.

Sie errötete, senkte den Kopf und lächelte wie ein Kind. Da sie als Erstes die Tür schließen wollte, verstand Giglio, dass er seinen Spaziergang ohne Unterbrechung fortsetzen konnte – bis hin zum Schlussakt.

Er zog das Mädchen an sich, zwischen seinen linken Arm und sein blaues Wams. Mit einer Hand, die wie ein unsichtbarer Führer durch eine Ausstellung von Gartenbau wirkte, berührte er zuerst ihren Mund, der sich in eine Pfirsichblüte verwandelte, dann ihre Brüste, die – um bei diesem Bild zu bleiben – zu zwei Pfirsichen mit Kernen wurden. Schließlich wagte er sich an Metaphern heran, die vielleicht von Chénier stammten, aber ganz sicher nicht von Lamartine[57].

Die Wächterin der Himbeeren hörte diesen Poesien, die gänzlich orientalisch klangen, mit sinnlichem Interesse zu. Unfähig, ihrem schwachen und bescheidenen Widerstand Gehör zu verschaffen, ließ sie sich willenlos von einem jungen Mann führen, den sie für einen genialen Künstler hielt. Ohne jede Gegenwehr folgte sie ihm zu einer Gartenbank, räumte sie von hundert Früchten frei und hielt es für eine Frage der Ehre, großzügig das zu geben, worauf er zu warten schien.

---

57 Meint: geradlinig, direkt und nicht romantisch verbrämt

„Wann kommst Du wieder?", seufzte sie schließlich, nach vielen anderen Seufzern.

„Morgen. Heute Abend. Übermorgen. Immer", antwortete Giglio, ohne die geringste Erschütterung.

„Aber Du hast doch Freundinnen?"

„Keine."

„Und wirst Du welche haben?"

„Niemals!"

„Schwöre es mir."

„Ich schwöre es dir."

Beruhigt ließ sie sich ein weiteres Mal in aller Offenheit fallen, und schließlich, mit noch größerem Vertrauen, ließ sie ihn ziehen.

Giguelillot durchquerte den Hof. Durch die Fenster des Zimmers, in das man den König geführt hatte, sah er Pausole, der in einem großen Ledersessel neben dem Pächter eingeschlafen war. Als er sich abwandte, entdeckte er Thierrette, die in der Eingangshalle stand. Sie hob warnend einen Finger, um ihm zu bedeuten, dass er sich nicht nähern sollte, doch das Lachen konnte sie nicht unterdrücken. „Folgt mir nicht!", rief sie, während sie davonlief.

Er rannte ihr hinterher. Sie stürmte die Treppe hinauf, rannte durch einen weißen Korridor und schlüpfte in ein kleines Zimmer, das so makellos und glänzend war wie alle anderen. Dort verschanzte sie sich hinter einem Handtuchhalter: „Schuft! Jetzt bist Du also in meinem Zimmer! Raus hier, oder ich schreie!"

Giglio, ganz Schauspieler, nahm die Stimme einer Dame an, die ein Junggesellenzimmer begutachtet, und sagte: „Wie hübsch Du es hier hast! Oh, die schönen Blumen!" Mit dem Finger tippte er auf die Tapete, auf der absurde, gelbliche Stiefmütterchen ihre gespaltenen Lippen neigten.

Sie tat so, als wolle sie sich anziehen, doch er hielt sie mit einer Handbewegung auf. Das Federbarett in der einen Hand und die andere leicht gesenkt, sagte er mit tausendfacher Anmut: „Schöne Thierrette, ich verehre Dich."

„Ist das wahr?"

„Zu sehr. Ich bin verrückt nach dir. Siehst Du es nicht in meinen Augen?"

Sie sah alles, was sie sehen wollte, und fragte dennoch: „Wirst Du mich morgen noch lieben?"

„Immer."

„,Immer' ist eine lange Zeit. Sag mir lieber etwas Kürzeres, damit ich dir glauben kann …"

„Achtzig Jahre."

„Noch kürzer."

„Neunundsiebzig Jahre und ein halbes … Ich spreche zu dir aus tiefstem Herzen, Thierrette. Wenn ich dir eine so lange Liebe verspreche, dann

83

nur, weil ich hoffe, sehr alt zu werden und Dich mein Leben lang zu lieben."

Thierrette ließ sich überzeugen. Ihr unwürdiger, aber hinreißender Liebhaber verstand von Beginn an, warum sie sich fast eine Stunde lang geweigert hatte, sich hinzulegen und ihm die Arme zu öffnen. Es war, weil sie zuvor nie entschieden hatte, jemandem eine solche Gnade zu gewähren.

Hatte sie recht, Giguelillot als Ersten diese bisher unbesetzte Stelle neben sich einnehmen zu lassen? Der Leser wird daran nicht zweifeln. Thierrette jedoch war besorgt. An diesem Nachmittag im Juni, als sie sich plötzlich den Zärtlichkeiten eines Mannes zugänglich fühlte – mit weicher Taille und festen Brüsten –, war es, weil in der Abgeschiedenheit ihres Zimmers ihre Sinne ohne jeden Widerstand über ihre letzten Reste an Energie triumphiert hatten.

Anstelle von moralischer Stärke zeigte Thierrette Mut; dann Leidenschaft; dann Eifer. Das Gesamtbild ihrer Qualitäten übertraf bei weitem das bescheidene Niveau, auf dem sich das Mädchen aus dem Fruchtsaal bewegt hatte.

Sie ertrug die Prüfungen des Anfangs ohne zu klagen, ja sie ging ihnen mit einer Stärke entgegen, die im rechten Moment unterstützend wirkte. Und nach und nach, begeistert von der Offenbarung, die unvermittelt in ihr erwacht war, zeigte Thierrette deutlich, dass man ihr diese Freude nicht mehr nehmen würde – unter keinen Umständen. Nicht einmal eine kurze Pause würde sie dulden. Giguelillot, der höfliche Gefangene, zeigte sich solidarisch.

Doch genau in dem Moment, in dem sie in seinen Augen zu lesen versuchte und sicher zu sein glaubte, dass sie darin die Flamme einer Liebe so heftig wie die ihre sah, dachte der kleine Page bereits an ganz andere Dinge.

Er überlegte sich – nicht ohne Rücksicht, aber auch ohne große Scheu – dass er hier seine Zeit mit einer bedauerlichen Leichtfertigkeit vergeudete. Er erinnerte sich daran, dass er nicht nur der bevorzugte Page, sondern auch der Berater des Königs Pausole geworden war. Und in dieser Position, so sagte er sich, musste er vor allem Taxis negativen Einfluss ausgleichen. Dafür reichte es nicht, diesen ernsten Mann sechs Kilometer zurückzuschicken und ihn damit zum Narren zu halten. Nein, er musste handeln, während Taxis abgelenkt war, ohne ihn die Ermittlungen vorantreiben, die Dinge in Bewegung setzen und ihm bei seiner Rückkehr mit einem traurigen Lächeln das Unvermeidliche präsentieren.

Während Thierrette ihre jungen, stürmischen Leidenschaften auslebte und dabei weder die Minuten noch das Einsetzen der Dämmerung zählte, hatte Giglio genug Zeit, seine Gedanken zu Ende zu führen – und aus ihnen eine glänzende Idee reifen zu lassen.

Die Idee, die ihm kam, war eine Art List. Zunächst erschien sie ihm ein wenig kompliziert, etwas wacklig und ein wenig weit hergeholt, aber nicht zu viel, um erfolgreich zu sein. So setzte er sie in Gang: „Mein Liebling", sagte er plötzlich. „Ich habe Dich vom ersten Augenblick an geliebt, aber jetzt könnte ich es nicht einmal ertragen, Dich auch nur für einen Morgen zu verlassen."

„Oh nein! Verlass mich nicht!"

„Du weißt, dass ich der Page des Königs bin. Mein Kostüm macht mich überall erkennbar. Wie soll ich herauskommen, wie mich verstecken? ... Hör mir zu. Du ziehst Dich doch im Winter an – wo sind Deine Kleider?"

„Warum?"

„Gib mir einen Rock und ein Tuch, ein Halstuch, um meine kurzen Haare zu bedecken, und den breitkrempigen Strohhut, den Du auf den Feldern trägst. Gib mir noch zwei Milcheimer in die Hände, und lass mich so hinausgehen. Ich werde draußen warten, bis man die ganze Farm durchsucht hat und der König ohne mich abgereist ist. Dann komme ich dorthin zurück, wo Du willst, und wir werden uns die ganze Nacht nicht mehr trennen."

„Das stimmt", sagte Thierrette. „Hier können wir uns nicht sehen. Tagsüber ist das Stockwerk leer, und heute habe ich nichts zu tun, da der König auf der Farm ist. Aber heute Abend – wenn man Dich hier fände!"

Sie stand auf. „Zieh Dich an! Schnell! Die Sonne ist schon untergegangen." Sie half ihm, zog ihm den Rock an, zog feine Leinenärmel über die des blauen Wamses, band ihm das Halstuch um und bauschte es vorn auf. Dann wickelte sie das Seidentuch auf seinem Kopf zusammen, setzte ihm den breiten Strohhut auf und sagte:

„So! Jetzt geh! Die Milcheimer stehen im ersten Zimmer im Erdgeschoss. Nimm zwei davon. Es ist fast dunkel. Ich bin sicher, dass Dich niemand erkennen wird. Heute Abend schleiche ich mich allein in den kleinen Olivenhain, rechts von der Straße zum Palast. Und Du?"

„Ich werde da sein."

„Jede Nacht?"

„Jede Nacht."

„Oh, ich finde Dich so wunderschön!"

Sie nahm ihn wieder in ihre Arme, und Giglio musste sich sehr bemühen, Gleichmut zu bewahren ihr nicht zu zeigen, dass er ihre Absichten wohl verstand.

Giglio ging hinaus, stieg gemächlich eine Treppe hinab, die ihm wenig vertrauenswürdig vorkam, und fand die kleine Molkerei, in der die Abendmilch, noch warm und schäumend, auf ihn wartete. Er beugte sich hinunter, hob den Henkel des ersten Eimers an, zog, stemmte sich dagegen, spannte die Schulter – doch es gelang ihm nicht, den Eimer mitsamt seiner Ladung Milch und Sahne anzuheben.

Ein einfacher Gedankengang, der einzige, den sein erschöpfter Geist noch zuließ, überzeugte ihn: Wenn „eins" in „zwei" enthalten ist und er schon einen Eimer nicht heben konnte, würde er mit zwei Eimern erst recht nicht zurechtkommen. Ganz ruhig, und stets offen für praktische Lösungen, kippte er die Eimer mit ihren Zinnschnäbeln in Richtung der offenen Tür und verteilte auf den dunklen Kacheln eine „Milchstraße".

Dann leerte er ebenso den zweiten Eimer, der am nächsten stand, setzte die Deckel auf und achtete dabei darauf, dass der Schaum die Ränder leicht überquoll und als weiße Spur über die Seiten lief. Anschließend hob er die leeren Zylinder mit der Leichtigkeit eines Akrobaten an.

„Für das, was ich vorhabe", sagte er, „reichen die Schaumkronen völlig aus." Dreist ging er zu dem Fenster ohne Vorhänge, durch das er den König Pausole schlafend überrascht hatte. Der König schlief immer noch, die Nase ein Stück tiefer und der Bart in einer Spirale.

Es war Nacht. Im Süden, egal was Voltaire[58] behaupten mag, sind die Sommertage kürzer als hinter den Bäumen von Auteuil[59]. Es war noch nicht acht Uhr, als Giglio, nun als Bäuerin verkleidet und mit den Milcheimern in den Händen, an den vierzig Wachen vorbeiging, die unter dem Torbogen standen und ihre etwas welk gewordenen Tulpen hielten.

Als er die Straße erreichte, kam ihm ein staubiger und grimmig blickender Taxis entgegen. „He!", rief Giglio. „Herr! He, Herr!"

Taxis erkannte ihn nicht, da sowohl die Stimme als auch das Auftreten und die Kleidung verstellt waren. „Was? Was wollt ihr von mir?" rief Taxis.

„Sucht Ihr den König?"

„Das geht Euch nichts an."

„Natürlich nicht. Ich frage nur, weil – falls Ihr ihn sucht: Er ist schon zurück im Palast."

„Was?"

„Ja, und er war ziemlich wütend, weil Ihr nicht da wart. Aber das geht mich ja auch nichts an. Gute Nacht, Herr. Ein schöner Abend heute, nicht wahr? Hoffen wir, dass es bald wieder ein wenig regnet."

Taxis machte eine Geste, die so viel bedeutete wie: „Das ist ärgerlich! Sehr ärgerlich!" Dann wandte er den zahmen Kosmon und ritt zum zweiten Mal die Straße entlang zurück.

Giglio hingegen schritt mit einem gleichmäßigen, wiegenden Gang durch die Dorfstraße. Seine Arme waren so steif, als würde er tatsächlich zwanzig Liter schwere Milch in den Händen tragen. Er mied Passanten und blieb nah an den dunklen Hauswänden. Um seinem neuen Kostüm den letzten Schliff zu verleihen, hielt er sich absichtlich mit hängenden Schultern, wie ein Mädchen, das eine Last auf sich nimmt.

Das *Hôtel de Coq*, das er betrat, war nur eine kleine Herberge, umgeben von einem alten Garten. Der Eingang führte durch die Küche, und da gerade die Stunde des Abendbratens schlug, hatten weder die Wirtin noch

---

58  Voltaire (eigentlich François-Marie Arouet) lebte von 21. November 1694 bis 30. Mai 1778. Er war ein bedeutender französischer Philosoph, Schriftsteller und Historiker der Aufklärung.

59  Voltaire lebte eine Weile in Auteuil bei der wohlhabenden Madame de Fontaine-Martel, einer Förderin und Unterstützerin junger Schriftsteller, bevor er berühmt wurde.

die Dienstmädchen Zeit, ihn zu mustern. Nach einem kurzen Gruß, auf den kaum jemand antwortete, erklärte er mit dümmlicher Stimme: „Ich bin neu auf dem Hof. Ich bringe Milch für die junge Dame und den Herrn, die oben in ihrem Zimmer essen."

„Geht hoch. Erste Etage. Die Tür mit den zwei Flügeln", sagte eine geschäftige Magd.

„Das ist doch die junge Dame in Grün, oder?", fragte er mit ruhiger Beharrlichkeit.

„Ja, wie man Euch gesagt hat. Beeilt Euch!"

Giglio stieß einen zufriedenen Seufzer aus. Seine Überlegungen in Thierrettes Armen hatten sich als richtig erwiesen. Unter den verschiedenen Möglichkeiten, die er in Betracht gezogen hatte, hatte er die richtige gewählt: Blanche Aline, die auf die Trägheit ihres Vaters vertraute, hatte das Gasthaus ihrer ersten Liebesnacht nicht verlassen. Das stand fest. Es brauchte nicht viel Scharfsinn, um zu ahnen, dass sie sich dennoch in ihrem Zimmer versteckte, dort heimlich ihre Mahlzeiten einnahm – und dass eine solche Besonderheit in einer kleinen Landherberge sie leicht identifizierbar machte.

Er ging auf die Treppe zu, als ihn die Köchin aufhielt und mit einem Finger auf die beiden Eimer zeigte. „Wollt Ihr das alles da hochschleppen? Das reicht für fünfundzwanzig Personen."

„Keine Sorge. Das wiegt nicht schwer. Die Dame nimmt, was sie will."

„Und außerdem seid ihr spät dran. Sie haben schon vor zehn Minuten zu Abend gegessen. Das Geschirr ist längst abgeräumt."

„Umso besser. Dann wird es für die Nacht sein."

Unbeeindruckt stieg er die Treppe mit seinem gleichmäßigen, schwankenden Gang hinauf, fand die Tür mit den zwei Flügeln, ließ die beiden leeren Eimer wie zufällig gegeneinander klirren und klopfte, während er mit den Fingern gegen die Tür trommelte: „Madame! Ich bin hier, um das Zimmer zu machen!"

# Kapitel VIII

**in dem Blanche Aline gegen vier Uhr nachmittags ein Bad nimmt**

*Die Kammerfrauen meiner verstorbenen Mutter,*
*und ein paar junge Damen, die man mich sehen ließ,*
*waren die Meisterinnen der Sündhaftigkeit,*
*die mich das Böse lehrten, in einem Alter,*
*in dem ich es noch nicht begehen konnte.*
*Aus „Der Triumph des Zölibats",*
*von einer Demoiselle von Stand – 1744*

Im Oliven- und Pinienwald, in dem der Schlaf sie übermannt hatte, schlief Blanche Aline etwa zehn Stunden, von der Morgendämmerung bis zum späten Nachmittag.

Als sie erwachte, flüsterte sie nicht: „Wo bin ich?", wie eine naive Heldin aus einem Märchen. Das lag daran, dass Mirabelle neben ihr saß, aufgestützt auf einen Arm, sie schweigend betrachtete und mit einer Aufmerksamkeit, die bereits beinahe ehelicher Zärtlichkeit glich, über sie wachte.

„Du bist es?", fragte Aline. „Und wir sind allein? Niemand hat uns gefunden? ... Guten Morgen, Mirabelle. Hast Du gut geschlafen?"

Nein, die Tänzerin hatte kein Auge zugemacht. An schlaflose Nächte gewöhnt, hatte sie auch diese mit Warten und Begehren verbracht. In der ersten Morgenstunde war sie auf die Knie vor Alines Gesicht gesunken, um ihren Schatten über sie zu werfen. Später, als sich das Licht änderte, hatte ein langer, schwarzer Zypressenbaum freundlicherweise diese Aufgabe übernommen. Mirabelle hatte daraufhin den Platz verlassen, um Feigen zu stehlen. Als Aline schließlich aus ihrem letzten Traum auftauchte, setzten sich beide zum Essen hin.

Das Mahl war bescheiden, und die Hitze im Schatten drückend. Über die Myrtenbüsche hinweg konnten sie blaue Erntearbeiter in den kupferfarbenen Feldern und Passantinnen auf der Landstraße sehen.

„Siehst Du", sagte Mirabelle. „Wir sind überhaupt nicht allein. Wir können nicht hier bleiben. Willst Du bis nach Tryphême gehen? Die Stadt ist nur zwei Meilen entfernt. Dort können wir uns viel besser verstecken als im Wald."

Aline lehnte sich an Mirabelles Schulter, und die beiden machten sich durch die Wiesen auf den Weg. Nicht weit entfernt mussten sie das erste Dorf durchqueren. Die Straße war leer und weiß. Zu ihrer Rechten lag ein Gasthaus. Die frisch gestrichene, strohgelbe Fassade, die schattigen Lauben, der Garten und die alten Bäume weckten plötzlich Mirabelles Verlangen.

Um diese Tageszeit arbeiteten die Bauern auf den Feldern. Niemand war in der Nähe der offenen Tür, und wenn sie sich schnell hineinschlichen, würde es keine Zeugen geben, die sie verraten könnten. Zumindest war das der Grund – oder eher der schwache Vorwand –, den sie ihrer plötzlich drängenden Begierde gab.

„Lass uns hier hineingehen", sagte sie.

„Wohin Du willst."

Man gab ihnen das beste Zimmer. Kaum waren sie dort, wollte Aline eine große Badewanne, einen neuen Schwamm, einen Korb Kirschen, Schokolade, einen Fächer, Zitronensirup, viel Eis und viel heißes Wasser. All diese kostbaren Dinge wurden ihr gebracht, dann schloss sie die beiden Riegel der Tür. Mirabelle folgte ihr, um sie zu umarmen, doch Aline legte die Hände zusammen, verzog lächelnd das Gesicht zu einem kleinen Schmollmund und sprach mit der Stimme eines bettelnden Kindes. Sie erklärte, es sei heiß, sie seien allein, und niemand würde sie schelten. Also könnten sie genauso gut zusammen baden und sich „ein bisschen ganz nackt" machen.

Mirabelle schauderte. Alines Ungezwungenheit irritierte sie. Sie, die an alle Spielarten städtischer Ausschweifung gewöhnt war – an Widerstände, die sich überwinden ließen; an Mieder, die sich mit einem Haken öffneten; an Schichten warmer Unterröcke und einladender Hosen – konnte nicht begreifen, was in diesem Mädchen vorging, das die Nacktheit als eine Art Spielkleidung vorschlug, ganz ohne die üblichen Übergänge der Sofaszenen.

Die Menschen, die in Theatergarderoben, Droschken und Parterrewohnungen schrittweise versucht hatten, Mirabelles junge und empfängliche Seele zu formen, hatten es auf eine Weise getan, die ihr ein bestimmtes Bild von Frauen einprägte: Es gab die keuschen Frauen und die satanischen Frauen. In ihrem Verständnis gab es nichts zwischen extremer Anständigkeit und Verderbtheit.

Schon früh hatte eine bedürftige Tante sie vor die Wahl gestellt: Tugend oder Laster? Ohne jedoch auf die Tugend zu bestehen, sodass Mirabelle schließlich all die Laster lernte, um sich so früh wie möglich in einer der beiden vermeintlich parallelen Bahnen auszuzeichnen, die sie für den moralischen Weg einer hübschen jungen Frau hielt. Dass es einen dritten Weg geben könnte – dass man nackt sein konnte, ohne in den Augen die Glut uralter Begierden zu tragen (wie unsere Schriftsteller sich ausdrücken), davon hatte Mirabelle, als gute Französin und Leserin von Groschenromanen, keine Ahnung.

Für sie war jede Geste einer Frau entweder die doppelbödige Mimik der *Statue Pudique*[60] oder der *Statue Indicatrice*[61]: Wer nichts verhüllte, enthüllte; wer sich nicht wehrte, wollte verführen. Während sie Aline zuhör-

---

60  Die Verhüllung, die Schwamhaftigkeit
61  Die Enthüllung, die Verführung

te und in ihre so reinen Augen blickte, dachte Mirabelle schlicht: „Das müssen die Sitten von Tryphême sein. Was für ein merkwürdiges Land!" Mirabelle war die Erste, die sich ihrer Kleider entledigte, mit Bewegungen, die mal zögerten, mal hastig wurden, wenn es um die Knöpfe ging. Sie wagte nicht ein einziges Mal zu lächeln, und als sie plötzlich von ihrer eigenen Unsicherheit überrascht wurde, wusste sie nicht, wohin mit ihren Armen, als sie nichts mehr zum Ausziehen hatte.

Sie stand da, nervös, die Hände hinter dem Nacken verschränkt, ein Bein zitternd, der Körper biegsam. Sie biss sich auf die Lippe, beugte ihren geschmeidigen Hals und ließ ihren Blick rastlos umherschweifen. Unterdessen saß Aline vor ihr, das Kinn auf die Finger gestützt, und studierte sie mit überwältigendem Interesse.

Mirabelle, ungeduldig, rief: „Gefalle ich dir?"

„Du siehst aus … Willst Du wissen, woran Du mich erinnerst? An eine Statue von Narziss, die im hinteren Teil des Parks steht. Aber Narziss ist ein Mann … Du bist die erste Frau, das ich so betrachte. Ich hatte noch nie eine Freundin, weißt Du, und die Frauen meines Vaters sehe ich nur von weitem … Ich finde Dich viel hübscher als sie."

Tatsächlich hätte man, abgesehen von einem kleinen Detail, das nicht ständig ins Auge fallen musste, Mirabelle durchaus für einen jungen Mann halten können. Es war kein Zufall, dass sie oft Männerrollen spielte. Die Mehrdeutigkeit ihrer Figur und ihres Auftretens erlaubte es ihr, junge Helden mit einer solchen körperlichen Überzeugungskraft zu verkörpern, dass sie dafür weder Wams noch Kniehosen benötigte – ihr Tutu reichte völlig aus.

Sie war groß, aber leicht, mit geraden Hüften und flachem Bauch. Ihre Tänzerbeine bewiesen ihre Kraft durch eine feine, komplexe Muskulatur, die sich deutlich abzeichnete, wenn sie die Knie durchstreckte. Der Oberkörper hingegen war schmaler. In der zarten, blassen Haut ihrer Brust markierten nur zwei kleine dunkle Punkte die Stelle ihrer Brüste. Ihr braunes, lockiges und kurzes Haar war rechts gescheitelt und fiel in einer Strähne über die Stirn.

Diese Art von Schönheit war nicht die, die die Lyrik hinduistischer Dichter inspirierte. Doch Mirabelle, die kaum Verse von Bhartrihari[62] las, fand sich selbst gern ungewöhnlich, sogar „reizvoll" – zumindest nach der Art von Komplimenten, die sie gewöhnlich nach Mitternacht erhielt. Deshalb störte es sie nicht im Geringsten, als ihre neue Freundin, wie viele andere zuvor, bemerkte, dass sie wie ein Junge aussah. Dieser Satz brachte sie sogar zurück in die Vertrautheit ihrer Gewohnheiten. Mit einem schnellen Schwung setzte sie sich leichtfüßig auf Alines Schoß.

Aline hatte ihr grünes Kleid nicht abgelegt. Mirabelle wollte es ihr selbst ausziehen, und dieses langsame Entkleiden wurde immer wieder von zärt-

---

62 Bhartrihari (auch Bhartrhari geschrieben) war ein bedeutender indischer Dichter, Philosoph und Grammatiker, der vermutlich im 5. Jahrhundert n. Chr. lebte.

lichen Gesten unterbrochen, die Aline unglaublich charmant fand, sich aber nicht traute zu erwidern.

Voller Heiterkeit warf sie schließlich ihre Strümpfe in die Luft, als würde jemand anderer seinen Hut über die Flügel einer Windmühle werfen, und hockte sich dann wie ein Schneider in das klare, schimmernde Wasser der Wanne. Sie zitterte vor Vergnügen, während ihre Hüften sich sacht bewegten.

Doch plötzlich, von einem Zweifel gepackt, stützte sie sich mit einer Hand auf den Schwamm, den sie zweimal ausgepresst hatte, hob den Kopf und fragte: „Sag mal ehrlich, Mirabelle – bist Du sicher, dass Du kein Mann bist?"

# Kapitel IX

**in dem Pausole, nachdem er die Melancholie der Ordnung abgeschüttelt hat, die Unannehmlichkeiten der Phantasie erlebt**

*Sie gleicht den Fluten, die über die Ufer treten,*
*Die, abgewandt vom Pfad der Vernunft,*
*Mit dumpfem Rauschen in nächtlichem Schweigen,*
*Während Du schläfst, in Dein Haus eindringen.*

*Louys d'Orléans[63], 1631*

Als die Nacht hereinbrach und König Pausole immer noch seine erholsame Siesta ausdehnte, sagte der Pächter seiner Tochter, sie solle den König im Auge behalten, und zog sich selbst in sein Zimmer zurück, um das schwarze Festtagsgewand seiner fernen Jugend anzulegen und den improvisierten Festschmaus vorzubereiten.

Die kleine Nicole, die jüngste Tochter des Bauern, war ein junges Mädchen voller Hoffnungen. Ihre vier Schwestern hatten sich im Abstand von jeweils zwanzig Jahren Männer unterschiedlicher Klassen gewählt, während der Wohlstand ihres Vaters immer solider und größer geworden war. Die älteste hatte sich – man könnte sogar sagen: verführt – einen jungen Affendompteur geangelt, der nach der großzügigen Gabe eines Kindes sogar noch weiter in seiner Großzügigkeit ging, indem er sich selbst für immer zur Verfügung stellte. Die zweite hatte einen Gerichtsvollzieher geheiratet. Die dritte, anspruchsvoller, einen Heiratsvermittler der besseren Gesellschaft. Die vierte wurde Gattin eines Präfekten. Nach diesem kontinuierlichen Aufstieg zu Ehren und verschiedenen Salons wollte Nicole nicht zurückfallen.

Als sie den König in die Hofstelle ihrer Vorfahren eintreten sah, zweifelte Nicole nicht daran, dass ihr Schicksal persönlich zu ihr gekommen war – in Purpur gekleidet und mit einer Krone auf dem Haupt.

Kaum war Pausole eingeschlafen, begann Nicole zu intrigieren, um allein mit ihm zu bleiben. Zunächst wollte niemand einwilligen, doch als die Stunden verstrichen und die königliche Nase immer tiefer in den Bart sank, nahm der Schlaf des hohen Gastes eine solche Ewigkeit an, dass alle Vorsichtsmaßnahmen ausgesetzt wurden. Der Pächter zog sich zurück und ließ Nicole als Wache zurück.

Ihr Herz klopfte heftig: Die Stunde ihrer Bestimmung war gekommen. Doch was sollte sie tun, und wie sollte sie die Rolle spielen, die ihr das Schicksal aufgetragen hatte? Sie kannte die Etikette der Höfe nur aus Ge-

---

63 Louys Dorléans (*1542–1629*) war ein französischer Dichter, Pamphletist und Schriftsteller der Spätrenaissance. Er war eine schillernde und umstrittene Persönlichkeit seiner Zeit, bekannt sowohl für seine politischen Texte während der Hugenottenkriege als auch für seine poetischen Werke.

dichten und Theaterstücken, die ihre Schwester, die Präfektengattin, ihr jedes Jahr zu Neujahr schenkte. Das war immerhin etwas. Und auch wenn man den Prinzen von Wales wohl nicht immer in der Sprache von Ihrer Hoheit der Prinzessin Maleine[64], Blanche Triboulet[65] oder Herodias[66] anspricht, dachte Nicole, dass sie zumindest mit ein wenig Literatur nicht völlig unwissend gegenüber dem Thron sei.

Und sie bewies es. Nicole nahm eine goldene Papierrose aus einer bemalten Porzellanvase, trat an den König heran, küsste ihn auf die Stirn, streckte die rechte Hand aus und deklamierte mit ihrer würdevollsten Stimme:

„O König! Komm heraus aus Deinen Träumen: Erwache! Schau!"

„Hatschi!", nieste Pausole. „Was soll das? Was will man von mir?"

„Ich bin gekommen", stammelte das Mädchen, „ich bin gekommen, ich, die Unbekannte, ich, die Unschuldige, die Gekrümmte, zierlich und nackt, ich bin gekommen!"

„Mein Kind", sagte Pausole, noch nicht ganz wach, „man lässt niemals zwei Adjektive zusammenreimen, geschweige denn vier oder fünf. Abgesehen davon ist das, was Du erzählst, sehr hübsch. Aber wer bist Du?"

Nicole war leicht verwirrt, nahm aber wieder Fahrt auf und sprach nun schneller: „Ich bin der Stern, der zuerst kommt. Ich bin die, die man im Grab wähnt, und die heraussteigt! Mein Herz ist unruhig, die Wollust bedrückt es, und niemals weine ich, niemals lache ich!"

Der König lehnte sich in seinem Sessel zurück und öffnete den Mund vor Schrecken.

Nicole, immer schneller, fuhr fort: „Ich habe diese Blume für Dich auf dem Hügel gepflückt. Oh, ich fühle, dass ich einem entscheidenden Moment entgegengehe ... O Traum meiner Nächte, teurer Wunsch meiner Tage, den ich nicht mehr erwartete, den ich immer noch erhoffte, ich muss Dich sehen, noch einmal sehen, und dann – hier ist mein Herz, das nur für ..."

„Ähm ..."

„...Dich schlägt. Herr, ich habe niemals ohne Ehrfurcht Eure majestätische Stirn betrachtet, denn der junge Mann ist schön, aber der alte Mann ist groß. Da ich meine Lippen an euren Becher gelegt habe, der noch voller Küsse des Zephyrs ist, der mich erheben wird, Pausole, nimm Deine Laute, schau, ich bin schön: Die Morgenröte schreitet wie ein Volk von Tauben über die Felder, eine Blume in der Hand."

---

64  Prinzessin Maleine ist die Hauptfigur in Maurice Maeterlincks Theaterstück „La Princesse Maleine" (1889), einem düsteren Symbolistendrama. Das Stück wird oft als eine Art belgisches Gegenstück zu „Hamlet" bezeichnet.

65  Im Drama „Le Roi s'amuse" ist Blanche Triboulet ist die Tochter von Triboulet, dem Hofnarren am französischen Königshof unter Franz I..

66  Herodias ist eine biblische Figur, bekannt aus dem Neuen Testament. Sie war die Ehefrau von Herodes Antipas und die Mutter von Salome, die für ihren legendären Tanz bekannt ist. Herodias forderte den Kopf von Johannes dem Täufer, nachdem dieser ihre Ehe kritisiert hatte.

"Wie bitte?" erhob der König seine Stimme, die sie endlich verstummen ließ.

Doch in diesem Moment, während das Mädchen verängstigt mit offenem Mund dastand, bemerkte Pausole durch das Fenster ein Flackern von Lichtern, die hier und dort umherschwirrten; er sah Fackeln, Menschen, die herbeiliefen, ausgestreckte Arme, und dann senkte sich der Kopf eines gigantischen Schafes von den oberen Fenstern herab bis auf den Boden ... Plötzlich sprang die Tür auf, und Diane à la Houppe stürzte herein.

„Ah!", schrie sie. „Ich wusste es!"

Die arme kleine Nicole versteckte sich hinter dem König. Pausole schlug mit seiner großen Hand auf einen Tisch, sodass dieser dröhnte, und rief: „Aber beim Donner der Götter! Was soll das alles bedeuten? Ich muss entweder immer noch träumen oder verrückt geworden sein! ... Taxis! Wo ist Taxis? ... Gilles! Gilles! Djilio! Giguelillot! ... Wo ist mein Minister? Wo ist mein Page? Wo bin ich selbst? Und in welcher Räuberhöhle wurde dieser Hinterhalt geschmiedet?"

„Ach, Sire, Ihr seid in meinen Armen!" erklärte Diane à la Houppe.

„Du wirst in meinem Schatten sein, und ich in Deinem Licht", verbesserte die kleine Nicole.

„Zum Teufel mit den Frauen und den Höflingen!", schrie der König außer sich. „Taxis! Warum kommt er nicht? Taxis! Taxis! Giguelillot! Ich werde allein nie aus diesem Schlamassel herauskommen! Wo sind meine Wachen, meine Soldaten? Warum haben sie ihre Lanzen zerbrochen? Natürlich ausgerechnet heute! Dieser Giguelillot ist ein Taugenichts! Taxis hatte hundertmal recht, ihn in die Schranken zu weisen! ... Taxis! ... Aber wo versteckt er sich? Sie haben mich alle verlassen! Mich den Irren ausgeliefert! Den Irren ausgeliefert!"

In der Tat, inmitten des wachsenden Tumults zog Diane Nicole am Arm und verpasste ihr eine Ohrfeige, die klang wie ein vollendeter Reim. Hände versuchten, die beiden zu trennen.

„Taxis! Taxis!" rief Pausole immer wieder. Er kämpfte ebenfalls, wurde jedoch von den Mägden nicht erkannt, die herbeigeeilt waren, als sie den Lärm hörten. Menschen drängten sich in der Tür, gaben Ratschläge, riefen laut. Aus dem Hof hallten schrille Schreie, vermischt mit Nicoles Weinen, dem Gebell freilaufender Hunde und dem heiseren Blöken des riesigen Reittieres, auf dem wohl die entflohene Königin in der Aufmachung einer Sultanin angekommen war.

Schließlich, über all den Lärm hinweg, ertönte die klagende Stimme des Pächters: „Ein Kamel! Ein Kamel! Ein Dromedar in meinem Haus!"

# Kapitel X

## in dem Giguelillot bis an das Bett der weißen Aline gelangt und was dann geschieht

*Wer ist eine schamhafte Frau?*
*Die, die ihr Gesicht mit ihrem Hemd bedeckt.*

Nugæ Venales[67], 1741

Bevor wir enthüllen, wie die vorherige Szene ausgeht, müssen wir uns, gemäß den Grundregeln der romantischen Tradition, zuerst Gilles wieder zuwenden, an dem Punkt, an dem wir ihn zurückgelassen haben.

Er präsentierte sich gerade in der Verkleidung einer Bäuerin an der Tür der weißen Aline und berief sich auf einen fadenscheinigen Vorwand aus dem Bereich der häuslichen Dienste.

„Herein! Herein!" sagte eine Stimme.

Er trat ein, vollkommen gelassen, und sah sich um. Weder im Bett noch im Zimmer war jemand zu sehen. Doch an der Wand entlang hingen ein grünes Kleid, eine Männerhose und verschiedene Unterkleidungsstücke, die wir nicht im Detail aufzählen wollen – sie deuteten jedoch mindestens auf zwei anwesende Personen hin.

Ganz ruhig und mit einem Ton, der alle Vokale auf die mittlere Höhe eines Soprans hob, fragte er: „Der Herr ist nicht da?"

„Warum?", antwortete die Stimme.

„Ich hätte ein paar Worte mit dem Herrn zu besprechen."

Ein Kichern kam aus der Tür des Badezimmers, die sich einen Spalt weit öffnete. „Nun, sagen Sie! Was gibt es?"

„Kann der Herr nicht einen Moment herkommen?"

Das Kichern wurde lauter. Dann trat Stille ein, eine Art Unruhe, gefolgt von einem Flüstern, und schließlich fragte die Stimme: „Sind Sie allein?"

„Ja, Madame."

„Schließen Sie die Tür ab. Ich komme."

Giguelillot schloss die Tür ab und steckte vorsichtshalber den Schlüssel in seine Tasche. Dann kam, völlig ungeniert und ohne Scheu vor einer angeblichen Magd, Blanche Aline aus dem Badezimmer hervor. Sie hielt eine Traube Muskattrauben zwischen Hand und Zähnen – und das war ihr einziges Kostüm.

„Der Herr kann nicht kommen", lächelte sie. „Sprechen Sie mit mir."

---

67 Die „Nugæ Venales" sind eine Sammlung lateinischer Epigramme, satirischer Dialoge und Sprüche, die oft bissig, ironisch oder sogar obszön sind. Die Urbeberschaft ist unbekannt, sie kursierte unter Gelehrten und Intellektuellen der Zeit.

Obwohl er sich mit Thierrettes Gunst völlig zufrieden gegeben hatte, spürte der Page beim Anblick dieser Erscheinung, wie all die Flammen in ihm aufflackerten, die einst Pyrrhus entzündet hatten. Doch an diesem Abend bewies er eine bemerkenswerte Zurückhaltung und entschied, dass es gefährlich wäre, diesen Anblick länger zu genießen, da er anderen Plänen schaden könnte.

Er nahm seine männliche Stimme an: „Madame, ich bedaure zutiefst, dass ich Eure Hoheit überrascht habe ..."

„Ein Mann! Ein Mann!" schrie Mirabelle, die mit dem aggressivsten Ausdruck ins Zimmer stürzte.

„Ach, wir sind entdeckt!" schluchzte die kleine Aline und sank ohnmächtig in die Arme ihrer großen Freundin.

Gilles, ohne Zweifel sehr überrascht, jedoch durch seine Erfahrungen im Bereich des intimen Lebens auf solche Überraschungen vorbereitet, öffnete die Tür des Badezimmers. Er stellte fest, dass es in dem Zimmer und dem kleinen Raum keinen anderen „Liebhaber" gab als dieses junge Mädchen mit den kurz geschnittenen Haaren. Alles war damit sofort erklärt.

Er machte zwei Gesten für sich selbst. Die eine bedeutete: „Das erklärt alles." Die andere: „Das ist ganz nett."

Während Mirabelle mit liebevoller Fürsorge und sanften Berührungen versuchte, ihre kleine Komplizin wiederzubeleben, deren Blässe beunruhigend war, nutzte Giglio die Gelegenheit. Er zog sich im geschlossenen Badezimmer um: Er legte den Rock, das Tuch, den Schal und den Strohhut ab, setzte sein Federbarett auf, strich sorgfältig sein blaues Wams glatt, richtete die Beine seiner gelben Strumpfhose und machte seinen kleinen Umhang zurecht. Danach wusch er sich die Hände mit warmem Wasser. Nun, da er wieder präsentabel war, trat er heraus und verbeugte sich.

Line stieß einen weiteren Schrei der Angst aus: „Ach, mein Gott! Ein Page von Papa!"

Mirabelle war aufgestanden, mit einem gefährlichen Funkeln in den Augen. Offensichtlich hielt sie sich zurück, dem Eindringling einen ganzen „Köcher" von Beleidigungen entgegenzuschleudern – oder, wie sie selbst gesagt hätte, eine „Schaufel voll", angelehnt an die opulente Sprache, die Tänzerinnen in der Garderobe bei ihren Wortgefechten so mühelos beherrschen.

Doch sie hielt sich bemerkenswert gut zurück. Statt in Tiraden auszubrechen, packte sie Giguelillot mit zitternder Hand am Handgelenk, zog ihn mit Gewalt ins Badezimmer und umarmte ihn mit einer Leidenschaft, deren Zweck er sofort durchschaut hatte. Sie drückte ihn fest an sich, schmiegte ihren warmen, nackten Körper an den dünnen Stoff seiner Kleidung und setzte ihm einen intensiven Kuss auf die Lippen. Danach erklärte sie ihm in knappen Worten, dass er über sie frei verfügen könne, jenseits jeder moralischen Grenze und wann immer er es wünsche. Im Gegenzug müsse er bereit sein, zwei unglücklichen Freundinnen gegenüber Nachsicht zu zeigen, ihr Versteck nicht zu verraten, sich nicht in ihre Spiele einzumischen und sich mit den Reizen der einen genug zu beschäftigen, um die andere zu vergessen.

„Also wirklich", sagte Giguelillot, „ihr habt eine sehr nette Meinung von mir! Es fehlt nur noch, dass ihr mir Eure Ringe oder eine kitschige Bronze anbietet. Kommt, beruhigt Euch. Und jetzt entschuldigt Euch bei mir. Nein, besser: Faltet die Hände. Senkt die Augen. Sagt: ‚Verzeihung, mein Herr, ich werde es nie wieder tun.'"

Mirabelle küsste ihn erneut, diesmal auf beide Wangen. „Ihr werdet nichts sagen?"

„Ich habe nie daran gedacht."

„Aber ihr seid der Page des Königs? Kommt ihr in seinem Auftrag?"

„Man verkleidet keine Pagen als Bäuerinnen, um ihnen offizielle Missionen zu übertragen. Ich versichere Euch, das steht in keinem Protokoll. Nein, wirklich nicht."

„Warum seid ihr dann hier?"

„Weil ihr in einer halben Stunde im Gefängnis sein werdet, falls ihr nicht rechtzeitig flieht."

„Ach! Ich wusste es! Ich habe es gesagt, aber niemand wollte mir glauben. Aber für wen tut ihr das? Wen von uns rettet ihr? Mich nicht, ihr kennt mich doch gar nicht … Ist es sie?"

„Offensichtlich Euch beide. Sonst hätte ich Euch auseinandergebracht. Vertraut mir. Tut, was ich Euch jetzt sage, und beeilt Euch. Die Zeit drängt für uns alle: Ich warne Euch in letzter Minute und riskiere jeden Moment, in diesem Zimmer erwischt zu werden. Das würde meiner Karriere schaden."

Drei leise Klopfzeichen hinter der Tür unterbrachen das Gespräch. „Was macht ihr da drin?", fragte Line besorgt.

Mirabelle öffnete die Tür und trat wieder ins Zimmer. „Er ist hier, um uns zu warnen, mein Liebling, um uns zu retten. Stell Dir vor, sie sind schon hinter uns her!"

„Wer denn?"

„Der König", sagte Giguelillot. „Er ist heute Morgen mit dem Marschall des Palastes und mir aufgebrochen. Ich habe den Monsieur Taxis in eine völlig falsche Richtung geschickt und den König schlafend bei einem Bauern im Dorf zurückgelassen. Aber Taxis wird zurückkommen, der König wird aufwachen, und Ihr werdet, Hoheit, in weniger als einer Viertelstunde wie in einer Falle sitzen."

„Schnell, Mirabelle! Lass uns anziehen! Mein Kleid! Meine Strümpfe! Wo sind meine Strümpfe?"

Doch der Page hielt sie mit einer Geste zurück. „Ah, nein! Ihr werdet gesucht – man kennt Eure Kostüme. Ihr müsst Euch umziehen, das ist doch offensichtlich."

„Aber wir haben keine anderen Kleider!"

„Entschuldigung! Ich habe eines mitgebracht. In diesem Land reicht ein Kleid für zwei Personen." Er verschwand schnell ins Badezimmer, kam mit der Kleidung der Milchmagd zurück und legte Line, die völlig verblüfft war, ohne Umstände den langen Rock an. „Wir haben es eilig", sagte er. „Ich bin es, der Euch anzieht."

Der Rock schleifte über den Boden, also zog er den Bund bis über die Brust hoch und band die Bänder um die Taille. All dies wurde bald von einem kleinen rosa spanischen Schal verdeckt, den er mit einem energischen Knoten in der Mitte des Rückens befestigte. Der breitkrempige Strohhut vollendete die Verkleidung. „Jetzt seid Ihr dran, Mademoiselle."

„Mirabelle."

„Ach wirklich …"

„Warum lächelt Ihr so?"

Doch Giguelillot hatte keine Zeit, seine Frechheiten zu erklären. Er setzte Mirabelle auf einen Stuhl, hob ihr kurzes Haar an und befestigte es mit vier Nadeln. Dann setzte er ihr eine kleine, leere, runde Schachtel, die eine Parfümmarke trug und auf einem unordentlichen Tisch lag, auf den Kopf. Schließlich wickelte er das orangefarbene Seidentuch um alles herum. „Voilà!", sagte er. „Ich habe Euch eine Frisur gemacht: Ihr seid fertig."

„Das ist alles?"

Giguelillot nahm den Ton einer Schneiderin aus Batignolles[68] an: „Ihr werdet Euch doch nicht richtig anziehen, um rauszugehen, Madame. Ihr würdet zu sehr auffallen."

„Entschuldigung", protestierte Mirabelle, „aber ich bin keine Tryphémoise! Ich bin in Montpellier geboren, in der Rue Du Petit-Saint-Jean … Ich werde meinen Mantel oder ein Kleid anziehen, wenn Ihr eines für mich habt, aber so gehe ich nicht hinaus, mein kleiner Freund."

„Es scheint Euch aber die letzten fünfzehn Minuten nicht gestört zu haben!"

„Tja, ein Mann im Zimmer, das ist doch ganz natürlich. Selbst wenn Ihr zu fünfzehnt wärt, würde ich mich nicht verstecken. Aber draußen, auf der Straße, vor jedem Hinz und Kunz …" Sie lehnte sich an die Wand und verbarg das Gesicht in ihren Händen: „Oh, wie schrecklich, das ist mir ja so peinlich!"

Line trat zu ihr: „Willst Du mein Kostüm? Ich könnte auch nackt rausgehen, was macht das schon?"

„Nein, nein!" sagte Giguelillot. „Man könnte die Prinzessin erkennen. Sie muss versteckt werden, und der Strohhut der Bäuerin zusammen mit diesem kurzen Rock ist perfekt: Sie soll sie behalten. Ihr hingegen – niemand weiß, wer Ihr seid. Die Leute von der Polizei halten Euch für einen jungen Mann. Führt sie ruhig weiter in die Irre, wenn sie die Jagd wieder aufnehmen. Sie haben sie zwar auf Befehl aufgegeben, aber morgen früh

---

68 Handwerkerviertel in Paris (17. Arrondissement)

kann sich alles ändern: Ich garantiere nichts zwischen Mitternacht und Mittag. Verschwindet, es ist höchste Zeit!

Jede von Euch nimmt einen der beiden Eimer, die ich mitgebracht habe, in die Hand. Ihr werdet leise hinausgehen, aber selbstbewusst und ruhig.

Wer Euch begegnet, wird den Polizisten erzählen, dass sie um neun Uhr zwei Milchmägde mit ihren Eimern gesehen haben: eine, deren Gesicht sie nicht erkannt haben, und eine andere, die braunhaarig, groß und nackt war. Ich bezweifle, dass jemand darin die blonde kleine Prinzessin Aline und die gesuchte Unbekannte erkennt."

„Wie genial das ist!", rief Line und klatschte in die Hände. „Und wie gut Ihr seid, Monsieur! Ich werde Euch küssen, wenn meine Freundin es erlaubt."

„Nein!", sagte Mirabelle schnell. „Wir haben keine Zeit. Lass uns los, wenn wir müssen."

„Einen Moment!", sagte Giguelillot. „Wohin werdet Ihr gehen, nach Tryphême? Wo werdet Ihr heute Nacht schlafen?"

„In einem Hotel."

„Natürlich! Damit Ihr in sechs Stunden von der Unterkunftsverwaltung gemeldet werdet."

„Aber wir können doch nicht in Privathäuser gehen oder auf einer Bank im Königlichen Garten schlafen."

„Darum geht es nicht. Ihr werdet die zweite Straße rechts von der Palastallee nehmen, dann die erste links, über einen kleinen Platz gehen … Könnt Ihr Euch das merken?"

„Ja, ja."

„… und dann immer geradeaus bis zur Rue des Amandines. Dort klingelt Ihr an Nummer 22. Das ist das Gebäude der *Union Tryphémoise pour le Sauvetage de l'Enfance*[69], einer großartigen Einrichtung, die junge Menschen beider Geschlechter aufnimmt, wenn sie behaupten, mit zu großer Strenge erzogen zu werden."

„Und dort werden wir sicher sein?"

„Natürlich. Das ist das Ziel der Organisation."

„Gibt es dort Jungen?", fragte Mirabelle.

„Drei Abteilungen: eine für Mädchen, eine für Jungen und eine gemischte Abteilung. Ihr könnt wählen … Man wird Euch auch fragen, ob Ihr im Schlafsaal oder in einem privaten Zimmer schlafen möchtet. Die Leute dort sind sehr freundlich."

„Aber wenn sie unsere Namen oder unsere Adresse wissen wollen?"

„Verweigert es einfach. Sie sind es gewohnt, dass junge Menschen sich nicht trauen, ihre Herkunft zu nennen, aus Angst, zu ihren Familien zurückgebracht zu werden. Ich kenne diese guten alten Leute: Sie werden alles tun, um Euch zu schützen, selbst wenn sie herausfinden, wer Ihr

---

69  Tryphémische Union zur Rettung der Jugend

seid. Merkt Euch die Nummer: 22, Rue des Amandines. Und jetzt, schnell! Schnell! Verschwindet!"

Die beiden Frauen eilten davon, Mirabelle drückte dem Pagen noch die Hand, und Line warf ihm über die Schulter einen langen Abschiedsblick zu, in dem nicht nur Dankbarkeit lag.

Giguelillot blieb allein zurück. Die quadratische Marmoruhr schlug halb neun. „Ich bin spät dran", sagte er sich. „Also gibt es keinen Grund, mich zu beeilen."

Er sah sich im Zimmer um. Es herrschte großes Durcheinander. Ein breites Sofa, das man wohl für verdächtig gehalten hatte, war noch immer mit einem sauberen, aber zerknitterten Laken bedeckt, auf dem zwei Kissen in der Mitte aufgetürmt lagen. Obwohl der Tisch abgeräumt worden war, lag eine Banane in Reichweite in einer Keramikschale. Auf dem Spiegel des Schranks hatte jemand mit der Spitze eines diamantbesetzten Rings eine kleine Botschaft hinterlassen, die von ekstatischer und wiederholter Freude zeugte. In einer Ecke entdeckte Giguelillot die Figuren einer Uhr, ein *Paul et Virginie*-Paar[70], das Mirabelle wohl entfernt hatte, da sie es für ein schlechtes Beispiel hielt. Als er dieses Kunstobjekt anhob, bemerkte er darunter einen weißen Briefumschlag. „An Seine Majestät, den König Pausole", lautete die Adresse. „Was zum …", murmelte er. „Sie hat ihm geschrieben!"

Der Umschlag war nicht verschlossen. Ohne zu zögern, öffnete Giguelillot, der sich inzwischen als Vertrauter und Komplize der Flüchtlinge betrachtete, den Brief, las ihn, verschloss ihn wieder und steckte das Papier in seine Tasche. Während er überlegte, wie er selbst am besten entkommen konnte, fiel sein Blick auf die an drei Haken aufgehängte Kleidung.

Die Sachen konnten nicht einfach zurückgelassen werden. Falls Nachforschungen angestellt würden, wäre es zu offensichtlich, dass Blanche Aline und die Unbekannte ihre Kostüme gewechselt hatten. Aber sie zu zerstören? – Wie? Sie zu verstecken? – Wo?

Besser wäre es, sie von jemand anderem tragen zu lassen. Es war der Samstag vor Pfingsten. Am nächsten Tag, dem großen Feiertag, würden sich zwei junge Bauern sicher freuen, in der Umgebung diese blaue Jacke und dieses grüne Kleid spazieren zu führen. Das würde eine falsche Spur legen – eine äußerst nützliche falsche Spur.

Giguelillot nahm das Laken, das das breite Sofa bedeckte, wickelte die Kleidung darin ein, ging auf den Balkon und schleuderte das Bündel mit kräftigem Schwung über die Mauer in den Nachbarhof. Dann ließ er sich an einer Säule in den Garten hinab, schlich sich durch den Schatten zur hinteren Hecke, suchte einen Ausgang, fand keinen, machte sich selbst einen und war draußen.

---

70 „Paul et Virginie" ist ein Roman des französischen Schriftstellers Bernardin de Saint-Pierre (1788), der im 18. Jahrhundert sehr beliebt war. Es ist eine tragische Liebesgeschichte, die in einer exotischen Kolonialkulisse spielt. Die Figuren „Paul und Virginie" symbolisieren eine unschuldige, aber verbotene Liebe.

Thierrette wartete sicherlich schon im kleinen Olivenhain, demselben Waldstück, in das Mirabelle Blanche Aline vor wenigen Tagen geführt hatte. Giguelillot, abgelenkt von den Erinnerungen an seine beiden Schützlinge, verspürte keine große Lust, die arme Thierrette wiederzusehen. Doch er hätte sich schuldig gefühlt, sie in der langen Nacht vergeblich warten zu lassen, ebenso wie ihr die Freuden zu verwehren, auf die sie so ungeduldig war. Er grübelte noch darüber nach, als er plötzlich vor dem Hof des Bauern stand. Dort entdeckte er unter dem Torbogen die vierzig Wachen, die immer noch wie erstarrt dastanden.

„Ah! ah!", sagte er sich. „Taxis garantiert also, dass dies keine lüsternen Schürzenjäger sind. ‚Das sind keine Raufbolde oder Schürzenjäger!' Gut, das kann man leicht überprüfen! Holla!" Die Wachen scharten sich um ihn. „Holla!", rief Giguelillot erneut. „Wer von Euch will die Nacht mit dem hübschesten Mädchen des Dorfes verbringen?"

„Ich! Ich! Ich!", schrien sie alle durcheinander.

„Alle einverstanden?"

„Ja! Ja!"

„Gut. Geht in den Olivenhain rechts von der Straße. Dort findet ihr eine Magd namens Thierrette, wenn ich mich recht erinnere. Sagt ihr, dass mein Dienst mich heute Abend zurückhält, aber dass ich ihr vierzig Lanzenreiter mit einem Strauß Tulpen schicke. Geht, und wenn sie sich weigert, macht ihr ihr trotzdem die Ehre."

Während sie schon losstürmten, rief Giguelillot ihnen in die Nacht nach: „Aber respektvoll – und einer nach dem anderen."

# Drittes Buch

## Erstes Kapitel

### In dem der verlassene Harem das Banner der Revolte erhebt

*Warum sollte der Mensch sich schämen, einen Teil seines Körpers zu zeigen, mehr als einen anderen?*

*Westermarck*[71]

Der Harem erhob nur einen einzigen Schrei, allerdings einen ohrenbetäubenden und chaotischen, als Madame Perchuque, die Erste Hofdame, zur Mittagszeit verkündete, dass der König verreist sei.

„Verreist? Er ist krank!" rief eine respektlose Stimme.

„Seine Majestät erfreut sich glücklicherweise bester Gesundheit", antwortete die alte Dame und neigte ihren schwarzen Haubenhut. „Möge Gott dafür sorgen, dass es so bleibt."

„Aber warum geht er weg? Man hat ihn uns entfremdet!"

„Ah!", schrie Diane à la Houppe. „Er ist mit einer Frau abgehauen!"

Madame Perchuque hob mit an den Körper gepressten Ellenbogen die Hände und die Augen gen Himmel. „Ein Ehebruch, Herr im Himmel! Denkt Ihr überhaupt, was Ihr da sagt, meine Damen? Der König ist unfähig, sich Euch gegenüber einer solchen Ausschweifung hinzugeben. Er hat diesen Palast verlassen, um Ihre Hoheit, die Prinzessin Aline, zu suchen, die vorgestern auf mysteriöse Weise verschwunden ist. Vierzig Wachen ziehen ihm voraus. Ein Page folgt ihm. Monsieur Taxis begleitet ihn."

Bei diesen Worten brach ein allgemeiner Tumult aus. „Taxis ist fort! Taxis! Kein Taxis mehr!", schrien dreihundert aufgebrachte Stimmen. – „Dann haben wir also Ferien?", fragte Königin Gisèle, die gerade erst aus dem Kloster kam.

„Ab in die Gärten! Ab in die Gärten!", schrie man. – „Nein, ins Theater! Wir spielen Scharaden!" – „In den Festsaal!" – „Ins Quartier der Pagen!"

Entsetzt stürzte Madame Perchuque zur Tür und stellte sich mit ihrem schmalen Körper davor, um sie zu versperren. „Meine Damen! Meine Damen! Was für ein Überschwang, was für ein Irrsinn!"

„Lasst uns durch, gute Perchuque ..."

---

71  Edvard Westermarck (1862–1939) war ein finnischer Anthropologe, Soziologe und Ethnologe, der für seine bahnbrechenden Studien über menschliche Sexualität, Moral und soziale Normen bekannt ist.

„Ich kann nicht!"

„Und warum bitte?"

„Weil Monsieur Taxis mir die Pflichten seines Amtes zusammen mit seiner Verantwortung übertragen hat. Ich flehe Sie an, meine Damen, verstehen Sie meine Erregung. Wenn ich mich dieser Verantwortung als unwürdig erweise, bin ich verloren. Man wird mich aus dem Palast werfen, mich meiner Stellung berauben, mich vielleicht ins Exil schicken ..."

„Umso besser!", rief man ihr zu. „Perchuque, wir erkennen Euch nicht mehr. Da Ihr Taxis ersetzt, seid Ihr die Letzte der Schurken und werdet für ihn büßen."

Aus der Mitte des Saales rief jemand: „Hört her!"

„Ich bitte um das Wort!", sagte eine fröhliche kleine Stimme.

Und über dem schwarz-gelb-rot gemusterten Teppich, den die gedrängten Köpfe der Frauen bildeten, erkannte man die kindliche Gestalt der zukünftigen Königin Fannette. Ihre Gefährtinnen behandelten sie wie eine kleine Schwester, während der König sich weigerte, sie zu beachten, solange sie nicht ein Alter erreicht hatte, das sie selbst bereits für angemessen hielt.

Fannette saß rittlings auf der warmen Schulter ihrer großen Freundin Alberte und verschränkte ihre beiden dünnen Beine über deren Brüsten, um die sie sie beneidete. Ihre rechte Hand hielt sie in die Luft, während ihre Finger knackten. „Das Wort! Ich bitte um das Wort!"

„Das Wort an Fannette!", stimmte die Versammlung zu. Man versammelte sich um sie.

„Meine Freundinnen", rief sie, „man behandelt uns wie Kinder ..."

„Das ist eine Schande!"

„Als man uns arme Unschuldige aus unseren Mädchenpensionaten geholt hat, dachten wir, man befreie uns; aber wir haben nur das Gefängnis gewechselt."

„Das stimmt!"

„Gefängnis für Gefängnis – ich mochte das erste lieber. Dort gab man uns Aufgaben auf, ich weiß, aber da wir sie sowieso nicht machten, war es nur umso angenehmer. Dort verbot man uns, im Schlafsaal Ehemann und Ehefrau zu spielen, aber da wir es trotzdem taten ..."

„Ja! Ja! Das war viel schöner."

„Dort hatten wir vor allem freie Tage, Ferienwochen und Urlaub, während wir hier unser ganzes Leben in Hausarrest verbringen, ohne irgendetwas angestellt zu haben!"

„Das ist ungerecht! Sie hat recht."

„Das kann nicht so weitergehen. Wenn eine von uns einmal zufällig einen Tag Freiheit verlangt, stellt man sie immer vor dieselbe Wahl: Scheidung oder Fesseln. Gehen wir in den Streik, und wir werden sehen, ob der König dreihundertsechsundsechzig Frauen wie uns alle auf einmal verstoßen wird!"

Mit einer einzigen Zustimmung wurde der Streik beschlossen; aber Fannette war noch nicht fertig. Noch immer aufrecht auf der Königin Alberte, die ihren Anteil an den Beifallsbekundungen erhielt, fuhr sie mit einer großzügigen Geste fort:

„Perchuque, wollt Ihr uns durchlassen?"

„Ich kann nicht ... ich kann nicht ...", wiederholte die alte Dame, die voller Angst war.

„Dann werden wir uns mit Gewalt durchsetzen, aber zuerst bekommt Ihr Eure Strafe, alte Störchin, die Ihr seid! Wir werden Euch an einem Fuß an die Statue im Brunnen hängen, Euren Rock über Dein Gesicht stülpen, um Eure Schande zu verbergen, und wir werden Eure weißen Unterhosen als Banner der Revolte mitnehmen!"

Madame Perchuque zeigte sich heldenhaft. „Ein Opfer meiner Pflicht? So sei es!" sagte sie. „Hier bin ich! Ich werde vor Scham sterben, aber Monsieur Taxis wird nicht umsonst sein Vertrauen in meinen alten Kopf gesetzt haben."

Einige junge Frauen wollten der armen Alten eine solche Behandlung ersparen, die jeglichen Respekt vor dem Alter vermissen ließ. Aber Massen und Kinder sind unerbittlich. Unter wachsendem Lärm hängte man Madame Perchuque tatsächlich an ihrem linken Fuß an die kleine Statue in der Mitte. Ihr schwarzer Rock verdeckte bald ihr hochrotes Gesicht, und ihre ehrwürdigen weißen Unterhosen wurden an einer Hellebarde befestigt und die große Treppe hinabgetragen. Hinter ihnen stampfte eine rosafarbene Menge mit den Sohlen ihrer Pantoffeln auf die hundert hallenden Stufen.

Doch als die Menge, weiterhin laut schreiend, die Pforte der Ehrbarkeit erreichte, stand Taxis bereits auf der Schwelle. Ein einziger Blick von ihm genügte, um sie in völlige Stille zu versetzen.

„Was soll das bedeuten?", kreischte er.

Das genügte. Sofort löste sich die Menge auf: Sie zerstreute sich in die Säle, floh durch die Korridore, bildete eine lange Kette bis zur Spitze der Treppe. Wie von einer Sturmflut der Panik erfasst, ließen sie sich fortfegen. Nur sieben oder acht junge Frauen – jene, die in ernsten Momenten dem Groß-Eunuchen die Stirn zu bieten wagten – blieben heldenhaft an ihrem Platz. Doch es bekam ihnen schlecht, wie sie ohnehin erwartet hatten.

Taxis zog ein schmutziges Notizbuch hervor. „Ich schreibe ein paar Namen auf", sagte er. „Ihr dort, Madame. Und Ihr. Und Ihr. Diese Frauen hier werden für die anderen bestraft. Ich werde dem König einen gnadenlosen Bericht vorlegen, der mit Sicherheit Konsequenzen haben wird."

In der Zwischenzeit hatte Diane à la Houppe es für sinnlos gehalten, ihre Zeit mit Diskussionen mit diesem Mann zu verschwenden. Stattdessen nutzte sie das allgemeine Chaos, um sich in einen benachbarten Raum zu schleichen, eine Dienerin zu befragen und zu erfahren, dass Taxis allein zurückgekommen war und dass der König die erste Hofstelle des Dorfes nicht verlassen hatte. Ohne zu zögern, rannte sie zu den Stallungen, die nun ohne Bewachung waren. Dort vertraute sie sich für ihre Flucht dem Tier an, das sie für ihre Ausritte nutzte.

Während Taxis gerade erst begann, seine Untersuchung im Harem einzuleiten, war die junge Königin bereits auf der Straße unterwegs, mit den weit ausgreifenden Schritten ihres Mehari[72].

---

72 Ein schnelles Reitdromedar

# Kapitel II

## in dem Monsieur Lebirbe die Bühne betritt und Philis einen kleinen Schrei ausstößt

*Die eine mit ihren schönen grünen Augen,*
*Lächelt, erhebt sich und sieht mich an.*

*Saint-Amant*

Giguelillot beobachtete mit scharfem Blick, wie die vierzig Wachen sich in Richtung des kleinen Olivenhains in Bewegung setzten, als ein schlanker, höflicher alter Herr vor ihm auf altmodische Weise den Hut zog, um das Federbarett und das blaue Wams des Pagen zu grüßen. „Monsieur", fragte der Alte, „seid Ihr ein Page des Königs?"

„Monsieur, ich habe diese hohe Ehre."

„Ausgezeichnet. Ich bin Monsieur Lebirbe, Präsident der *Ligue contre la licence des intérieurs*[73], die durch eine königliche Verordnung vom 1. Juli 1899 als gemeinnützig anerkannt wurde. Ich wohne in einem Haus ganz in der Nähe, das man wegen seiner Größe und seiner prominenten Lage oft als das ‚Schloss des Dorfes' bezeichnet, obwohl es weder groß noch besonders prächtig ist – es hebt sich lediglich von der Bescheidenheit der umliegenden Gebäude ab. Diese Behausung ist gewiss nicht würdig, meinem König Unterkunft zu gewähren; aber ich habe gehört, dass Seine Majestät, auf dem Weg zur Hauptstadt, in der Nähe Halt gemacht hat. Da es bereits spät geworden ist, bezweifle ich, dass der König um diese späte Stunde noch weiterreisen möchte. Ohne die Kühnheit zu besitzen, ihm eine Einladung direkt anzutragen, möchte ich dennoch, dass ihm zu Ohren kommt, dass alles unter meinem Dach bereit ist, um ihn und sein Gefolge aufzunehmen – sollte er geneigt sein, die Nacht bei mir zu verbringen. Die Zimmer, die ich wagen würde, ihm anzubieten, heißen seit jeher ‚die Zimmer des Königs', da ich mir immer vorgestellt habe, dass Seine Majestät, der lange Etappen scheut, vielleicht eines Tages Halt hier machen würde – schließlich liegt meine Residenz genau auf halber Strecke zwischen seinem Palast und Tryphême."

„Habt Ihr Töchter, Monsieur?" unterbrach Giguelillot.

„Ja, mein Herr. Darf ich fragen, wie diese Frage …?"

„Das ist das Merkmal, das Siegel eines Hauses von höchster Anständigkeit und Würde, Monsieur Lebirbe. Ich meine es nicht anders." Mit einer Vertraulichkeit, die man als Wohlwollen auslegen konnte, nahm er den linken Arm des alten Mannes und führte ihn vorwärts.

---

73  Etwa: Liga gegen die Zügellosigkeit im häuslichen Bereich

„Zeigt mir den Weg", sagte er. „Ihr seid genau rechtzeitig, denn der König hat mich beauftragt, für ihn eine Ruhestätte vorzubereiten. Zwar bin ich sicher, dass Ihr alles aufs Beste arrangiert habt, aber ich werde Euch begleiten, um persönlich den Bericht zu erstatten, den man von meiner Wachsamkeit erwartet."

Sie passierten das Tor zur Hofeinfahrt gerade, als Giguelillot seine Rede beendete, die bei Monsieur Lebirbe einen ausgezeichneten Eindruck hinterließ. Auf der Treppe zum Eingang warteten Madame Lebirbe und ihre beiden Töchter gespannt auf Neuigkeiten.

„Nun?"

„Ich habe gute Hoffnung! Dieser junge Herr ist ein Page des Königs und kommt, um unsere Bemühungen zu inspizieren." Nachdem er seinen jungen Begleiter vorgestellt hatte, nannte der alte Mann nacheinander seine Frau, dann seine älteste Tochter Galatée und seine jüngste Tochter Philis, die beide den Kopf bescheiden abwandten, ihn jedoch aus den Augenwinkeln mit Neugier musterten.

Galatée war groß und schlank, ihre Erscheinung von natürlicher Anmut und Reife. Ihr blondes Haar – ein heller Isabellton – war schlicht, aber geschmackvoll frisiert, und sie stand aufrecht in einem grauen Baumwollkleid mit einem breiten weißen Kragen.

An ihrem Arm lehnte Philis, die im völligen Kontrast zu ihrer Schwester stand – ebenso unbekleidet wie unbeschwert. Ein großer Strohhut, ihr langes, über den Rücken fallendes Haar und ein roter Moirégürtel, seitlich mit einer großen Schleife geschlossen, verliehen ihr etwas Spielerisches. Sie war die jüngere der beiden, ihre Augen blickten Giguelillot mit einer offenen, fast staunenden Neugier an. Ihre Brust, kaum von der Bewegung des Lebens geweckt, war rosig vor Aufregung und Freude.

„Würdet Ihr mir erlauben, Euch voranzugehen?", sagte Monsieur Lebirbe und verneigte sich erneut.

„Ja, Monsieur!", sagte Giguelillot.

An einer Biegung eines engen Flurs überholte der Page, der zuletzt ging, die Gruppe, legte seine beiden Hände unter die Arme von Mademoiselle Philis, zog sie an der Brust zu sich heran und gab ihr einen stummen, aber exquisiten Kuss hinter das Ohr.

„Ah!", rief sie aus.

„Hast Du dir wehgetan?", fragte ihr Vater.

„Ich habe mich gestochen. Es ist nichts. Geht nur weiter."

Giguelillot gewann in diesem Moment die beste Meinung von allem, was für König Pausoles Empfang vorbereitet worden war. Er entschied, dass das Zimmer prächtig war, das Bett wahrhaft königlich, die Uhr stilvoll und die Gemälde museal.

Um zweifellos seine Sympathie für die Familie seiner Gastgeber noch deutlicher zu machen, dehnte er seine kleine Inspektion auf die privaten Gemächer aus und stellte erfreut fest, dass die Zimmer der beiden Töchter

weit voneinander entfernt lagen und mit Doppeltüren ausgestattet waren –
ein Komfort, den er nicht zu hoffen gewagt hätte. Von da an war sein Urteil gefestigt.

„Ich werde dem König berichten", erklärte er, „dass er nirgends würde-
voller aufgenommen werden könnte als in Eurem Heim, Monsieur Lebirbe." Damit zog er sich zurück, verfolgt von einem Strahlen voller Lächeln.

# Kapitel III

**in dem ein entsetzliches Verbrechen entdeckt wird**

*Ich blieb im Gras liegen, all meiner Sinne beraubt,*
*und brannte vor tausend Verlangen.*

*Comtesse de Choiseul-Meuse*[74] *– 1807*

Der kleine linke Busen von Philis war so voller Anmut, dass Giguelillot, allein auf der Landstraße, sich so harmonisch fühlte wie ein alexandrinischer Vers[75]. „Ich habe fünf Minuten", dachte er. „Gerade genug Zeit, um ein Sonett zu schreiben."

Und ohne auch nur einen Moment damit zu verlieren, ein Thema für sein Gedicht zu suchen – eine Mühe, die er sich niemals machte – hob er rasch die Augen zu seinen Freunden, den Sternen. Im Westen strahlte Venus, die Meeresperle, so hell wie ein Splitter des Mondes, in all ihrer Pracht, wie man sie in den klaren Nächten des Südens bewundern kann. Um sie herum schienen Sirius, Pollux, Castor, die Doppelziege und der dreifache Perseus auf einem imaginären Kreisbogen zu ihrer Flamme zu gravitieren. Giguelillot, der sich geheimnisvolle Linien zwischen dem Planeten und den Sternen vorstellte, entschied, dass er zunächst mit diesem himmlischen Lichterbogen einen Fächer aus neun Edelsteinen (für das erste Terzett) und dann die acht Tauben, die den Wagen der Aphrodite Urania ziehen (für den vierzehnten Vers), gestalten würde.

Jetzt, dachte er, die Reime für die Quartette ... *lux, Pollux, Nux* ... nein; wenn ich *dux* hinzufüge, wirkt es wie ein lateinisches Schulthema. Ich bringe *Capella* in die zweite Strophe; das ist ein wunderbares Wort – *par delà* ... gefolgt von einer Enjambement-Pause; ein Perfekt ... so ist es. Und für die weiblichen Reime ... *Pollux, la double Chèvre et le triple Persée.* Mit diesem Reim ist es im Nu gebaut. Doch plötzlich: „Ah! Was? Was wollt Ihr?", rief er aus.

Zwei kleine nackte Arme reckten sich vor ihm in die Luft. „Ich bin es, Rosine. Geht nicht hinein ... Ich glaube, sie wollen Euch auf dem Hof umbringen." Er erkannte das junge Mädchen, dessen Blumen und Früchte er auf einem Gartensofa in einem Raum, der ganz in Rot getaucht war, besungen hatte.

„Sie wollen mich umbringen? Und wer?", fragte Giguelillot mit einer gelassenen Neugier.

---

74 Comtesse de Choiseul-Meuse (1763–1834), war eine französische Schriftstellerin, die für ihre romantischen und oft skandalösen Werke bekannt war.

75 Ein Alexandriner ist ein klassisches Versmaß, das besonders in der französischen Dichtung und im Barock (z. B. bei Racine oder Corneille) verwendet wurde. Es besteht aus zwölf Silben mit einer Zäsur (Pause) in der Mitte und zeichnet sich durch eine sehr regelmäßige, ausgewogene Struktur aus

„Alle!", antwortete Rosine. „Es sind fürchterliche Dinge passiert, und man gibt Euch die Schuld an allem. Kommt hierher, hinter die Palmen; ich werde Euch alles erzählen. Setzt Euch zu mir."

Der Page, der sich um sein gelbes Wams sorgte, fand den vorgeschlagenen Hang nicht besonders einladend. Er wartete, bis Rosine sich dort niedergelassen hatte, dann machte er es sich äußerst bequem auf den warmen Schenkeln der Gärtnerin und legte ihr unter dem zärtlichsten, aber zugleich unwahrsten Vorwand den Arm um den Hals. „Also, erzähl mir. Was ist passiert?"

Rosine berichtete ihm alles – jedoch alles auf einmal, ohne sich um die Klarheit der französischen Sprache zu kümmern, die in ihren literarischen Überlegungen wohl kaum eine Rolle spielte.

Ein Kamel war gebracht worden, die Maschinenhalle war verwüstet, die Erntemaschinen zerstört, die Heugabeln verbogen, die Bodenfliesen aufgerissen – es war eine Katastrophe. Auch die Molkerei befand sich in einem erbärmlichen Zustand: Die Milch war verschüttet, die Milchkannen gestohlen. Auf dem Kamel war eine schöne Dame gewesen, eine sehr schöne Dame, in einem großen Korb, der wie ein Pavillon mit Teppichen aussah.

„Sie hat Nicole auf den Knien des Königs gefunden. Nicole schwört, dass sie brav war, aber die Dame sagt, sie habe ... naja, etwas gesehen. Jedenfalls ist es nicht klar. Das Mädchen ist aber wohl dazu imstande. Sie ist so belesen, diese Kleine, immer in Büchern, und sie erzählt Liebesgeschichten, als hätte sie sie selbst erlebt ... Sobald die Dame hereinkam, geriet sie in eine höllische Wut, und der König auch, und alle schrien. Es war nicht auszuhalten! So etwas hat man noch nie gehört ... Und das Schlimmste ist: Es gibt ein Opfer. Die Magd aus der Molkerei wurde ermordet!"

„Mord?", wiederholte Gilles, der ein wenig blass wurde.

„Mord." Dann, in der Manier einer Landbäuerin, die jeden Morgen ihre kleine Zeitung liest, fügte sie hinzu: „Das Motiv war Raub."

„Was ist das für eine Geschichte?"

„Ach, Monsieur! Es gibt wirklich böse Menschen auf der Welt! Wegen ein paar Klamotten wurde das arme Mädchen umgebracht – ein Foulard[76], ein Tuch, ein Winterrock und ein Strohhut. Man hörte sie am späten Nachmittag noch klagen, aber niemand wagte, nachzusehen. Dann ist der Herr aus dem Palast hinaufgegangen, der gleiche, der die Dame eingeschlossen hat ..."

„Oh, mein Kopf!", stöhnte Giguelillot. „Welche Dame? Welcher Herr aus dem Palast?"

„Ein Herr ganz in Schwarz, mit flachem Hut."

„Wann ist er gekommen?"

---

76 ein leichtes, dünnes Halstuch oder Schal aus seidigem Stoff, meist aus Seide oder einem feinen, weichen Material gefertigt.

„Mitten im Tumult. Er hat alles in fünf Minuten beruhigt. Es heißt, er ist ein Minister, ein sehr seriöser Mann. Ohne ihn hätte man nie Ordnung schaffen können."

„Ordnung worüber?"

„Wegen der Dame. Er hat sie in eine Kammer eingeschlossen – mit einer Kerze und einem großen Buch, das wie ein Brevier aussah, um sie zu trösten, wie er sagte. Danach, als alles vorbei war, hat man ihm von der verwüsteten Molkerei berichtet. Er fragte nach der Magd. Man fand sie nirgends und wagte nicht, in ihr Zimmer zu gehen, wegen der Schreie, die man gehört hatte. Aber er hatte keine Angst. Er ging direkt hinein. Und was hat er gesehen? Offenbar hat man sie in ihrem Bett ermordet. Die halben Laken lagen auf dem Boden, der Rest war voller Blut. ‚Ein eindeutiges Verbrechen', sagte er. Und die Leiche ist nicht auffindbar. Wahrscheinlich hat der Mörder sie irgendwo entsorgt. Der Herr aus dem Palast will die Brunnen reinigen lassen."

„Und ich werde für dieses schöne Verbrechen beschuldigt?", unterbrach Giguelillot, der endlich verstand.

„Ja, des Mordes und von allem anderen. Der König erwartet Euch, um Euch ins Gefängnis zu schicken. Der Herr aus dem Palast meinte sogar, man solle die Folter wieder einführen und Euch bei lebendigem Leib auf einem Scheiterhaufen verbrennen."

„Ein kleiner Servet[77] zur Unterhaltung …", murmelte Giguelillot. Er stand auf und nahm eine dramatische Haltung ein: „Nun, Rosine, weißt Du, was Mut ist? Der antike Held, der tapfere Ritter, der unerschütterliche Paladin, der kriegerische Pandur, der Löwe! Der Löwe! Weißt Du, was ein Löwe ist?" Er schüttelte sein Haar, schlug sich auf die Brust und stieß ein Brüllen aus, das ihm die Kehle schmerzte.

„Was werdet Ihr tun?", fragte Rosine entsetzt.

„Mich selbst verteidigen. Ich gehe zur Meierei!"

„Aber sie werden Euch in Stücke reißen! Ich werde Euch nicht gehen lassen!"

Giguelillot umarmte sie mit künstlichem Zittern und löste sich dann mit einem einzigen Sprung zurück. „Denk daran", sagte er mit bebender Stimme, „denk immer daran, dass Du einen Mann umarmt hast, für den der Tod nur ein Wort ist! … Lebwohl!"

Während sie bewusstlos ins Gras sank, schritt Giguelillot leichtfüßig davon, zündete sich eine Zigarette an und begann, ein zweites Sonett über den Himmelssektor zu verfassen, der ihn interessierte. Diesmal handelte es sich weder um einen Wagen noch um einen Fächer: Der zentrale Stern wurde zu einem Pfauenauge, die acht anderen bildeten die Spitze der Federkrone; dann legte sich die Krone auf die Stirn einer Frau, deren Haar sich ausdehnte und zum Himmelsgewölbe selbst wurde, in dem Millionen von Perlen schwammen.

---

77 Michael Servet (1511–1553), auch bekannt als Miguel Serveto, spanischer Theologe, Mediziner und Humanist, der für seine häretischen Ansichten verbrannt wurde.

# Kapitel IV

**In dem Giguelillot dem König gegenübertritt und welche Argumente für und gegen seine Unschuld vorgebracht werden**

*Ipsa tulit camisia;*
*Die Beyn die waren weiss.*

*Fecerunt mirabilia*
*Da niemand nicht umb weiss;*
*Und da das Spiel gespielet war*
*Ambo surrexerunt:*
*Da ging ein jeglichs seinen Weg*
*Et nunquam revenerunt.*
*Deutsches Volkslied – 16. Jahrhundert*

Giguelillot begab sich nicht direkt zum König. Stattdessen schlich er sich durch ein Fenster in die Stallungen, da er fürchtete, dass sein Erscheinen an der Vordertür beobachtet werden könnte. Beim Vorbeigehen streichelte er die Nüstern des kleinen Zebras Himère, das vor Freude schnaubte. Als das arme Tier sich vor einer leeren Futterkrippe unruhig bewegte, nahm Giguelillot kurzerhand das gesamte frische, gute Heu aus der Krippe von Kosmon und legte es Himère hinüber.

Dieser Kosmon ging ihm ohnehin auf die Nerven, und an diesem Abend musste der ehrwürdige Hengst teuer dafür zahlen, dass er einem Moralisten als Reittier diente. Der kleine Page begnügte sich nicht damit, Kosmon das Futter zu nehmen: Er griff nach einer großen Schere, die zum Scheren von Schafen genutzt wurde, und schnitt sämtliche Haare an Kosmons Schweif ab, sodass nur ein erbärmlicher, rauer Stummel übrig blieb. Danach stutzte er die Mähne, ließ hier und da ein paar traurige Haarbüschel hängen und nutzte schließlich die Werkzeuge der Farm, die normalerweise dazu dienten, die Tiere zu markieren, um die Zahlen „1572"[78] auf Kosmons Fell zu brennen – eine Anspielung, von der er hoffte, dass sie der Moralist Taxis als Beleidigung, Drohung und Spott verstehen würde. Zufrieden mit den Spuren, die er auf dem lebendigen Sockel von Taxis hinterlassen hatte, schritt Giglio den langen Korridor entlang, der zur Brotkammer führte.

Wie Rosine ihm berichtet hatte, war die bedauernswerte Diane à la Houppe in diesem mehligem Gefängnis eingesperrt und jammerte leise über die feuchten Teigklumpen. Giglio kannte sie bisher nicht, denn Pagen waren – aus Gründen, die es nicht zu erläutern lohnt – üblicherweise nicht zum Tee mit den Königinnen geladen. Doch kaum erblickte er sie bei dem

---

78  1572 bezieht sich auf die Bartholomäusnacht, ein Massaker an französischen Protestanten (Hugenotten), das am 24. August 1572 begann

Schein einer Kerze, die auf einem kleinen Tisch stand, bedauerte er, dass man sie ihm nicht vorgestellt hatte, bevor sie in den Harem eingetreten war.

Diane, die nicht ahnte, dass sie von zwei starren Augen durch ein Fenster beobachtet wurde, hatte eine entspannte Haltung eingenommen, die ihre außergewöhnlichen Reize ganz beiläufig zur Geltung brachte. Sie lag in orientalischer Pose, die Hände hinter dem Nacken verschränkt, den Rücken auf weichen Kissen gebettet. Vermutlich, um sich nach einem heißen Tag abzukühlen, hatte sie ihre Beine in einer losen Rautenform angeordnet, die Fußsohlen gegeneinander gelehnt. So schlief sie gewöhnlich.

Giglio, noch erfüllt von Erinnerungen an erst kürzlich vergangene Freuden, fühlte plötzlich, wie seine Gedanken auf neue Möglichkeiten abschweiften. Er zog sich zurück, allerdings weniger, um diese Impulse zu unterdrücken, als vielmehr, um die Erfolgschancen seiner Pläne gründlich und diskret zu bedenken.

Mit anmutigem Auftreten und einer Stirn, so ruhig, als hätte nicht die ganze königliche Macht seit einer Stunde auf ihn gezielt, trat er ohne anzuklopfen in die Stube ein, in der König Pausole, noch immer aufgewühlt, ein dürftiges Abendessen zu Ende brachte.

„Wie? Du bist zurück?" rief der König. „Du wagst es, wiederzukommen?"

Taxis, der am unteren Ende des Tisches saß und kaute, sprang auf und eilte zur Tür, um sie zu verriegeln. Doch Giguelillot, der seine Absicht durchschaute, schloss selbst die Tür, zog den Schlüssel ab und reichte ihn dem Minister. „Hier, Monsieur", sagte er.

Pausole, der aufgestanden war, stützte sich mit der Faust auf die Tischdecke und erhob eine anklagende Hand: „Du bist also hier!", wiederholte er. „Deine Dreistigkeit übertrifft noch Deine Verbrechen! Ah! Du bringst mich dazu, eine unsinnige Reise zu unternehmen, reißt mich aus meinem Palast, nur um mich in diesen Bauernhof zu werfen, und lässt mich sechs Stunden lang ohne Wachen, ohne Unterstützung, ohne Rat allein – mitten in einer Revolution!

Du postierst eine Verrückte an meinem Bett, ermordest eine Landmagd, verwüstest die Farm und entlässt meine Soldaten, nur um mich schutzlos der Wut der Menge und den Eskapaden einer Frau auszuliefern, die durch Deine Schuld aus dem Harem entkommen ist! … Und am Ende dieses entsetzlichen Tages voller Plünderung, Mord und Majestätsbeleidigung erscheinst Du hier mit einem boshaften Lächeln und dem Federbarett in der Hand! … Du hast wohl nicht geglaubt, mich lebend anzutreffen?"

„Sire", antwortete Giguelillot, „ich werde mich nicht sofort beeilen, meine Unschuld zu beweisen, denn es geht nicht um mich, sondern um Euch und Euer Wohlergehen – ein Wohl, das mir hundertmal heiliger ist als mein eigenes Leben."

Pausole ließ sich zurück auf seinen Stuhl fallen.

Mit ruhiger, respektvoller Stimme sprach der Page: „Euer innigster Wunsch, Sire, ist wohl jetzt erholsamer Schlaf in einem Bett. Monsieur hier hat sich darum offensichtlich nicht gekümmert. Doch ich hatte die Ehre, in der nahen Residenz Gemächer vorbereiten zu lassen, mit schweren Vorhängen und geräumigen Betten, die eines Königs würdig sind."

Pausole glättete nachdenklich die Stirnfalten.

„Zweitens: Eure Majestät ist auf dieser Reise, um Prinzessin Aline zu finden und zurückzubringen. Wir hatten zwei Hinweise: Sie wurde aus einem kleinen Olivenhain kommend erkannt und zuletzt im *Hôtel Du Coq* gesehen. Ich ließ vierzig Gardisten in den Hain schicken, um Nachforschungen anzustellen, und habe selbst diskret im Hotel ermittelt. Die Prinzessin ist bereits abgereist, aber ich bringe wertvolle Informationen mit – und diesem Brief." Er zog einen Brief aus seiner Tasche und legte ihn vor den König, der sich zunehmend entspannte.

„Die Wachen habe ich fortgeschickt", fuhr Giguelillot fort, „denn Eure Majestät verlangt sie nie und benötigt sie auch nicht, so sehr werdet Ihr von Eurem Volk geliebt. Der Skandal heute kam allein durch das Versäumnis von Monsieur, dem Groß-Eunuchen, dessen Pflicht es gewesen wäre, Ordnung im Harem zu wahren. Stattdessen konnte eine Königin in der unscheinbarsten Verkleidung entkommen, um die Menge aufzuwiegeln."

„Monsieur!", schrie Taxis. „Beweist diese Behauptungen!"

„Lasst ihn sprechen", sagte Pausole und winkte ab. „Der Page verteidigt sich gut gegen einen schweren Vorwurf. Ich will ihn anhören. Ihr könnt erwidern, Monsieur, aber wir müssen auch der Verteidigung Gehör schenken – vor allem, wenn sie sich so maßvoll und klar ausdrückt."

„Ich habe nichts weiter zu sagen", entgegnete Giguelillot ruhig, „es sei denn, Eure Majestät wünscht Details meiner Untersuchung."

„Nein", sagte Pausole, der sich zurücklehnte. „Das klären wir morgen."

„Und der Mord!", rief Taxis wütend. „Die Magd Thierrette wurde bei Sonnenuntergang ermordet – durch diesen Pagen!"

„Das ist unwahrscheinlich", antwortete Giguelillot gelassen, „denn um neun Uhr abends war sie wohlauf. Im Moment befindet sie sich im Olivenhain und – ich sage das mit Bedauern – befreit dort Eure Gardisten von ihren Gelüsten."

„Meine Gardisten? Ungeheuerlich!"

„Geht selbst hin, Monsieur. Ihr werdet staunen."

„Das ist unmöglich!"

„Es ist die Wahrheit."

„Meine Gardisten sind verheiratet!"

„Heute Abend vielleicht doppelt."

„Sie überwinden das Fleischliche!"

„Das hätte ich nicht zu behaupten gewagt."

„Das ist eine gemeine Beleidigung!"

„Wie ihre Haltung."

„Und das Blut? Das vergossene Blut in ihrem Bett?"

„Eure Majestät sagte heute Morgen, dass auf dem Boden von Tryphême kein anderes Blut fließt als das der Jungfrauen oder das von kleinen Hühnern."

Der König brach in schallendes Lachen aus. Giguelillot senkte die Augen und schloss: „Sind wir nicht auf einem Bauernhof? Es muss ein kleines Huhn gewesen sein."

# Kapitel V

## in dem jeder nach seinen Verdiensten behandelt wird

*Hélène: „Fata-li-té! Fata-li-té! Fata ...“*
*Pâris: „... li-i-té!“*
*Meilhac und Halévy[79]*

„Ich entnehme deiner Verteidigung den ersten Punkt", sagte Pausole, „Du hast mir eine komfortable Unterkunft vorbereitet und sorgst für mein Wohl: Das ist das Verhalten eines Staatsmannes. Während dieses schrecklichen Tages beginne ich zu erkennen, dass nur Du in jeder Richtung gehandelt hast, wie es notwendig war, und dass das Unheil von einem anderen ausgegangen ist. Schweigt, Taxis, schweigt! Ihr seid widerlich und unfähig. Als Algebrist[80] habt Ihr einen falschen Verstand; als Protestant einen engen; und als Eunuch einen neidischen. Ich halte Euch für einen Stümper. Geht und entschädigt den armen Bauern für alle Schäden, die hier angerichtet wurden, wobei nichts darauf hinweist, dass dieser kleine Gilles der Verursacher war. Das ist eine Angelegenheit, die in ihrer Zeit und an ihrem Ort geklärt werden muss, morgen oder übermorgen, und die mich ehrlich gesagt nicht sonderlich interessiert. Das sage ich ganz offen. Sorgt für die Kosten, die ich hinterlasse; bringt die Königin, die entkommen ist, zurück in den Harem ...“

„Oh, Sire", warf Giguelillot ein, „wollt Ihr wirklich so grausam sein?“

„Nun, was soll ich mit einer Frau während einer geheimen Reise anfangen?“

„Demütigt sie nicht. Sie liebt Euch. Lasst sie stillschweigend folgen.“

„Eben hast Du noch bedauert, dass sie mich eingeholt hat!“

„Ich bedaure, dass sie fliehen und Eure Ruhe so stören konnte. Doch nun, da es geschehen ist, müssen wir es akzeptieren – schon allein, um das Gerede zu ersticken.“

„Heute ist nicht der Tag der Königin Diane", warf Taxis ein. „Ich widerspreche jeder Begünstigung, die gegen das Regelwerk verstößt.“

„Was entscheidet Eure Majestät?", fragte Giguelillot, mit kaum spürbarem Spott.

„Ich weiß es nicht", antwortete Pausole. „Gewöhnt Euch ab, mich jede Minute vor Entscheidungen zu stellen, die mich ermüden. Wer ist um

---

79  Henri Meilhac (1831–1897) und Ludovic Halévy (1834–1908), waren als berühmte Librettisten und Dramatiker des 19. Jahrhunderts bekannt. Sie haben zahlreiche Operetten und Theaterstücke geschrieben, darunter viele Werke für Jacques Offenbach, den Meister der Operette. Das Zitat stammt vermutlich aus dem Libretto zu seiner Operette „La Belle Hélène“

80  Hier wohl: Theoretiker, Zahlenmensch

zehn Uhr abends mein Berater? Ihr, Gilles. Also tut, was Euch richtig erscheint, und sei sicher, dass ich es billige, mein Freund, denn es gibt womöglich genauso gute Gründe zu verzeihen wie zu bestrafen. Ich überlasse das Eurem Urteil, statt einfach ein Streichholz zu ziehen. Geht und sprecht in meinem Namen; ich vertraue Euch."

Der Page verneigte sich, erhielt den Schlüssel, ging hinaus und befreite die unglückliche Diane – nicht ohne ihr durch subtile Andeutungen zu verstehen zu geben, dass er die Ehre gehabt hatte, für sie zu plädieren.

Seine Pläne waren äußerst einfach: Zwei Stunden später, sobald Taxis um Mitternacht wieder die Macht übernahm, würde dieser die Entscheidung seines Vorgängers wohl wieder rückgängig machen. Doch Diane hätte in der Zwischenzeit genug Zeit, sich im Schloss einzurichten. Giguelillot würde sich dort Zugang verschaffen, und Diane würde sich vielleicht einreden, aus Dankbarkeit alles zu geben, was sie in Wirklichkeit aus Verlangen und dem Wunsch nach Rache gab.

Als sie zum König zurückkehrte, bewahrte Diane ein stilles, verletztes Auftreten. Da sie offenbar auf eine versöhnliche Geste wartete, reichte ihr der König seine Hand, allerdings mit einer Zurückhaltung, als ob er fürchtete, sie könnte sonst mit übermäßiger Leidenschaft reagieren.

„Houppe, Ihr werdet heute Nacht nicht in den Harem zurückkehren, wie ich es Euch zunächst angedroht habe. Ich werde in diesem Dorf übernachten, ebenso wie Ihr. Aber es bleibt dennoch dabei, dass ich mit Eurem Ausbruch und den damit verbundenen Unannehmlichkeiten unzufrieden bin. Kommt; wir werden zu Fuß gehen. Taxis wird sich um die Reittiere kümmern, und mein Page wird Euch an der Hand führen. Kleiner, gib mir meine Krone."

Giglio nahm den purpurnen Mantel und die leichte Krone von der Garderobe. Pausole kleidete sich an, setzte sie auf und gab den Befehl zum Aufbruch. Vier junge Frauen mit Fackeln, ohne andere Schleier als die der Nacht, gingen vor dem König her und legten gemächlich die fünfundzwanzig Schritte zurück, die den Bauernhof von dem benachbarten Schloss trennten. Dahinter folgte Diane à la Houppe, von Giguelillot geführt, der ihre Hand hochhielt und dabei eine respektvolle Distanz wahrte.

Lange blickte Diane den König an. Als dieser sich jedoch nicht umsah, richtete sie ihre Augen auf den Pagen. Nachdenklich musterte sie den jungen Mann mehrere Minuten lang von Kopf bis Fuß, bevor sie fragte: „Wie heißt Ihr?"

„Djilio, Madame", antwortete er und fügte einen melancholischen Seufzer hinzu.

„Djilio?", wiederholte die Königin. „Das ist ein schöner Name."

# Kapitel VI

## in dem Monsieur Lebirbe und König Pausole überrascht feststellen, dass sie nicht in allen Punkten übereinstimmen

*Der Venus wird, so will mir scheinen*
*durch ihre Konjunktion gefallen,*
*dass nackt zum Bade sich vereinen*
*Mann und Frau, die Schranken fallen*
*„Prophezeiung von Meister Albert", 1527*

Pausole wurde an der Gartenpforte von dem stets höflichen Monsieur Lebirbe empfangen. Noch während der Begrüßung wandte sich oben am Fenster die aufgebrachte Philis an ihre Mutter: „Na, siehst Du, Mama? Eine Blamage! Du hast uns in Kleider gesteckt, und der König kommt mit einer Dame, die gar keins trägt. Wir sehen aus wie Idiotinnen!"

„Ich habe Deinen Vater gefragt, mein Kind. Er meinte, ihr solltet Euch anständig anziehen."

„Philis, Du bist so jung. So unglaublich jung", seufzte Galatée.

„Und was soll das heißen?", fragte Philis.

„Es ist besser, *zunächst* ein Kleid zu haben", erklärte die ältere Schwester lakonisch.

Philis verstand es nicht, doch als der König eintrat, glitten alle drei mit einem koketten Knicks zur Tür. Nach den ersten höflichen Worten zog sich die Dame des Hauses mit Diane zur Seite zurück, wo sie gemeinsam alte Geschichten auffrischten. Giguelillot saß auf einem Sofa mit den beiden jüngeren Frauen. Ihre Unterhaltung wurde bald so vertraulich, dass nur hin und wieder ein unterdrücktes Kichern zu hören war.

Im Fensterrahmen begann Monsieur Lebirbe seine Rede: „Sire, die *Ligue contre la licence des intérieurs*[81], eine noch junge Organisation, deren Vorsitzender ich mit Stolz bin, widmet sich der Moral und der öffentlichen Gesundheit. Ich weiß, dass sie Eure Zustimmung genießt."

„Ja, gewiss", sagte Pausole. „Dennoch – erinnert mich bitte an ihr Ziel. Es ist mir gerade entfallen."

„Ihr einziges Ziel, Sire, ist es, ihrem erhabenen Motto gerecht zu werden: *Vorbild – Offenheit – Solidarität*."

„Schöne Worte", bemerkte Pausole. „Aber wie versteht Ihr sie?"

„Majestät, Ihr wisst, dass die Opposition in Tryphême an alten Prinzipien festhält, besonders bei Privatsphäre und Kleidung. Dort kleiden sich die Frauen, selbst die schönsten, hochgeschlossen, wenn sie auf die Straße gehen, und lassen männliche Bewunderung nur im Geheimen eines ver-

---

81 Ligag gegen häusliche Zügellosigkeit

schlossenen Zimmers und nur dem Liebhaber ihrer Wahl zu. Das, Sire, ist egoistisch, geizig und verdorben."

„Einverstanden", sagte Pausole.

„Die Männer dieser Gesellschaft kämpfen erbittert gegen unsere Einflüsse und für das, was sie die *Anständigkeit der Straßen* nennen. Doch da auch in ihnen der Instinkt der Lust nicht schweigt, ziehen sie sich in schäbige Verstecke zurück, wo die Liebe verkümmert, sich entstellt und zur Niedertracht wird."

„Da liegen sie falsch", sagte Pausole. „Aber was kümmert Euch das?"

„Sire, wir halten ihr Verhalten nicht nur für heuchlerisch, sondern – wenn ich es so sagen darf – für gierig. In unserer Zeit akzeptiert man nicht mehr, dass ein Sammler drei Rembrandts besitzt und sie allein genießt. Solch ein Mensch wird zu Recht angegriffen, bis er seine Galerie der Öffentlichkeit zugänglich macht. Genauso, Sire, sollten Männer mit einem moralischen Gewissen daran gehindert werden, die Schönheit der Frau hinter Mauern zu verstecken, wo sie nur ihnen allein gehört. Was Kunst, Luxus und Raum zur Liebe hinzufügen, sollte nicht privatisiert werden."

„Das entspricht durchaus meiner Ansicht."

„Diese Gesellschaft, die sich selbst als *La Bonne*[82] bezeichnet und sich diesen Ruf in vielen Kreisen erschleicht, gibt ein übles Beispiel von Freizügigkeit, das ich Euch zu durchschauen bitte. Ein Mädchen in ein Kleid zu stecken, Sire, weckt bei den jungen Männern, die ihr begegnen, ungesunde Neugierde, die man ihnen verbietet auszuleben. Es ist eine Einladung zum Laster!

Zum Glück, das muss ich sagen, wird diese Perversion in Tryphême immer seltener. Die meisten Frauen bestellen ihre erste Robe erst, wenn sie zum ersten Mal schwanger sind. Aber es gibt noch Häuser, in denen selbst kleine Mädchen eingekleidet werden – das, Sire, ist wirklich die Spitze der Boshaftigkeit!

Die Folgen dieses schlechten Beispiels sind fatal: Es wird diskutiert, es wird manchmal nachgeahmt, und eine beklagenswerte Unsicherheit lässt die Sitten zwischen zwei Extremen schwanken. Niemand weiß mehr, was die Mode verlangt, und – soll ich es gestehen? – auch ich zögere manchmal, meine eigenen Kinder in der von mir propagierten reinen Kleidung zu präsentieren. Unser Ziel ist es, diese Unsicherheit zu beenden, indem wir die Sitten und die Gewissen vereinheitlichen."

„Und wie wollt Ihr das erreichen?"

„Auf zwei Wegen, Sire. Zuerst durch Propaganda. Die Mittel der *Ligue* sind beträchtlich. Wir haben für zwanzig Jahre ein großes Grundstück im Königlichen Garten von Tryphême gepachtet. Dort haben wir unter den Bäumen eine Freilichtbühne errichtet, auf der wir Ballette und eigens geschriebene Stücke aufführen. Diese Veranstaltungen, die unsere Lehren verbreiten, ziehen ein riesiges Publikum an."

---

82  Die Gute

„Was meint Ihr mit ‚Euren Lehren'?"

„Ich meine Werke, die dem Leben selbst entsprechen, seiner Realität wie auch seiner Schönheit. Wenn auf der Bühne etwa eine Unterredung im Büro eines Notars dargestellt wird, sind die Darsteller selbstverständlich in Schwarz gekleidet, wie es die Mode verlangt. Doch wenn eine Sängerin mitten in einem Liebesduett ausruft: ‚Oh Wonnen! Ekstase! Rausch!', dann ist sie nackt – wie es die Logik verlangt, denn alles andere wäre absurd.

Ebenso beim Ballett: Wenn eine Venus, drei Grazien, zwölf Gefangene oder sechzig Bacchantinnen gezeigt werden, dann geschieht das ohne falsche Zurückhaltung, so wie sie auch in einem Gemälde dargestellt würden. Es wäre doch widersinnig, zwei verschiedene ästhetische Maßstäbe für das gleiche Motiv anzuwenden – einen für die Malerei und einen für das Theater."

„Bis hierhin kann ich folgen", sagte Pausole.

„Zudem verbreiten wir durch günstige Bücher, Zeitungen und Illustrationen unermüdlich den Sinn für die Schönheit der menschlichen Nacktheit – und die doppelte Wirkung, die sie auslöst: einerseits auf den Geist, andererseits auf die Sinne. Falls man das überhaupt voneinander trennen kann, denn letztlich ist der Mensch, der von der Liebe ergriffen wird, ein unteilbares Ganzes.

Unsere Bücher verzichten auf das, was in populären Romanen oft gelehrt wird – etwa wie man ein Schloss knackt oder eine wehrlose alte Dame überwältigt. Um es konkret zu machen: Wir ziehen es vor, einer Arbeiterin eine unbekannte Art von Genuss nahezulegen, anstatt ihr in sechs Spalten zu erklären, wie man Falschgeld herstellt."

„Und wenn dieser Genuss unfruchtbar ist?", fragte Pausole trocken.

„Wenn ein flüchtiger Genuss unfruchtbar ist, was macht das schon?", fuhr Monsieur Lebirbe fort. „Der Körper einer Frau enthält 80.000 Eizellen, und sie kann kaum mehr als 18 Kinder gebären, ohne ihre Gesundheit zu gefährden. Das bedeutet, dass die Natur selbst – und das Werk des Schöpfers – einer jungen Frau etwa 79.982 Freuden bereithält, die sowohl unfruchtbar als auch völlig legitim sind, da sie ohnehin keine Frucht tragen können.

Wichtig ist, die Frau in ihrer natürlichen Neigung zur Lust zu unterstützen. Ob sie einfaches oder vielfaches Verlangen hat – früher oder später wird sie empfangen und neues Leben schenken, das ihr eigenes rechtfertigt. Ganz anders jedoch ist es, wenn man Jungfrauen, die keinen Mann finden, irgendein Ideal von Einsamkeit und Verzicht einredet, das nicht nur unfruchtbar, sondern widernatürlich und abscheulich ist."

„Fahrt fort", sagte Pausole, „ich bin gespannt, worauf ihr hinauswollt."

„Ich möchte hinzufügen", fuhr Monsieur Lebirbe fort, „dass wir zwar die maßvolle und verantwortungsvolle Suche nach allen Freuden der Liebe empfehlen, doch diejenigen, die zur Empfängnis führen – ob als Ziel oder als Ergebnis – nehmen in unseren Schriften den größten Raum ein. Sie sind, was auch immer die Ärzte behaupten mögen, nach wie vor die beliebtesten.

Das lässt sich leicht beweisen: Bei der Gründung unserer *Ligue* lag der Überschuss der Geburten über die Sterbefälle in Tryphême bei gerade einmal 4 Prozent. Heute, im dritten Jahr unseres Wirkens, liegt er bei 9 Prozent. Um in den unteren Schichten der Gesellschaft einen fruchtbaren Wettstreit zu fördern, haben wir zudem einen jährlichen Wettbewerb ins Leben gerufen.

Im Frühling krönen wir jene jungen Frauen, die durch besondere Pflege ihre körperliche Schönheit zur Vollendung gebracht haben und die durch ihre intimen Talente sowie die Leidenschaft ihrer Umarmungen die Bewunderung ihrer Nachbarschaft verdienen. Jede Nacht geben sie das vorbildlichste Beispiel ab."

„All das", bemerkte Pausole, „ist Propaganda. Aber Ihr spracht von zwei Mitteln. Welches ist das zweite?"

„Ich komme darauf, Sire", antwortete Monsieur Lebirbe. „Unsere Propaganda durch öffentliche Aufführungen, Bücher, Zeitungen, Bilder und den jährlichen Wettbewerb richtet sich vor allem − wie sollte es anders sein? − an die jungen Frauen. Sie gehen ein hohes Risiko ein, uns zu folgen: Schwangerschaft und Geburt schrecken sie, und das ist die eigentliche Ursache für ihre Zurückhaltung gegenüber dem anderen Geschlecht.

Ein Arbeiterinnenmädchen ist zunächst Lehrling, erledigt Besorgungen und hat Arbeit. Doch sobald sie schwanger wird, verliert sie ihre Stelle und meist auch ihren Liebhaber. Wenn sie an einem von beidem hängt, bleiben ihr im siebten Monat oft nur Armut, Verzweiflung und körperlicher Schmerz. Nun, wir wollen, dass sie sich dem stellt, sich darauf einlässt und es überwindet! Das Land braucht Kinder, Sire, es verlangt es von ihnen!

Natürlich sprechen wir nicht so offen mit ihnen. Sie könnten uns ja antworten, dass das Land von ihrem Kind nicht reicher wird, sie selbst aber umso ärmer. Wir könnten sie nicht vom Irrtum in ihrer Logik überzeugen. Stattdessen machen wir ihnen eine ganz andere Hoffnung.

Wir sagen ihnen − und das verstehen sie sofort −, dass die größte Freude der Reichen auch den Ärmsten gehört: die Liebe. Liebe, für die Vermögen angehäuft werden und an der Vermögen zerbrechen, wird nicht vollkommener, je höher man steigt. Sobald eine Arbeiterin versteht, wie man liebt, kann sie sich sagen, dass sie sonst keine der Freuden des Lebens kennt − aber dafür die intensivste. Und diese hält sie in ihren Armen!"

„Gewiss", stimmte Pausole zu.

„Deshalb sind wir zufrieden, wenn wir wissen, dass eine Modistin oder Näherin nach der Lektüre einer unserer Broschüren abends, nach der Arbeit, in das Nachbarzimmer geht und dank uns ins Leben eintritt. Wir wissen dann, dass ihre Arbeitsstunden von einem schönen Erinnern und einer hoffnungsvollen Erwartung erfüllt sein werden. Ihre Tage werden nicht mehr ausschließlich unter der Last einer Arbeit ohne Belohnung vergehen; ihr Bett wird weniger hart und ihre Kammer weniger kalt wirken, wenn sie ihre nackten Beine um einen Geliebten schließt.

Möge sie so weit kommen, sobald die Natur sie dazu einlädt. Doch welche Form der Lust sie auch wählt, wir sind glücklich, wenn sie diese in unserer Schule erlernt. Denn es ist nötig, dass die Reichen mit den Armen nicht nur ihren Wohlstand teilen, sondern auch das Geheimnis ihrer raffinierten Freuden, auf die die Menge Anspruch erhebt."

„Ich möchte wirklich wissen", wiederholte Pausole, „was Euer zweites Mittel ist …"

„Ich fasse zusammen", sagte Monsieur Lebirbe. „Indem wir die Ausschweifungen in den Privaträumen bekämpfen, die Diskretion geheimer Pavillons in Verruf bringen und jene abscheulichen Alten bloßstellen, die die Nacktheit nur verunglimpfen, um sie später zwischen Korsetts und schwarzen Strümpfen wiederzufinden, kämpfen wir leidenschaftlich für das Ideal der reinen, antiken Nacktheit. Wir fördern das Leben im Freien, die Offenheit der Sitten, die Direktheit des Beispiels und der Lehre der Umarmung – kurz gesagt: die Ausbreitung öffentlicher Lust in ganz Tryphême."

„Nichts könnte mir angenehmer sein", sagte Pausole. „Doch welche Mittel?"

„Unsere Mittel? Wir haben zwei. Das erste, wie ich Euch sagte, ist die Propaganda. Das zweite wäre eine Sanktion."

„Eine Sanktion?", fragte Pausole überrascht.

„Ja, eine gesetzliche Sanktion. Unsere Bemühungen stoßen auf unnachgiebige Gegner. Die Jugend und das Volk stehen auf unserer Seite, doch wir können nichts, oder fast nichts, gegen eine gewisse Kaste ausrichten, die eine unanfechtbare moralische Autorität ausübt und uns Schritt für Schritt Widerstand leistet. Es ist gegen sie, Sire, dass ich Euch um Waffen bitte – für sie und für Euch, für den unmittelbaren Sieg Eurer wertvollsten Ideen.

Lasst mich zunächst von einem Gesetz sprechen, das wir mit fiebriger Erwartung herbeisehnen und das Ihr noch heute Abend unterzeichnen könntet: das Gesetz der obligatorischen Nacktheit für die Jugend."

„Ah, nein!", rief Pausole aus. „Mein lieber Monsieur, Tryphême ist nicht die Welt auf den Kopf gestellt; es ist, so hoffe ich zumindest, eine bessere Welt. Aber ich habe meinem Volk so viele Fesseln erspart, um es jetzt mit neuen zu quälen. Nacktheit auf der Straße zu erzwingen! Das wäre ebenso lächerlich wie sie zu verbieten!"

Mit einem finsteren Lächeln ließ Pausole seine Faust mehrmals durch die Luft fahren, um seine Worte zu unterstreichen. Dann sprach er langsam und mit Nachdruck: „Monsieur, der Mensch verlangt, dass man ihn in Ruhe lässt! Jeder ist Herr über sich selbst, über seine Ansichten, seine Kleidung und seine Taten – solange er niemandem schadet. Die Bürger Europas sind es leid, ständig die Hand der Autorität auf ihrer Schulter zu spüren, die sie nur deshalb nervt, weil sie immer und überall präsent ist.

Man duldet noch, dass das Gesetz im Namen des öffentlichen Wohls spricht. Aber wenn es sich gegen den Einzelnen richtet und ihn gegen seinen Willen bevormunden will, wenn es beginnt, sein Privatleben zu regieren – seine Ehe, seine Scheidung, seine letzten Wünsche, seine Lektüren, seine Unterhaltung, seine Spiele und seine Kleidung, dann hat jeder das Recht, das Gesetz zu fragen, was es in seinem Haus verloren hat, wenn es nicht eingeladen wurde."

„Sire ..."

„Nie werde ich meine Untertanen in die Lage bringen, mir einen solchen Vorwurf zu machen. Ich gebe ihnen Ratschläge, das ist meine Pflicht. Manche folgen ihnen nicht, das ist ihr gutes Recht. Und solange keiner von ihnen die Hand erhebt, um eine Börse zu stehlen oder jemandem eine Ohrfeige zu geben, habe ich kein Recht, in das Leben eines freien Bürgers einzugreifen.

Euer Werk ist gut, Monsieur Lebirbe; sorgt dafür, dass es sich verbreitet und durchsetzt. Aber erwartet nicht von mir, dass ich Euch Gendarmen zur Verfügung stelle, um diejenigen in Ketten zu legen, die nicht wie wir denken."

# Kapitel VII

## in dem Reiseberichte über ein recht merkwürdiges Land erzählt werden

*Ich werde Euch einige Sonette vortragen,*
*und ich denke, ihr zweifelt nicht am Thema.*
*– Nein, antworteten diese Schäferinnen, es wird die Liebe sein.*

*Remy Belleau*[83]

In diesem Moment begann eine kleine, freudige Stimme voller Rührung aus einer Ecke des Raums zu rufen, „Mama! Mama! Wie wunderbar! Monsieur ist ein Dichter!"

„Ein Dichter, Philis? Ist das wahr?"

„Ein Dichter!", wiederholte Diane à la Houppe. „Oh, bitte, tragt uns Eure Verse vor. Wollt Iht?"

Giglio trat vor, verneigte sich mit einer gewissen Bescheidenheit und antwortete: „Madame, allein der Wunsch, den Ihr geäußert habt, reicht aus, um mich alle meine Vorsätze brechen zu lassen, denn ich hatte mir geschworen, niemals meine eigenen Verse vorzutragen. Doch ich weiß, dass Ihr nichts verlangt, was Seiner Majestät missfallen könnte, und ich möchte sicher sein, den König nicht zu stören, während ich Eure Unterhaltung bereichere."

„Ihr stört überhaupt nicht, Monsieur Djilio", antwortete Diane lächelnd. „Seht doch: der König hört Euch bereits aufmerksam zu."

„Trag uns Deine Verse vor, mein Kleiner", ermutigte Pausole. „Das kommt gerade recht, um meine politische Diskussion mit Monsieur Lebirbe zu unterbrechen. Wir begannen ohnehin, einander nicht mehr ganz zu verstehen, obwohl wir höflich blieben. Aber such dir ein kurzes Gedicht aus, an das Du Dich gut erinnerst, denn Gedächtnislücken machen mir immer einen unangenehmen Eindruck."

„Sire", sagte Giglio bescheiden, „ich habe meine gesamten Werke bei mir."

Er griff an seinen Gürtel, öffnete mit einem Knopf ein kleines, ledernes Fach, das wie eine Kartusche aussah, und zog drei kleine Bücher im handlichen Kleinformat hervor.

---

83 Rémy Belleau (1528–1577), war ein Mitglied der berühmten Pléiade, der Gruppe französischer Dichter des 16. Jahrhunderts, die unter der Führung von Pierre de Ronsard die französische Dichtung erneuerten. Belleau war bekannt für seine pastoralen Gedichte und seinen eleganten, oft sinnlichen Stil.

Eines der Werke war beim Mercure de France[84] erschienen, in einer Auflage von 183 Exemplaren, darunter vier auf „flammenfarbenem Satinpapier", acht auf „grauem China-Papier", neun auf „olivgrünlichem Packpapier", sieben auf „alten rötlichen Löschpapierarten" und der Rest auf „indischem Velin". Der Titel lautete: *Le Mannequin d'opale*[85].

Das zweite Werk war bei der Buchhandlung Fischbacher erschienen. Auf der Titelseite prangte ein Porträt des Autors, reproduziert durch das Verfahren der Fotogravur. Es trug den Titel: *Larmes d'une âme*[86].

Auf dem Umschlag des dritten Buches war eine fröhliche junge Witwe abgebildet, die ihren Schleier nonchalant hinter das Ohr geschoben hatte und ihren schwarzen Rock bis zur Taille hob, offenbar um zu zeigen, dass sie keine Unterwäsche trug. Der Titel war so anzüglich, dass es wohl klüger wäre, ihn hier nicht zu nennen. (Denn schließlich, muss man bedenken, wird dieser Roman möglicherweise auch von Damen gelesen.)

Giglio zögerte kurz, sah sich seine Gastgeber an, den König, Philis, Galatée und Diane à la Houppe, dann legte er die beiden ersten Bände beiseite und schlug den dritten auf, auf Seite 59.

„Was für ein hübsches Buch!", bemerkte Diane à la Houppe. „Wie lautet der Titel?"

„*Oui*[87]", sagte Giglio schlicht.

„Wie charmant."

„*Oui* – nur dieses eine Wort?", fragte Philis neugierig.

„Was willst Du denn mehr?", entgegnete Galatée.

„Oh, es sagt doch alles!", seufzte Diane träumerisch.

Mit einem versonnenen Blick fügte sie hinzu: „Haben Sie dieses Wort je gehört, Monsieur?"

„Niemals, Madame. Es wird nur in der Poesie verwendet."

„Und wie sagt man es in der Prosa?"

„Man sagt: ‚Nein.'"

„Das bedeutet dasselbe?"

„Zum Glück, ja."

„Also ist es nur eine Konvention?"

„Eine Feinheit."

„Warum?"

„Wisst Ihr, Madame, es gibt eine sehr alte Sitte bei den christlichen Völkern: Ein Mann darf einer Dame nicht begegnen, ohne ihr ein möbliertes Appartement anzubieten – mit Blumen, Puder, Haarnadeln und natürlich

---

84  der Mercure de France war eine wichtige und einflussreiche literarische Zeitschrift, die auch als Verlag tätig war. Ursprünglich gegründet im Jahr 1672 unter Ludwig XIV., erlebte der Mercure de France 1889 eine Wiederbelebung als moderne Literaturzeitschrift und entwickelte sich schnell zu einem zentralen Organ für die damalige literarische Avantgarde in Frankreich.

85  Die Puppe aus Opal

86  Tränen einer Seele

87  Ja

Gefühlen. Die Dame sagt dann immer: ‚Nein.' Wenn der Herr sich daraufhin zurückzieht, versteht sie, dass er sehr höflich war. Wenn er aber beharrt, unterdrückt sie ihre Erregung. Und falls er erklärt, dass er an ihrem Nein sterben wird, tut sie alles, um ihm das Leben zu retten. Das, Madame, bedeutet ein ‚Nein'."

„Ich werde niemals dieses Wort sagen", lachte Philis verschmitzt.

Doch Pausole klopfte mit der Hand auf die Armlehne seines breiten Sessels: „Lies doch Deine Verse, mein Kleiner. Antworte niemals Frauen. Ein Mann stellt Fragen wie ein Schüler, weil er wissen will, was er nicht versteht. Aber eine Frau stellt Fragen wie eine Lehrerin, und zwar nur über Seiten, die sie bereits gründlich studiert hat."

„Also, Monsieur", fragte Galatée, „was bedeutet eigentlich ‚Schamgefühl'? Könnt Ihr mir das erklären?"

„In welchem Zusammenhang … diese ‚Schülerfrage'?", erwiderte Philis und lachte neckisch.

„Monsieur Djilio scheint zu glauben, dass Frauen ‚Nein' sagen, zuerst aus Zurückhaltung, dann aus Mitleid – oder vielleicht aus Hingabe. Ich möchte wissen, was er von unserem Schamgefühl versteht und hoffe, dass er mir darauf antwortet."

„‚Scham', Mademoiselle (wir sind doch im Unterricht, nicht wahr?): ‚Scham' ist ein lateinisches Wort und bedeutet ‚Peinlichkeit'. Es beschreibt das besondere Gefühl, das eine Dame hat, wenn sie nach einem unbestechlichen Blick auf die genaue Beschaffenheit ihrer Formen gezwungen ist, anderen das zu zeigen, womit sie lieber alleine unzufrieden wäre. Und nichts könnte natürlicher sein."

Philis und Galatée wechselten einen Blick. Während die Ältere jedoch reglos verharrte, verließ die Jüngere den Raum, ohne ein Wort zu sagen – von Stolz und einer Herausforderung gereizt.

Pausole streckte seine Hand nach dem Buch des Pagen aus: „Gilles, zeig mir Dein Buch", sagte er. „Was sehe ich denn da auf dem Umschlag?"

Der König nahm das Buch aus Giglios Hand und betrachtete es. „Oh! Das ist ja abscheulich!" sagte Pausole. „Wie kannst Du unter einem derart geschmacklosen Einband veröffentlichen? Monsieur Lebirbe erklärte mir eben, dass solche Dinge sich nur an alte Männer richten, deren Heuchelei und Dummheit wir beide verachten."

„Vielleicht stimmt das hier in Tryphême", erwiderte Giglio, „aber in Frankreich, wo die Alten die Sitten regeln und die Gesetze machen, richten sich diese Dinge an das gesamte Volk. Das Hochgeschürzte ist die Nationaltracht der Französinnen. Es wird überall gezeigt: bei öffentlichen Bällen, in Café-Konzerten, im Theater, im Élysée und sogar in den besseren Kreisen. Zwischen der britischen Löwin und dem deutschen Adler in den ausländischen Karikaturen erkennt man Frankreich immer an einem hochgeschürzten Rock. Wenn ich auf meinem Buch den Abdruck einer Dame gemacht habe, die von Kopf bis Fuß in Schwarz gehüllt ist – außer an den oberen Beinen –, dann nur, damit man sofort sieht, dass ich über die Pariserinnen schreibe."

„Was für ein seltsamer Brauch", sagte Diane verträumt. „Warum gefallen sie den alten Männern mehr als den jungen?"

„Die Pariserinnen wollen allen gefallen", erklärte Giglio. „Sie haben einen besonderen Respekt für ältere Herren. Ein Respekt, der sich je nach Frau und Uhrzeit unterschiedlich ausdrückt."

„Oh, erzählt! Diese Sitten aus den wilden Ländern sind so faszinierend …"

„In den unteren Klassen zeigt eine Frau einem alten Mann ihre Ehrfurcht, indem sie das Bein bis auf Augenhöhe hebt. Dieser Gruß wird oft von einem ironischen oder beleidigenden Ausruf begleitet – doch der Siebzigjährige ist entzückt. Auf einem öffentlichen Ball verlangen Polizei und Tradition, dass sie dabei mehrere Schichten Unterwäsche zeigt: falsche Spitzen, schmutzige Baumwollreste.

Der Stammgast des Moulin Rouge oder des Casino de Paris liebt die Eleganz eines Schenkels, erkennt aber keinen Unterschied zwischen Baumwolle und feinem Stoff – je mehr Lagen, desto besser. Spielt die Szene jedoch abends in einer Kneipe, auf der Straße oder in einer einfachen Familie, sollte die Frau keine Unterwäsche tragen, um den Siebzigjährigen mit ihrem Gruß zu entzücken. Ethnologen haben diese Widersprüche im französischen Geschmack festgestellt, ohne sie erklären zu können."

„Und Ihr habt in diesem Land gelebt?"

„Ich bin dort geboren, Madame."

„Oh, Entschuldigung. Ich hielt Euch für einen Italiener. Was sagtet Ihr? Fahrt fort, das ist so spannend."

„In bürgerlichen Kreisen fällt der Gruß anders aus. Auf dem Bürgersteig bemerkt eine Dame, dass ihr ein Mitglied des Oberhauses folgt, dem sie nur die reinste Tochterverehrung entgegenbringen kann. Sie zeigt dies durch ein kompliziertes Manöver: Sie hebt den Rock so an, dass ihre Formen hinten betont werden, und enthüllt dabei das linke Wadenbein. Es mag völlig uninteressant sein, doch der Siebzigjährige ist entzückt."

„Das verstehe ich nicht …"

„In den sogenannten oberen Kreisen hingegen gewinnt das Hochgeschürzte beim Dekolleté an Popularität. Der alte Herr steht, die junge Frau sitzt. Sie beugt sich vor, drückt die Arme zusammen und wölbt die Schultern. Die Haltung ist wenig anmutig, doch das Mieder öffnet sich und gibt den Blick frei. Das Auge des alten Herrn stürzt sich hinein, und wenn der Busen der Dame freundlich genug ist, Form, Farbe und die kleinen Geheimnisse seiner Spitze zu offenbaren, ist der Siebzigjährige außer sich vor Freude."

„Und was denken die jungen Männer darüber?", fragte Diane.

„Die jungen Männer? Die meisten denken wie ihre Großväter. Sie bekommen nur noch höher Geschürzte. Die wenigen Anderen wagen nicht zu protestieren."

„Und die Damen?"

„Oh, die Damen sind daran so gewöhnt … und es ist Mode, man kann nichts dagegen tun. Vorhin hörte ich Monsieur Lebirbe sagen, dass in seinem Theater die Liebenden sich ausziehen, bevor sie ‚Ekstase! Rausch!' singen. Aber in Paris, Monsieur Lebirbe, würde das niemand verstehen. Hier besteht das Kostüm der Kurtisanen aus einem schwarzen Korsett und schwarzen Strümpfen, mit oder ohne Unterhose. Früher, so sagen es die guten Autoren, trugen sie das sogar im Bett. Heute wird das nur bis ins Zimmer getragen – ein Fortschritt. Aber weiß der gewöhnliche Theaterbesucher der kleinen Bühnen das? Für ihn sehen alle nackten Frauen gleich aus – wie die unzähligen Wahrheiten über Monsieur Dreyfus[88]. Brächte man sie auf die Bühne, gäbe es Tumulte."

„Haha!", lachte Pausole. „Du übertreibst ein wenig."

„Ich glaube, er erfindet das alles", sagte Diane besorgt. „Solche Sitten können nirgendwo existieren."

„Wäre dem doch so!", seufzte Monsieur Lebirbe. „Doch sie haben bereits bis hierher Eingang gefunden und verstecken ihre Abscheulichkeit im Inneren unserer Häuser."

„In Tryphême?"

„In Tryphême."

„Doch nicht bei Euch, hoffe ich?", fragte Diane mit einem Lächeln.

In diesem Moment kehrte Philis zurück, ohne andere Schleier als die, die die Natur ihr langsam verlieh. Hinter ihr brachte ein Diener in nussbrauner Livree Zitronenlimonade und Mandarinensorbet. Philis setzte sich neben ihre Schwester auf eine kleine Chaiselongue, und Giglio wirkte abgelenkt. Galatée überprüfte mit der Hand den Sitz ihrer Frisur. Philis strich mit dem Finger etwas überflüssiges Puder von ihrer Hüfte.

„Nun gut!", rief Pausole. „Komm schon, mach es kurz, mein Junge! Lies uns Deine Verse vor – wir hören Dir alle zu. Aber wähle etwas Passenderes als den Einband deiner Werke. Denk daran, dass Du vor zwei jungen Damen sprichst."

„Oh, Sire, wir können alles hören, Mama erlaubt es uns", sagte Philis mit einem Lächeln.

Mme Lebirbe, die bisher geschwiegen hatte, sprach schließlich ein Bonmot, das sie sicherlich irgendwo gelesen hatte: „Wenn die jungen Mädchen etwas verstehen … lehrt man sie nichts Neues. Und wenn sie nichts verstehen … dann schadet es auch nicht."

Doch gerade, als Giglio sein Buch wieder aufschlug, schlug die letzte Stunde Mitternacht. Pünktlich wie immer wurde Taxis angekündigt.

---

88  Alfred Dreyfus (1859–1935) war ein französischer Offizier jüdischer Herkunft. 1894 wurde er fälschlicherweise wegen Hochverrats angeklagt, zu lebenslanger Haft auf der Teufelsinsel in Französisch-Guyana verurteilt und erst Jahre später rehabilitiert, wobei Emile Zolas Schrift „J'accuse...!" eine wesentliche Rolle spielte, die seine Sache international bekannt machte.

# Kapitel VIII

## In dem Taxis behauptet, dem Beispiel der schönen Thierrette folgen zu wollen

*Alles, was Menschen durch ihre Freuden einander näherbringt,*
*gibt ihren Sitten einen Hauch von Zärtlichkeit und Menschlichkeit,*
*so notwendig für das Glück der Gesellschaft;*
*man hat bemerkt, dass die von der Natur Benachteiligten*
*unter allen Sterblichen die am wenigsten Geselligen sind.*

*Fréron[89], 1776*

Der Moralist schloss mit einer zugleich unterwürfigen und eitlen Miene die Augen, öffnete leicht den Mund und verbeugte sich tief. Diane à la Houppe ließ sich daraufhin seitlich auf ihrem Stuhl nieder und drehte ihm betont den Rücken zu. Den rechten Arm über die Stuhllehne gelegt, hob sie die linke Hand lässig in Richtung des Pagen und fragte: „Warum lest Ihr nicht?"

„Madame", antwortete Giglio, „alle meine Verse können bedenkenlos jungen Damen vorgelegt werden, denn sie sprechen genau von dem, was diese am meisten interessiert. Aber sie wurden nicht für Monsieur Taxis geschrieben, und solange Monsieur Taxis anwesend ist, bitte ich Euch um die Erlaubnis, ihm keinen Vorwand für Empörung zu liefern."

„Wehe dem, durch den das Ärgernis kommt!", rief Taxis düster. „Doch das Ärgernis *muss* kommen! Es *muss* kommen!"

„Wer ist dieser Mann?", flüsterte Philis.

„Er ist ungepflegt", bemerkte Galatée.

„Hast Du seine Hände gesehen?"

„Ah! Und seinen Hals!"

„Seine Zähne!"

„Sein Bart!"

„Und seine Krawatte! Oh, diese Krawatte!"

„Wie hässlich er nackt wäre! Es ist gut, dass er sich anzieht."

Gleichzeitig näherte sich Taxis dem König. „Sire", begann er laut, „ich habe die Ehre, Euch um ein privates Gespräch zu bitten. Es geht um äußerst schwerwiegende Angelegenheiten. Ich wage es, Euch daran zu erinnern, dass ich ab Mitternacht erneut Euer Vertrauen genieße, und ich bestehe darauf, gehört zu werden."

„Wir ziehen uns zurück", schlug Monsieur Lebirbe vor.

---

89 Élie Catherine Fréron (1719–1776) war ein französischer Schriftsteller, Kritiker und Gegner von Voltaire. Er war bekannt für seine konservativen, oft polemischen Schriften, insbesondere gegen die aufklärerischen Philosophen. Die Zuschreibung des Zitates ist nicht zweifelsfrei belegbar.

„Nein", erwiderte Pausole. „Bleibt."

„Dann muss ich schweigen", sagte Taxis.

„Ach, was für eine Plage!" seufzte der König. „Was für eine Plage! Könnt Ihr Eure Entscheidungen nicht allein treffen, ohne mich zu solch später Stunde zu stören?"

„Gewährt Ihr mir freie Hand, Sire?"

„Natürlich."

„Das genügt."

Und sich zu Giglio umwendend, rief Taxis: „Ich nehme Euch fest, Monsieur!"

„Himmel!", rief Madame Lebirbe entsetzt.

„Einen Augenblick!", sagte Pausole ruhig. „Ihr seid verrückt, mein Freund. Wenn Ihr Euch derart grob gegenüber meinem besten Pagen verhaltet, und das im Haus meines würdigsten Untertanen, werde ich gezwungen sein, Euch Eures Amtes zu entheben. Madame, ich bitte Euch, diese unschöne Szene zu vergessen, die meinen Geist verstimmt. Taxis ist ein fleißiger Beamter, manchmal nützlich, aber sein übertriebener Eifer und moralischer Fanatismus sind nichts als überspannt und penibel. Er entschuldigt sich für seine Worte."

Monsieur und Madame Lebirbe, erschüttert von diesem Vorfall, bestanden jedoch darauf, dass der König den Konflikt in ihrer Abwesenheit klärte, und zogen sich samt ihren Töchtern zurück.

Sobald die Tür geschlossen war, sprach Pausole: „Meine Freunde, ich bin es leid, Euch zu trennen und einem von Euch recht zu geben. Klärt Eure Angelegenheiten unter Euch, und sorgt vor allem dafür, dass sie nicht zu lange dauern." Dann überquerte er den Salon und setzte sich freundlich neben Diane à la Houppe.

Giglio verschränkte die Arme hinter dem Rücken und beobachtete ruhig. Taxis, der in einiger Entfernung stehen blieb und ihm eine leidenschaftliche Anklage entgegenschleuderte: „Ah, Monsieur, ist das Euer Prinzip? Habt Ihr es Euch zur Aufgabe gemacht, jeden Tag ein armes Mädchen, Dienerin oder Bäuerin, auszuwählen und sie einer Horde von Männern auszuliefern, die betrunken von Wollust und Ausschweifung sind?"

„Auszuliefern?", fragte Giglio mit sanfter Stimme.

„Gestern habt Ihr eine Kammerzofe des Königs auf ihrem Bett festgebunden, um sie den Übergriffen von zwölf Halunken nacheinander zu überlassen! Und heute ist es ein Bauernmädchen, das Ihr mit vierzig Satyrn in den Wald geschickt habt?"

„Vierzig Männer, die Ihr selbst ausgewählt habt, Monsieur Taxis! Vierzig Anachoreten[90], die Ihr persönlich handverlesen habt! Und das ist es, was aus ihnen wird, sobald man ihnen eine Frau anvertraut? Ah, wie schwach das Fleisch doch ist! Wie schwach das Fleisch doch ist!"

---

90 Asketische Einsiedler

„Der Anblick, den ich ertragen musste, wird mich für immer verfolgen. Nie zuvor, vielleicht nicht einmal seit den dunklen Zeiten des Heidentums, hat sich eine solche Orgie unter freiem Himmel abgespielt. Hätte ich keine Vorwarnung erhalten, hätte ich geglaubt, direkt in die schmutzigsten Winkel von Suburra oder die Lupanare von Capua[91] versetzt worden zu sein! Dieses arme Mädchen – auf dem Rücken ausgestreckt, die Glieder weit gespreizt – wurde schändlich missbraucht, von fünf oder sechs Männern gleichzeitig! Und der Rest? Sie sangen ein höllisches Lied und tanzten in wilder Runde um die ‚Opfer‘!"

„Und das Opfer – machte es etwa Schwierigkeiten?", fragte Giglio gelassen.

„Nein, sie war stoisch!", rief Taxis. „Zweifellos innerlich zerrissen von den Grausamkeiten, die sie erduldete, und noch mehr von dem schändlichen Schauspiel, das ihre Augen mitansehen mussten, ließ sie sich nichts anmerken. Ihre Tapferkeit war die einer Märtyrerin! Unter den Angriffen bot sie die andere Wange dar, forderte ständig neue Qualen heraus. Hatte sie Sünden zu sühnen? Ich weiß es nicht. Doch in den Krämpfen der Agonie schien dieses erhabene Geschöpf jubelnd aufzugehen – das hat sie mir mit Stolz zugerufen!"

„Ihr seht es", sagte Giguelillot, „die Damen finden nie, dass sie zu viel Aufmerksamkeit erhalten."

Diane à la Houppe seufzte bei diesen Worten tief und lang.

Taxis jedoch stampfte vor Wut auf und fuchtelte wild mit den Fingern. „Lacht, nur lacht!", stieß er aus. „Amüsiert Euch! Euer Lachen ist unheilvoll, junger Mann! Ihr seid verderblich und wollüstig. Ihr habt die Seele eines Borgia! Eines Richelieu! Eines Heliogabalus![92]"

Giglio machte einen Schritt auf ihn zu und unterbrach ihn: „Monsieur, ich hege eine grenzenlose Bewunderung für Heliogabalus und freue mich außerordentlich, dass Ihr mir die Ehre erweist, mich ihm ähnlich zu finden ..."

„Ah!"

„... aber Eure historischen Vergleiche sprecht Ihr in einem Tonfall aus, der mir ganz und gar nicht zusagt."

„Monsieur ..."

„Und da der König uns gestattet hat, unsere Differenzen unter uns zu klären ..."

„Allerdings ..."

„... verlange ich von Euch eine Entschuldigung."

„Niemals!"

---

91 Er hätte auch Sodom und Gomorrha sagen könen
92 Borgia, Richelieu und Heliogabalus: Drei historische Persönlichkeiten, die für Machtgier, politische Intrigen und moralische Ausschweifung stehen. Die Borgias waren eine Renaissancefamilie, berüchtigt für Korruption und Intrigen; Kardinal Richelieu symbolisiert politischen Opportunismus und Manipulation; Heliogabalus, ein römischer Kaiser, (ca. 204 - 222) gilt als Sinnbild für Dekadenz und Exzentrik.

„... oder dass Ihr ohne Umschweife und ohne Vermittler mit mir die Bedingungen eines ...[93]"

„Ebenfalls niemals!"

Taxis, ein Mann von hitzigem, aber feigem Wesen, wich bei jedem Wort einen Schritt zurück. Schließlich stieß er gegen die Tür, öffnete sie und versuchte zu entkommen. Giglio folgte ihm und packte ihn am Arm. In dem Raum, in den die beiden eintraten, warteten Philis und Galatée bei ihren würdevollen Eltern auf den Ausgang einer Konferenz, deren eigenartige Lautstärke sie bestürzt hatte.

„Madame", sagte der Page ruhig und respektvoll, „es wäre unpassend, eine private Auseinandersetzung in Eurer Gegenwart zu klären. Doch da Ihr ungewollt Zeugin ihres Beginns wurdet, möchte ich Euch, mit Eurer Erlaubnis, meinen Ankläger vorstellen: Monsieur den Groß-Eunuchen, von dem ich Genugtuung fordere."

Dann wandte er sich an Taxis, der bleich geworden war: „Monsieur", fuhr er fort, „ich verachte Euch von Herzen. Ihr seid ein Narr, ehrgeizig, unterwürfig, ohne Takt und ohne Mut ..."

„Beleidigt Ihr mich?"

„Das glaube ich nicht."

„Ich nehme Eure Worte zur Kenntnis."

„Wir sprachen also davon", fuhr Giglio lächelnd fort, „dass Euch sowohl Mut als auch Würde fehlen. Dennoch bin ich bereit, Euch die Ehre eines Duells zu gewähren ..."

„Ich verlange keines!"

„Ich biete es Euch an."

„Ich lehne es ab."

„Ihr weigert Euch, zu kämpfen?"

„Monsieur, der Ewige hat mit flammenden Lettern auf dem Sinai geschrieben: ‚Du sollst nicht töten.' Christus hat es wiederholt, Paulus hat es die Heiden gelehrt. Und Ihr erwartet, dass ich eine Mordwaffe anfasse? Nein, Monsieur, da kennt Ihr mich schlecht! Ich folge dem edlen Beispiel, das mir heute Abend im Olivenhain gegeben wurde: Auch ich biete die andere Wange dar, ertrage die Schmach bis zum letzten Tropfen! Auch ich lasse mich auf die Bahre der Demütigungen spannen.

Monsieur, ich entschuldige mich bei Euch! Öffentlich entschuldige ich mich bei Euch! Mit meinem Stolz werde ich triumphieren. Seht her: Ich neige mein Haupt – und mein Herz wird davon gestärkt."

---

93 Giglio stellt hier unausgesprochen ein Duell in den Raum

# Kapitel IX

## in dem Giguelillot die Pflichten antiker Gastfreundschaft versteht

> *Es ist Brauch, dass junge Mädchen Berührungen*
> *bis zu einem gewissen Punkt zulassen;*
> *doch der Anstand unserer heutigen Sitten*
> *erlaubt mir nicht, Euch zu sagen, welcher.*
>
> *Fischer, Ueber die Probenächte ... etc. – 1780*[94]

Diane à la Houppe und der König folgten ihren Gastgebern zu den Gemächern, die seit Jahren darauf warteten, einen Souverän zu empfangen. Taxis hatte wohl geplant, das königliche Paar zu trennen, doch der Aufruhr seiner jüngsten Auseinandersetzung ließ ihn die grundlegendsten Regeln seiner üblichen Politik vergessen. Dieses Versagen durchkreuzte die Pläne des kleinen Pagen, der sichtlich überrascht war. Noch verwunderlicher war es für ihn, als Diane dem König beim Betreten der für ihre dritte Ehe-Nacht vorgesehenen Gemächer Blicke voller Vergebung und neu erwachter Liebe zuwarf.

In diesem Moment spürte Giguelillot den kleinen Stich der Eifersucht. Diese Frau, die ihm nun entrissen wurde (so empfand er es), gewann plötzlich eine faszinierende Anziehungskraft. Beunruhigt über diese Regung und entschlossen, ihre Erinnerung durch eine neue Wirklichkeit zu überdecken, beschloss er, Ablenkung zu suchen. Praktisch denkend und entschlossen, war er natürlich vorbereitet. Sein Etui, in dem er Gedichtbände verwahrte, war zugleich ein Werkzeugkasten für alle denkbaren Abenteuer – eine unverzichtbare, dreifach unterteilte Tasche, deren Inhalt unterschiedlichste Zwecke erfüllte.

Die erste Tasche enthielt:

Einen Knopfhaken[95],
sechs Korsettbänder,
Riechsalz,
ein harmloses Gift,
weißes Puder, Rachel-Puder und rosa Puder (in kleinen Taschenformat-Döschen)[96],
drei unbenutzte Lippenstifte,
schwarze, weiße und kugelköpfige Stecknadeln,
Haarnadeln in verschiedenen Formen,

---

94  Zitat sehr frei nach Friderich Christoph Jonathan Fischer (1750 - 1790), „Über die Probenächte der teuschen Bauernmädchen". Wortlaut nach dem französischen Original.

95  Ein Werkzeug in Form einer Drahtschlinge, die durch ein Knopfloch geführt werden kann, um den Knopf durchzuziehen

96  Schminkutensilien der damaligen Zeit

Sicherheitsnadeln,
einen kleinen Klappkamm,
einen Handspiegel,
verschiedene pharmazeutische Produkte,
und schließlich einige kuriose, wenn auch nicht unbedingt notwendige Objekte.

Die zweite Tasche beherbergte seine drei Gedichtbände. In diese hatte Giguelillot durch Widmungen, Titel oder Akrostichen die Namen von vierhundert Frauen oder liebevoll verniedlichte Tiernamen eingearbeitet, alphabetisch geordnet, damit sie auch in den erregendsten Momenten leicht auffindbar waren: „Lest! Lest! … diese Elegie … an Miquette … das wart *Ihr*, Miquette! Ich liebte Euch wie ein Verrückter! Und Ihr wusstet nichts davon!"

Die dritte Tasche war die wertvollste. Darin bewahrte Giguelillot eine Sammlung von dreißig Briefchen auf – Liebeserklärungen, Botschaften oder Bitten um ein Rendezvous, die für jede Gelegenheit vorbereitet waren. Giguelillot wusste: Genau in solchen Momenten hat man nie das richtige Schreibmaterial zur Hand.

Die Briefe waren zärtlich, respektvoll, leidenschaftlich, literarisch, schüchtern, unanständig, verzweifelt oder pragmatisch. Manche sagten: „Verlasst mich nicht!", andere gestanden: „Ja, ich liebe Euch!", wieder andere enthielten praktische Anweisungen wie: „Macht drei Besorgungen, bevor Ihr kommt, um beschäftigt zu wirken." Einige waren kaum lesbar, weil Tränen die Tinte verwischt hatten. Jedes Briefchen steckte in einem Umschlag mit einer bestimmten Farbe, sodass Giguelillot den passenden Brief sofort erkennen konnte. Nach einer „Mission" schrieb er den Brief stets aus dem Gedächtnis neu, damit seine Sammlung vollständig blieb.

An diesem Abend entnahm er den dritten und vierten blauen Brief. Beide enthielten sanft variierende Nuancen desselben Gedankens: „Ich vergöttere Euch. Ich werde die Tollkühnheit besitzen, diese Nacht an Eure Tür zu klopfen. Öffnet mir – selbst wenn es nur ist, um mich fortzuschicken!"

Bevor er sich verabschiedete, gelang es ihm, die Briefe unauffällig den Töchtern seiner Gastgeber zuzustecken – zwei Chancen gegen eine, Diane à la Houppe zu vergessen.

In seinem Zimmer angekommen, packte Giguelillot seine Sachen aus, entnahm einige Toilettenartikel und widmete sich sorgfältig seinem Aussehen. Diese Pflege entsprang weniger Eitelkeit als Höflichkeit. Er war weder selbstverliebt noch übermäßig kritisch, sondern betrachtete sich mit nüchterner Sachlichkeit. Sollten die Damen ihm Zuneigung schenken, so lag das – so dachte er – weniger an einem besonderen Zauber seinerseits als daran, dass er sie entschlossen und unter den richtigen Umständen umworben hatte. Zwei Geschlechter, die füreinander bestimmt sind, vergessen schnell die Gründe, die sie angeblich voneinander trennen.

Als schließlich die letzten Geräusche aus den oberen Etagen verklangen, öffnete Giguelillot vorsichtig das dicke Schloss seiner Tür. Lautlos schlich er durch den Korridor und stieg die Marmortreppe hinauf ...

Philis war wirklich nicht erfahren genug, um die Rolle einer Verliebten zu spielen: Sie wartete auf ihn auf der letzten Treppenstufe. „Psst!", flüsterte sie, und ihre Augen leuchteten vor Aufregung. „Oh, ich bin so glücklich! Kommt schnell!" Kaum waren sie in ihr Zimmer getreten, drehte sie sich zu ihm um: „Ihr seid in mich verliebt? Wie kann das sein?"

Giguelillot fand nicht den Mut, seine übliche Rolle zu spielen – und diesmal war es ohnehin nicht nötig. Stattdessen hob er die kleine Philis, die vor Freude rot wurde und kicherte, unter den Armen hoch, küsste ihr Augenlid und Mundwinkel – schnell, kameradschaftlich, ohne Umschweife.

„Ihr seid wirklich reizend", sagte er dann.

„Wirklich?"

„Natürlich."

„Was genau ist denn an mir so reizend?"

„Wisst Ihr das nicht?"

„Das hat mir noch nie jemand gesagt ..."

„Nun, es ist dies hier, und dies ... und auch das ... eigentlich alles an Euch!"

Philis begann wieder zu lachen, wurde dann aber nachdenklich:

„Aber die anderen Mädchen sind doch hübscher als ich."

„Ihr irrt Euch gewaltig."

„Leider nein. Ich habe eine Cousine, die sonntags immer bei uns isst. Wenn sie sich in meinem Zimmer umzieht, um zum Mittagessen zu gehen, dann möchte ich sie jedes Mal schlagen – so viel schöner ist sie als ich. Das ist ein hässliches Gefühl, nicht wahr?"

„Das schon", entgegnete Giguelillot mit sanfter Stimme, „aber Eure Bescheidenheit ist lächerlich. Wie glaubt Ihr denn, dass Ihr ausseht?"

„Wie ich aussehe?" Sie zog die Schultern hoch. „Wie ein Streichholz mit einer Kerzenflamme."

„Weil Ihr einen rosigen Kopf und einen weißen Körper habt?"

„Vor allem, weil ich dünn bin. Das werdet Ihr doch nicht leugnen."

„Doch, das werde ich sofort leugnen! Ihr? Dünn? Ihr seid schlank, genau wie es sein sollte. Junge Frauen, die aussehen wie kleine Buddhas, finden vielleicht Ehemänner, weil sie durch ihre doppelte Oberfläche die Illusion der Bigamie vermitteln. Aber Geliebte? Das ist etwas ganz anderes – die sind viel zu schwer zu entführen."

Philis, die gerne lachte, prustete los und fragte dann ganz ernsthaft: „Habt Ihr schon einmal Mädchen entführt?"

„Ein ganzes Internat."

Die Kleine sah ihn voller Bewunderung an: „Erzählt mir davon, bitte!"

„Das ist unmöglich. Ein großes Geheimnis."

„Dann ohne Namen? Wo war das?"

„In Frankreich. Mehr kann ich nicht sagen."

„Waren es ältere oder jüngere Mädchen in dem Internat?"

„Beides."

„Wie viele insgesamt?"

Giguelillot suchte nach einer beeindruckenden, aber glaubwürdigen Zahl: „Einunddreißig", antwortete er.

„Hat Euch keine von ihnen abgewiesen? Oh, das kann ich mir vorstellen! Ihr seid so ein hübscher Junge ... Seht Ihr, ich habe auch Ja gesagt – genau wie sie. Und die wussten vielleicht, was sie taten, als sie Euch folgten. Ich dagegen habe keine Ahnung. Oder fast keine."

„Wirklich?"

„Meine Schwester will mir nie etwas erklären, wenn ich sie frage. Alles, was ich weiß, habe ich von meiner Cousine. Aber ich bin sicher, sie hat mir das Wichtigste nicht gesagt."

„Was hat sie Euch denn erzählt?"

Philis zögerte und lächelte. „Ihr werdet mich auslachen, wenn ich es Euch sage."

„Ganz bestimmt nicht."

„Ich habe es wahrscheinlich völlig falsch verstanden. Und ich kenne nicht einmal alle Begriffe ... Na gut, Ihr könnt mich ja korrigieren." Sie begann, ihre Finger abzuzählen, damit sie nichts vergaß. Leise, langsam und sehr vorsichtig zählte sie ihre dürftigen Kenntnisse auf, warf ihm zwischendurch alarmierte Blicke zu, wie eine Schülerin, die Angst hat, mit Null benotet zu werden[97].

Giguelillot hörte ihr mit wachsender Hochachtung zu. Als sie geendet hatte, faltete er die Hände und sagte: „Aber verzeiht, Mademoiselle Philis – was glaubt Ihr denn noch nicht zu wissen?"

„Was das Böse ist", antwortete sie schlicht.

Und sie erklärte: „Es heißt, es sei sehr schändlich, einen jungen Mann in seinem Zimmer zu empfangen ... Tut man dann mit ihm etwas Böses?"

„Aber nein, aber nein!", beeilte sich Giguelillot zu sagen.

„Doch, sicher! Papa verbietet es uns. Er empfängt nie junge Männer und sagt, es sei, weil er Töchter habe. Alles, was ich Euch eben erzählt habe, sind wohl harmlose Spielereien, die niemandem schaden. Also kann es das nicht sein, was verboten ist."

„Natürlich nicht ... Und ich bin mir sicher, dass Monsieur Lebirbe Euch vor *gewissen* jungen Männern schützt – vor denen, die nicht wissen, wie man spielt, wenn Ihr versteht, was ich meine. Aber wenn er wüsste, dass Ihr mit mir spielt ..."

---

97 In Frankreich war die „0" im 20-Punkte-Benotungssystem der Schulen des 19. und frühen 20. Jahrhunderts die schlechteste mögliche Bewertung.

„Mit Euch? Vor allem mit Euch, mein Gott! Heute Abend – ich weiß nicht, was Ihr ihm gesagt habt, aber er hatte solche Angst vor Euch wie vor dem Teufel! Er ließ sogar eine Dienstmagd auf einer Matratze im Flur schlafen, zwischen der Tür meiner Schwester und meiner eigenen. Wisst Ihr, meine Schwester schläft ganz hinten am Ende des Ganges. Galatée hasst Dienstmädchen und will nicht überwacht werden. Sie hat der Magd Geld gegeben, damit sie wie gewohnt in den Gesindekammern schläft. Ein Glück, nicht wahr? Sonst hätte ich Euch nie treffen können."

Diese Information weckte Giguelillots Interesse. Die Zustimmung war von beiden Seiten gekommen. Einen Moment lang betrachtete er die kleine Philis und verspürte leichte Gewissensbisse. Da auch ihre ältere Schwester auf ihn wartete und er fest entschlossen war, sie besser kennenzulernen, hielt er es für unangebracht, die Jüngere zu größeren Dummheiten zu verleiten. Die Ältere wirkte eindeutig verantwortungsvoller.

Mit diskretem Takt beschränkte sich Giguelillot darauf, der kleinen Philis die erbetenen Erklärungen zu geben, sie zu beraten und ihr einfache, träumerische Lektionen zu erteilen. Er erwähnte nichts, was sie nicht schon in Grundzügen kannte. Als sie ihn jedoch bat, mit ihr eine gewagte Erfahrung zu machen, blieb er so zurückhaltend, dass er erklärte, er habe einst während einer schweren Krankheit das Gelübde abgelegt, niemals etwas Derartiges zu tun. Außerdem, so versicherte er, sei allgemein bekannt, dass solche Übereilungen nur zu Enttäuschungen führten.

Zwei Stunden später zog er sich zurück, tat so, als ginge er die Treppe hinunter, kehrte jedoch bald mit leisen Schritten zurück und klopfte vorsichtig zweimal an Galatées Tür. Die junge Frau öffnete selbst. Sie trug einen hochgeschlossenen Morgenmantel, schloss die Tür sorgfältig hinter ihm, lehnte sich dagegen und sagte mit kühlstem Tonfall: „Monsieur, ich weiß genau, was Ihr heute Abend in einem Zimmer des *Hôtel Du Coq* getan habt …"

„Wie bitte?", entgegnete Giguelillot, vollkommen verblüfft.

„Und ich bin entschlossen, es nicht zu verschweigen, solltet Ihr es wagen, mich ohne meine Erlaubnis zu bedrängen. Jetzt hört mir gut zu: Ich habe mit Euch zu reden."

# Kapitel X

## in dem Giguelillot von Mademoiselle Lebirbe ein Angebot erhält, das ihn sofort entzückt

*Ich aber schlafe allein*
*(ἐγὼ δὲ μόνα καθεύδω)*
*Sappho[98]*

„Ihr droht mir?", fragte Giguelillot.

„Ich warne Euch", entgegnete Galatée.

„Und was, wenn ich fragen darf, soll sich Euren Informationen zufolge in diesem Zimmer des *Hôtel Du Coq* abgespielt haben, das man mir zur Last legt?"

Galatée zog ein langes Fernglas aus einer Schublade. „Ich langweile mich", begann sie. „Ich verbringe all meine Tage in meinem Zimmer und träume, ohne zu wissen, worüber. Mit etwas Bestechungsgeld habe ich von meiner Englischlehrerin verbotene Romane bekommen. Ich liebe sie, aber ich kenne sie auswendig, habe sie zwanzigmal durchlebt. Ich weiß alles, was Andrea Sperelli über Helenas Lippen sagt[99], alles, was Henri de Marsay Madame de Maufrigneuse[100] antwortet. Monsieur de Maupassant[101] hat mich so oft umarmt, dass ich ihn am liebsten fortschicken würde. Dann sitze ich am Fenster und beobachte mit diesem Fernglas durch die Läden, was im *Hôtel Du Coq* geschieht."

„Ah! Ah!"

„Ja, dort passiert vieles, und niemand ahnt, dass er beobachtet wird. Aber auch das wird eintönig. Mit fünfzehn begann ich, jeden Abend die wechselnden Szenen anzusehen. Jetzt bin ich dreiundzwanzig. In den ersten Nächten habe ich schnell gelernt. Seitdem gibt es kaum etwas, was ich nicht bereits gesehen oder mir vorstellen könnte. Und doch wirken diese Leute glücklich – glücklicher als ich."

„Ah?", sagte Giguelillot, jetzt in einem anderen Tonfall.

„Seit Monaten habe ich nichts Interessanteres gesehen als das, was in den letzten drei Tagen hinter den Fenstern des großen Zimmers geschah. Die-

---

98  Sappho von Lesbos (ca. 630 – 570 v.Chr.) gilt als eine der größten Dichterinnen der Antike und als eine zentrale Figur der griechischen Lyrik. Der Begriff „lesbisch" für gleichgeschlechtliche Liebe zwischen Frauen leitet sich indirekt von ihrer Heimatinsel Lesbos und den Themen ihrer Gedichte ab. Es bleibt allerdings umstritten, inwiefern ihre Dichtung autobiografisch ist.

99  Andrea Sperelli ist der Protagonist in Gabriele D'Annunzios ‚Il Piacere', wo die Lippen von Elena Muti zu einem Symbol seiner unerfüllten Leidenschaften werden.

100 Henri de Marsay ist eine zentrale Figur in Honoré de Balzacs ‚Comédie Humaine', wo er mit Madame de Maufrigneuse in einem Netz aus Intrigen und scharfzüngigen Dialogen verwoben ist.

101 Guy de Maupassant (1850–1893) ist einer der bedeutendsten Vertreter der französischen Literatur des Realismus und Naturalismus, dessen Werke oft von sinnlicher und psychologischer Intensität geprägt sind.

se kleinen Damen waren entzückend.[102] Ich habe Migräne vorgetäuscht, um ununterbrochen hier zu sitzen und ihre kleinsten Bewegungen zu verfolgen. Ich bin nachts aufgestanden, um zu sehen, ob sie die Lampen wieder angezündet hatten, und eines Nachts, zwischen drei und vier Uhr, habe ich sie beim Erwachen beobachtet. Danach konnte ich nicht mehr einschlafen ..."

Sie strich sich mit der Hand über die Stirn. „Ich war Euch sehr böse, dass Ihr ihre Geheimnisse gestört und sie zur Flucht gezwungen habt. Aber Euer Verkleidungsspiel, das ihre, und die Sorgfalt, mit der Ihr ihre Kleidung aus dem Fenster geworfen habt, beweisen, dass sie im Unrecht waren – und dass Ihr ihr Komplize seid."

„Das stimmt."

„Ihr gebt es zu?"

„Ohne Zögern."

„Ihr fürchtet mich also kaum?"

„Ganz recht."

„Und warum nicht?"

„Weil Ihr erstens ein edleres Herz habt, als Ihr selbst glaubt. Und zweitens, weil auch ich bewaffnet bin. Ah! Ah! Brrr! Ich kann Euch blitzartig kontern!"

„Wollt Ihr Euch erklären?"

„Monsieur Lebirbe, Euer ehrwürdiger Vater, hatte einem Dienstmädchen befohlen, quer über Eurer Türschwelle zu liegen – vermutlich, damit sie im Falle eines Angriffs eines ruchlosen Verführers als Opfer diente und so Eure Ehre bewahrte."

„Das war wohl kaum sein Ziel. Aber woher wisst Ihr das?"

„Ein Mysterium, tiefgründig wie aus einem Groschenroman."

„Weiter."

„Ihr habt dem Mädchen Geld gegeben ..."

„Das ist doch stark! Hat sie Euch das erzählt?"

„... und sie gebeten, zu den Gesindekammern zurückzukehren, zu ihrem Lieblingsdiener oder Kochgehilfen, anstatt die Nacht einsam und aus bloßem Gehorsam hier zu verbringen."

„Und dann?"

„Nun, da eine junge Dame ihre Wächterin nur fortschickt, wenn sie den besten Grund hätte, streng überwacht zu werden, und da meine Anwesenheit in Eurem Zimmer nach diesem Manöver unweigerlich als Zeichen unseres Einverständnisses ausgelegt wird , könnt Ihr zetern, schreien und mich aller Verbrechen beschuldigen. Niemand wird glauben, dass ich hier bin, ohne dass Ihr mich eingeladen habt."

„Und Ihr wollt das ausnutzen?"

---

102 Wie der aufmerksamere Teil der Leserschaft sicher verstanden hat, handelt es sich hierbei um Prinzessin Aline und Mirabelle.

„Bis ins letzte."

„Ihr seid wahrlich kein galanter Mann."

„Ein verhängnisvoller Irrtum!"

„Ah ... erklärt mir das. Ihr habt mir heute Abend bereits eine Definition von Scham gegeben, die in keinem Wörterbuch steht. Bildet mich weiter. Was ist Galanterie? Ich höre."

„In dem Sinne, wie Ihr das Wort verwendet, Mademoiselle, ist Galanterie ein bekanntes Bühnenspiel – geschickt, aber keineswegs edel. Es erlaubt, Damen mit beleidigendem Respekt zu behandeln, der ironischerweise von ihnen selbst erwartet wird. Außerdem ist es ein hervorragender Weg, die Reue zu verschleiern, die viele Männer überkommt, wenn sie endlich allein mit dem Objekt ihrer Sehnsüchte sind.

Da ich jedoch weit davon entfernt bin, solche unwürdigen Empfindungen zu hegen, und Eure Schönheit mir keinen Moment lässt, diese zu mäßigen, werde ich gleich sehr galant sein – allerdings in genau entgegengesetztem Sinne zu dem, was Ihr darunter versteht. Denn dieses Wort, wie viele andere, kann auch das Gegenteil seiner Bedeutung ausdrücken."

„Und wenn ich Euch anschreie, dass ich Euch hasse?"

„Umso mehr ein Grund."

„Wirklich!"

„Ja. Euch zu gehorchen hieße, zu gehen – und damit auf Euch zu verzichten. Ich verlöre jede Hoffnung, Eure Meinung zu ändern. Wenn ich bleibe und Euch zwinge, bleibt mir vielleicht eine Chance ..."

„Einstweilen tut Ihr aber gar nichts!"

„Nein, nein. Was ich sage, ist Literatur. Ich habe nicht die geringste Absicht, Euch Unannehmlichkeiten zu bereiten." Er setzte sich, nahm den schwarzen Feldstecher und begann ruhig, am Einstellrädchen zu drehen. „Ein Herr ... mit einer sehr eleganten Dame ... die aber hässlich ist ... gefolgt von ..."

Galatée, beunruhigt und leicht atemlos, musterte ihn aus der Ferne und versuchte, ihn zu durchschauen. Als es ihr nicht gelang, nahm sie den Saum ihres Morgenmantels, betrachtete ihn, streckte ihn aus, wendete ihn hin und her und hielt ihn schließlich gegen das Licht, um die Spitze zu prüfen. Die frostige Stimmung hätte wohl noch lange angedauert, hätte Giguelillot nicht plötzlich eine Welle heiterer Zuneigung gezeigt:

„Wir spielen ganz wunderbar!", sagte er lachend.

„Wir?"

„Mit ganz viel Talent!"

„Ihr seid wie ein Kind!"

„Dann lasst uns zur nächsten Szene übergehen! Sagt selbst, sie ist so reizend!"

„Woher wollt Ihr das wissen?"

„Ich ahne den Ausgang."

„Das hier ist keine Komödie."

„Nein, es ist eine Charade! Und ich hab's gelöst! Seht, ich habe Euch ein *poulet*[103] überreicht, ihr habt es *froid*[104] empfangen, und mein Gesamtbild ist die berühmte Strophe von Paul Robert:

> *Wenn Du willst, träumen wir gemeinsam:*
> *lass uns gemeinsam ein Hühnchen rupfen!*[105]
> *Du verführst mich, ich entführe Dich ...*"

„Wollt Ihr den dritten Vers spielen? Ich bin gerade passend gekleidet."

Dabei ließ er seine Mütze kunstvoll auf dem Finger wirbeln. Dann sprang er plötzlich auf: „Aber sagt, warum habt Ihr mich überhaupt hereingelassen?"

„Ich wage es nicht, es Euch zu sagen ..."

„War es denn so verbrecherisch?"

„Nein."

„Dann ... so unanständig?"

„Ja."

„Flüstert es mir ins Ohr?"

„Ich wage es nicht."

„Macht mir die Gesten?"

„Das ist zu kompliziert."

„Ich helfe Euch dabei."

„Bis ganz zum Ende?"

„Ja."

„Ihr versprecht es?"

„Ich verspreche es."

„Gut. Ich vertraue Euch."

„Jetzt lasst mich raten."

„Oh, das werdet Ihr nie herausfinden. Versucht es erst gar nicht!"

„Es übersteigt also meine Vorstellungskraft? Da seid Ihr sicher?"

„Ja."

„Barmherzigkeit! Was in aller Welt könnte das sein?"

Galatée schwieg. Um sich unter Giguelillots neugierigem, lächelndem Blick eine Haltung zu geben, griff sie nach dem Fernglas und strich gedankenverloren über die glatten Rohre. Dann trat sie ans Fenster, richtete das Instrument auf ein kleines Pavillongebäude, das zum Hotel gehörte, und stellte es sorgfältig ein.

„Pfui, wie hässlich!", sagte Giguelillot. „Wollt Ihr wohl aufhören, solche Dinge anzusehen, Mademoiselle?"

„Ach wirklich? Wollt Ihr meinen Platz? Ich biete ihn Euch an."

---

103 *poulet* heißt im französischen Hühnchen oder Liebesbrief
104 kühl
105 Französisch: *Montons sur un poulet froid!*

„Danke, nein."

„Ihr begeht einen Fehler. Ich amüsiere mich köstlich. Warum lehnt Ihr ab?"

„Das ist noch nichts für mein Alter."

„Für meines aber offensichtlich schon!"

„Das will ich gar nicht bestreiten. Diese Art von Zerstreuung wurde wohl eigens für kahle Köpfe und Unberührte erfunden, die beide denselben Grund haben, sie interessant zu finden. Aber mich widert sie regelrecht an."

Galatée nahm ihren Beobachtungsposten wieder ein und strich ungeduldig mit der Hand über die Rohre. „Ich brauche Euch dazu! Kommt schnell! Es ist wie Zauberei, was dort drüben geschieht. Gerade eben war es ein Herr und zwei Damen, jetzt ist es eine Dame und zwei Herren ... Niemand ist hinein- oder hinausgegangen. Erklärt Ihr mir das, ich flehe Euch an."

Nach einer halben Minute Beobachtung gab Giguelillot seine Einschätzung: „Die zweite Dame ... ist weniger beeindruckend ... aber hübsch ..."

„Ach, so ein Unsinn!" Galatée wollte widersprechen, doch plötzlich lief ihr eine rote Glut ins Gesicht. Sie schüttelte den Kopf und sagte einfach: „Ja. Ich sehe schon, dass ich nicht alles weiß."

Als ob diese Einsicht ihr neuen Mut gab, sprach sie weiter: „Nun gut, so kann es nicht weitergehen! Ich muss mit Euch reden, und Ihr werdet erfahren, warum ich Euch brauche. Es ist höchst unschicklich, also seht mich nicht an. Und es könnte lang werden, also seid bitte geduldig."

„Im Gegenteil, ich bin höchst gespannt."

„Ich bin dreiundzwanzig Jahre alt, Monsieur. Ich bin nicht verheiratet. Ich führe ein ödes Leben, wie alle jungen Frauen."

„Ja ... Ja ..."

„Ihr versteht mich, das merke ich. Mein Vater hat die weitreichendsten Ansichten über das intime Leben und über die Erziehung ..."

„Aber selbstverständlich wendet er sie nicht auf seine Töchter an?"

„Selbstverständlich."

„Das ist vollkommen menschlich."

„Finden Sie? Für mich ist es inkonsequent ..."

„Es ist menschlich und inkonsequent; also doppelt menschlich. Darüber sind wir uns einig."

„Unterbrecht mich nicht mehr, sonst vergesse ich alles, was ich Euch sagen wollte, bevor ich ..."

„... bevor Ihr ehrlich sprecht?"

„Ihr seid unerträglich! Ich bin mir sicher, dass Ihr mich verurteilen werdet, ohne zu wissen, warum ich recht habe."

„Ich weiß schon jetzt, warum Ihr Unrecht habt ..."

„Seht Ihr? Ich hab's ja gesagt! Ihr hört mir gar nicht zu!"

„Ich höre Euch sogar schon vorher zu und möchte Euch die Mühe ersparen, ein Gespräch zu Ende zu führen, das Euch so viel Unbehagen bereitet. Ein Herr, den ich kenne, sagt nie mehr als die Hälfte seiner Sätze, weil ein geübter Gesprächspartner die Pointe bereits nach den ersten Worten erkennt. Und während der Schluss kommt, hat der Gegner schon genug Zeit, sich auf eine vernichtende Antwort vorzubereiten."

„Dann beendet Ihr doch meine Rolle selbst. Wenigstens erfahre ich so, ob Ihr mich verstanden habt."

„Ob ich ... Aber an Eurer Stelle würde ich genauso denken wie Ihr. Und ich läge falsch. Und das ist, was ich Euch in zwei Worten sagen will, die natürlich nichts bewirken werden. Das weiß ich schon jetzt."

„Sagt es trotzdem."

„Also gut. Ihr seid dreiundzwanzig, wunderschön und führt seit etwa einem Jahrzehnt das Leben einer jungen Frau, wie es sich gehört. Mit fünfzehn, sechzehn, siebzehn Jahren habt Ihr viel geweint. Ihr habt Romane gelesen, in denen junge Frauen in Eurem Alter – manchmal sogar noch jünger – ihre zerzausten Nächte mit überirdischen Liebhabern verbrachten. Und Euer Fernglas hat Euch bewiesen, dass solche Romane keine Fiktion sind. Wenn Ihr Euch mit den Frauen verglichen habt, die Ihr beneidet, konntet Ihr an gewissen unverkennbaren Zeichen erkennen, dass auch Ihr das Glück mancher Herren bereiten könntet – und diese Herren ebenso gut das Eure."

„Puh!", sagte Galatée. „Ich bin froh, dass ich das nicht selbst gesagt habe. Schaut mich nicht so an, das macht mich nervös."

„Als Ihr meinen Brief gelesen habt", fuhr Giguelillot fort, „habt Ihr keinen Moment geglaubt, dass ich Euch liebe. Oder vielmehr, Ihr hofftet, dass ich es nicht tue ..."

„‚Hofften' ist sehr gut. Ganz genau das."

„Und da Ihr mich vorhin bei der Arbeit gesehen habt, dachtet Ihr, ich könnte Euch helfen, zu entkommen – in Verkleidung, mit allen Tricks meines großartigen Talents. Denn obwohl Euch kein Gendarm hier festhält, wollt Ihr nicht unter großem Aufsehen verschwinden. Ihr zieht es vor, leise zu verschwinden und jede Verfolgung unmöglich zu machen ..."

„Und ohne zu wissen, was ich von Euch verlangen würde, habt Ihr mir versprochen, mir bis zum Äußersten zu helfen. Vergesst das nicht, mein Freund!"

Giguelillot nahm ihre Hand und sagte mit großer Zuneigung: „Ihr irrt Euch."

„Nein, nein."

„Ihr wisst nicht, worauf Ihr Euch da einlasst. Diese Welt ist wie jede andere, wie jede Familie: Das Glück ist in zwei Teile geteilt – fast alles für die Männer, fast nichts für die Frauen. Das, sagt man, geht auf eine Geschichte mit einem Apfel und einer Schlange zurück. Frauen sind da, um unglücklich zu sein, oft ohne jeden Grund. Aber wenn eine Kokotte[106] weint, das versichere ich Euch, dann weiß sie genau, warum."

„Wollt Ihr es mir sagen?"

„Weil sie mit einer Liebe spielt, die ihr immer wieder entgleitet. Weil sie unter zwanzig Männern, die sie verabscheut, einen wählt, den sie liebt – und der will nichts als sie so schnell wie möglich verlassen. Weil es keine traurigere Komödie gibt als die der zärtlichen Gefühle. Weil ..."

„Aber wenigstens kennt sie das Leben! Sie ist keine nutzlose Existenz, keine Einsame wider Willen, kein Leben ohne Ziel, ohne Freuden, ohne Freiheit!"

„Könntet Ihr von Monsieur, Eurem Vater, verlangen, dass er Euch eine Pension zahlt und Euch erlaubt, so frei zu leben, wie er es ohne Zögern täte, hätte der Himmel Euch als Sohn geboren?"

„Er würde das niemals tun."

„Das ist das Gesetz der Männer! Immer das Gesetz der Männer!"

„Aber es wäre doch nur gerecht."

„Nun, dann werdet ein Junge – wie die Dame, die Ihr vorhin beobachtet habt. Monsieur Lebirbe wird es völlig normal finden, wenn Ihr eines Morgens im Frack zurückkehrt, mit sturmblauen Augen und den Beinen eines Genesenden. Selbst wenn Ihr ein wenig angeheitert wäret, hätte er Nachsicht."

„Ihr seid nicht ernst, das weiß ich genau."

Die junge Frau lächelte traurig.

„Nichts von dem, was ich Euch über das Leben der Vergnügungen erzählt habe, hat Euch überzeugt, nicht wahr?", fragte Giguelillot.

„Nichts."

„Das habe ich mir gedacht. Wie alt wart Ihr, als Ihr zum ersten Mal den Wunsch hattet, fortzugehen?"

„Ich weiß nicht ... Immer schon ..."

„Also ist es keine Laune? Ihr habt nachgedacht, Ihr wisst, was Ihr wollt, und Ihr seid Euch sicher, dass Ihr es wollt?"

„Oh, Gott, ja!"

„Diese Frauen, die Ihr dort drüben beobachtet habt, in der reizenden Nachbarschaft, die Euer Vater Euch schenkt – beneidet Ihr sie? Schaut sie Euch noch einmal an."

Während sie das Fernglas nahm und es auf die Ferne richtete, betrachtete Giguelillot sie. Wie glücklich er war, sie nicht zu lieben! Das gab ihm die Freiheit, mit ihr zu reden, wie er es gleich tun würde. „Ich beneide sie", sagte Galatée.

„Beide?"

---

106 Um 1900 allgemein bekannte Umschreibung für eine Dame der Halbwelt

„Ja, beide gleichermaßen. Ich würde gerne das Zimmermädchen des Hotels sein. Ich würde gerne das kleine Bettelmädchen sein, das gerade jetzt in den Straßengräben schläft und das man gleich erwürgen wird – aber erst, nachdem man sie gepackt hat."

Giguelillot verneigte sich. „Ich habe nichts mehr zu sagen, Mademoiselle. Und wenn Ihr wollt, dass ich Euch helfe, von hier fortzukommen, stehe ich Euch zur Verfügung."

„Wie? Ihr würdet das wirklich tun?"

„Es mag absurd sein; das weiß ich nicht. Aber das ist nicht meine Angelegenheit. Nach zehn Jahren Überlegung habt Ihr das Recht, einen Willen zu äußern. Ich habe gesagt, was ich zu sagen hatte. Wenn Ihr entschlossen seid, werde ich nicht weiter darauf bestehen. Außerdem, es ist schließlich die Rolle eines jungen Mannes, Unordnung in Familien zu bringen und die Pläne eines Vaters durcheinanderzubringen. Und ich glaube sogar, ich habe Euch versprochen, Euch zu gehorchen? Das trifft sich also ganz hervorragend."

Galatée nahm seine Hände: „Oh, Ihr seid gut; und ich, die ich Euch schlecht empfangen habe! Verzeiht mir, wenn Ihr könnt. Ich liebe Euch von ganzem Herzen. Hört … Wie spät ist es? … Vier Uhr zehn … Die Diener stehen nie vor halb sieben auf. Wir haben mehr als zwei Stunden für uns … Ich gestatte Euch, dass Ihr mich noch eine Weile vom Anziehen abhaltet."

# Kapitel XI

## in dem Pausoles Pläne und Dianes Träume genauso zusammenfallen, wie sie sollen

> *Man sagt, es sei besser, auf Bananenblättern*
> *mit zwei Männern gleichzeitig zu schlafen,*
> *als allein zu schlafen.*
> *Annamitisches Volkslied. (Übers. Dumoutier, 1890)[107]*

Pausole stand in seinem Zimmer, verschränkte die Arme und schüttelte den Kopf. „Warum bin ich nur so weit gegangen?", sagte er laut. „Welches Abenteuer habe ich da bloß angefangen? Hier bin ich, auf Landstraßen unterwegs, über drei Kilometer von meinem Palast entfernt, bereit, in einem beliebigen Bett zu schlafen – ohne Komfort, ohne die gewohnten Annehmlichkeiten meines Zuhauses. Welch ein Unsinn!"

Diane à la Houppe, die tausend Gründe hatte, dieses Abenteuer für gelungen und möglichst lang erscheinen zu lassen, führte den König zu einem großen Sessel und setzte sich zu seinen Füßen. Sie war keine tiefgründige Denkerin, besaß aber ein instinktives Gespür, ihre Pläne an der Psychologie der Liebe auszurichten – der einzigen Weisheit, die sie wahrhaft beherrschte. Es war ihr Rat gewesen, der den König einst dazu gebracht hatte, seine Abreise zu verschieben, als sie wollte, dass er den Palast nicht verließ. Nun galt es, die Reise zu verlängern – und vor allem sicherzustellen, dass sie selbst daran beteiligt blieb.

Dazu musste sie ihn dazu bringen, ihr zu verzeihen, dass sie ihn auf lästige und ungehörige Weise verfolgt hatte. Doch sie entschied, dass Schweigen besser sei als Erklärungen. Entschuldigungen, so wusste sie, erinnern mehr an die Schuld, als dass sie sie mildern, und sie schüren Groll, selbst wenn sie angenommen werden. Diane schwieg also. Sie vertraute darauf, dass ihr eigenes Glück die Gemütslage des Königs beruhigen würde, und hob zu ihm ein Gesicht, dessen Ruhe nur von der Tiefe ihres dunklen Blickes durchbrochen wurde.

„Wie wohl ich mich hier fühle", sagte sie. „Und wie schön wird es sein, später an dieses fremde Zimmer zurückzudenken! Seht nur: Unser Gastgeber hat alles nach Euren Vorlieben eingerichtet. Es ist gemütlich und angenehm kühl. Dort steht ein niedriger Diwan, hier einer etwas höher und fester, und jener breite, der im Luftzug des großen Fensters so wunderbar steht. Zitronen und Zucker sind bereit. Und Euer trockener Port-

---

107 Annam ist der historische Name einer Region in Vietmam während der französischen Kolonialzeit.
  Gustave Dumoutier war ein französischer Ethnograph und Archäologe, der während der Kolonialzeit
  in Vietnam lebte und arbeitete.

wein – den habe ich mitgebracht, aus Sorge, dass er vergessen worden sein könnte."

„Tatsächlich?", fragte Pausole.

„Möchtet Ihr ein Glas?"

„Nein. Es genügt mir zu wissen, dass er da ist. Aber es hätte mich sehr geärgert, ihn nicht zu sehen, bevor ich zu Bett gehe."

„Morgen früh bekommt Ihr Eure spanische Schokolade, dunkel und gleichmäßig dick, wie ich es verlangt habe. Der Küchenmeister hatte keine klare Anweisung, also habe ich das geregelt."

„Das ist gut."

„Außerdem habe ich dafür gesorgt, dass das Schloss so still bleibt wie eine Kathedrale, bis Ihr Euer Erwachen ankündigt."

„Das ist tatsächlich sehr wichtig."

„Eure Kammerzofe ist hier. Ich werde sie morgen früh zu Euch schicken. Sie hat Anweisung, still zu sein – sie hat Euch heute Morgen wohl gestört, wie man mir sagte. Und schließlich habe ich Madame Lebirbe gebeten, zwei Kissen aus Rosshaar zu bringen, da ich weiß, wie unangenehm Ihr Federn findet."

„Ah, das ist perfekt. Ich möchte Dich küssen, meine kleine Houppe. Komm her, setz Dich zu mir auf diesen niedrigen Diwan. Die Sitzgelegenheiten hier sind wirklich bequem, und das versöhnt mich mit diesem neuen Zimmer. Sag mir: Du hast also viel mit Madame Lebirbe gesprochen?"

„Oh ja, sehr viel. Wir sind ein wenig verwandt. Ihre Schwester, die einen Arzt geheiratet hat, war drei Jahre lang Papas Geliebte. Madame Lebirbe hat mich sofort daran erinnert."

„Diese Schwester ist Witwe?"

„Nein. Sie bekam erst ein Kind von ihrem Ehemann und dann zwei Söhne von meinem Vater."

„Das gefällt mir nicht", sagte Pausole. „Warum hat sie sich nicht ehrlich scheiden lassen?"

„Weil mein Vater auch verheiratet war. Und Mama hatte einen sehr schwierigen Charakter. Polygamie wäre mit ihr unmöglich gewesen. Ich erinnere mich, dass Papa, wenn er seine Geliebten mit nach Hause brachte, immer endlose Szenen ertragen musste. Keine blieb länger als acht Tage."

„Du bist ganz wie Deine Mutter", sagte Pausole, „denn diese arme Denyse, die ich heute Morgen sah, hast Du auch sehr grausam zerkratzt ..."

„... und die Ihr weggeschickt habt, Sire! Oh, wie glücklich war ich, sie zurück ins Harem gehen zu sehen! Daran werde ich mich erinnern ... aber was ich jetzt fühle, ist noch süßer."

Pausole legte die Hand auf ihre Schulter. „Führst Du also ein sehr trauriges Leben im Harem, meine kleine Houppe? Das höre ich aus Deinen Worten."

„Oh ja, sehr traurig letztes Jahr. Sehr glücklich seit zwei Tagen."

„Das ist betrüblich ... Was soll ich tun? Ich will Dich nicht zwingen, meine Kleine, weder Dich noch eine andere meiner Frauen. Wenn ich den Harem so streng bewachen lasse, dann nur, weil es für mich persönlich sehr unangenehm wäre, betrogen zu werden. Aber ich halte niemanden mit Gewalt fest ..."

„Wie könnt Ihr so mit mir sprechen? Liebt Ihr mich so wenig?", fragte Diane, plötzlich sehr blass.

„Houppe, ich liebe Dich, und deshalb werde ich Dir die Freiheit geben, wenn Du sie eines Tages verlangst."

„Ich werde sie nie verlangen."

„Aber Du weißt, dass Du unglücklich bleiben wirst?"

„Ja. Doch jedes Jahr einen Tag weniger unglücklich."

„Das ist betrüblich", wiederholte Pausole. „Das ist wirklich sehr betrüblich."

Diane, unzufrieden damit, wohin das Gespräch sie geführt hatte, begann zu überlegen, wie sie den König dazu bringen könnte, in ihr allein dreihundertfünfundsechzig verschiedene Frauen zu sehen.

Doch der gute Pausole dachte an ganz andere Dinge: „Vielleicht sollte ich weitergehen ... Ich habe schon darüber nachgedacht. Ach, wie schwierig ist es doch, das eigene Glück und die eigene Freiheit mit der Freiheit und dem Glück anderer in Einklang zu bringen! Es ist ein unmögliches Ideal: Es verlangt immer ein Opfer. Und dann stellt sich die Frage, wer das Opfer bringen muss ... Ich wäre bereit, diese Frage gegen mich selbst zu entscheiden, wenn das der Gerechtigkeit dienen würde ..."

„Gegen Euch selbst?"

„Ja, genau so ist es!", fuhr Pausole fort. „Ich sehe ein, dass ich von diesen jungen Frauen während ihrer besten Jahre absolute Enthaltsamkeit verlange und die Freuden, die der Titel einer Königin ihnen bieten mag – sei es aus Zuneigung oder Eitelkeit –, zu teuer erkaufen lasse. Sie fügen sich, das weiß ich. Aber es ist wider die Natur. Manchmal habe ich mich gefragt, ob ich nicht die Pagen einfach Tag und Nacht im Harem freilassen sollte – die Augen geschlossen vor dem, was dann vermutlich geschehen würde. Ich konnte mich bisher nicht dazu durchringen, doch ich verwerfe diesen Gedanken auch nicht ganz.

Diese Pagen sind doch nur bartlose Kinder, keine Konkurrenz, die einen Mann mit gesundem Verstand eifersüchtig machen würde. Und selbst wenn ihre Spiele mir ein paar Sorgen bereiten würden, wäre es doch die am wenigsten anstößige Lösung. Außerdem hätte ich das kleine Vergnügen, ein wenig Freude unter meinen freiwilligen Gefangenen zu säen – diesen flatternden Vögelchen, die immer um mich herum sind ... Houppe, es ist spät. Ich bin müde. Der Ritt auf dem Maultier war lang. Lass uns ruhen."

Gegen sechs Uhr morgens weckte ein heißer Sonnenstrahl Diane à la Houppe. Pausole schlief auf dem Rücken, die Nase hochgereckt, den Mund leicht geöffnet wie ein kleiner Vulkan. Diane drehte sich um, streckte die Beine aus, reckte sich mit geballten Fäusten und gespannter Brust, bevor sie sich mit gerunzelten Brauen wieder auf die Kissen sinken ließ.

Träumte sie noch? Wahrscheinlich. Ihr Geist war wohl von den letzten Worten des Königs heimgesucht, denn sie hatte die folgende Vision: Die Tür, die einen Spalt offen geblieben war, um einen Luftzug zu ermöglichen, schwang langsam auf. Ein Page trat ein, zuerst schüchtern, dann sicherer, schließlich forsch. Zwei leichte Hände strichen zärtlich über ihre warme, feuchte Haut. Eine weiche Wange schmiegte sich an ihre linke Brust. Ein lüsternes Lächeln streifte ihre Lippen und verschmolz mit ihrem eigenen.

„Seid vorsichtig …", murmelte sie im Ton eines Traums. Und glaubte, eine Stimme antwortete: „Der König wacht niemals auf, Madame …" Als sie sich auf die linke Seite drehte, um den Schlaf, den sie nicht stören wollte, besser zu bewachen, schien es ihr, als verhielte sich der Page weniger wie ein treuer Diener und mehr wie ein Ehemann. Dreimal zuckte sie zusammen, verlor den letzten Rest Bewusstseins und stürzte aus der Höhe ihres Traums in eine schwarze Ohnmacht.

# Viertes Buch

## Erstes Kapitel

### in dem Diane à la Houppe ihren Traum erklärt und Thiereette ihre Ambitionen

*Frauen bevorzugen im Allgemeinen eher einen Gecken als einen ehrlichen Mann, einen Libertin statt eines anständigen Liebhabers. Diese Vorliebe beruht in der Natur auf den vermeintlichen sexuellen Vorzügen, die sie sich ausmalen, und moralisch auf dem angeborenen Drang, Gleichgesinnte zu suchen.*
*Die Frau in der gesellschaftlichen und natürlichen Ordnung. – 1787*

Die Glocken des Pfingstfestes läuteten schon um halb zehn Uhr morgens mit solcher Wucht, dass Diane, die vergessen hatte, den Glöckner rechtzeitig zu informieren, zum zweiten Mal aufwachte. Hatte sie wirklich geträumt?

Zunächst war sie überzeugt. Dianes Träume hatten oft eine sinnliche und phantasievolle Neigung. Sie hatten ihr schon Gedanken und Einfälle beschert, die sie tagsüber in nachdenkliche Stimmung versetzten und die sie fast ehrfürchtig betrachtete – als wären sie Werke einer anderen, wacheren Version ihrer selbst. Diese Träume setzten kleine Markierungen in ihrer ansonsten eintönigen Existenz. So konnte sie etwa denken: „Das war vor dem Traum vom Tambourmajor" oder „nach dem vom jungen Mann zwischen den beiden Lehrerinnen."

Auch den Traum vom Pagen war sie gerade dabei, ähnlich einzuordnen, als ihr Zweifel kamen. Je länger sie darüber nachdachte, desto unsicherer wurde sie. Ein solches Ereignis erschien ihr schließlich zu absurd, um wirklich passiert zu sein, und eine tiefe Verwirrung überkam sie.

Pausole, den das Glockengeläut aus seinem festen, süßen Schlaf gerissen hatte, setzte sich auf und erhob sich wenig später. Es war die Stunde, in der er sich um seine Angelegenheiten kümmerte. Dafür brauchte er jedoch einen Berater.

Er rief nach Giguelillot. Der kleine Page ließ jedoch auf sich warten. Nach einem äußerst anstrengenden Tag hatte er kaum geschlafen: Rosine, dann Thierrette, dann Philis, dann Galatée und schließlich Diane à la Houppe hatten nacheinander seine Energie, Ausdauer und Einfallsreichtum auf die Probe gestellt. Selbst ihm, der für seinen Übermut bekannt war, war das nicht ohne Schwindel und Erschöpfung gelungen. Nach nur zweieinhalb Stunden Schlaf erschien er schließlich auf den Ruf des Königs – zwanzig Minuten zu spät. Pausole war mittlerweile bereits in sein Ankleidezimmer gewechselt.

Als Giglio eintrat, erkannte Diane an seinem unverschämten Grinsen sofort, dass er offenbar zumindest einen Teil ihres Traums geteilt hatte. Nach einem Moment der Verwirrung fand sie sich mit dem Gedanken ab, dass sie an einer „Begebenheit" beteiligt gewesen war, für die sie kaum Verantwortung trug – ein nächtlicher Einbruch, dachte sie, kein Ehebruch.

Aus ihrem Bett heraus winkte sie den Pagen zu sich, schlang ihren nackten, schlaffen Arm um sein rechtes Bein und sagte leise, gedehnt und spöttisch: „Räuber! Verbrecher! Abschaum! Kleine Krankheit! Kandidat für die Guillotine!"

Giglio antwortete mit einer übertrieben reumütigen Stimme, die mindestens fünf Jahre älter klang: „Verzeihung, Madame."

„Ich hasse Dich."

„Ja, Madame."

„Wer hat dir das beigebracht?"

„Meine kleine Schwester."

„Tu das nie wieder."

„Das verspreche ich."

„Wenigstens nicht so unvorsichtig."

„Ah, gut."

„Und mit niemandem."

„Mit niemandem. Niemals. Gar nie."

Diane schlug lachend mit der Hand nach ihm, wurde aber bald ernster. „Ich hoffe, dass wir heute Abend dieses unschuldige Geschöpf, Aline, nicht wiederfinden müssen?"

„Oh, Ihr möchtet es nicht?"

„Ich habe es nicht eilig."

„Sehr gut."

Um Diane eine Freude zu machen – und auch, weil es ihn nichts kostete –, vertraute er ihr an: „Es gibt noch eine zweite Ausreißerin."

„Wen?"

„Mademoiselle Lebirbe, die Ältere."

„Seit wann?"

„Diese Nacht. Sie erklärte mir, das Familienleben biete keinerlei Gelegenheit für moralische Ausschweifungen, dass sie in sich alle möglichen Rasereien verspüre und dass geheimnisvolle Stimmen sie zur Liederlichkeit aufriefen. Also habe ich sie ..."

„Oh, das ist ja abscheulich!"

„… zu einer angesehenen Dame geschickt, die ein Privathotel in Tryphême führt. Dort treffen sich verheiratete Damen häufig mit Herren – oft ebenfalls verheiratet, aber meistens nicht mit ihnen."

„Was für ein Schurke! Das ist entsetzlich!"

„Gar nicht so sehr. Monsieur Lebirbe ist Präsident der *Ligue contre la licence des intérieurs* – einer bewundernswerten Vereinigung, deren Einfluss allerdings, wie mir scheint, etwas nachgelassen hat. Sobald er erfährt, dass seiner ältesten Tochter in einem so berüchtigten Haus jede erdenkliche Freiheit gewährt wird, und sie diese Freiheit auch in vollen Zügen genießt, wird ihn das zweifellos mit neuer Energie für die gute Sache erfüllen."

Dianes helles Lachen über Giguelillots Frechheiten hallte durch den Raum und drang bis zu Pausole, der gerade, frisch gebadet, in seinem Morgenanzug erschien. „Ah, da bist Du ja, mein Kleiner. Ich habe nur zwei Worte mit dir zu reden. Gestern hast Du sicherlich eine gründliche Untersuchung durchgeführt, und ich verlange keinen Bericht darüber. Ich habe die kleine Botschaft gelesen, die Du gefunden hast. Sie ist sehr herzlich, aber sie liefert keine Informationen. Weißt Du, wo meine Tochter jetzt ist? Wo könnte sie sich heute befinden? Mehr will ich nicht wissen."

Giguelillot, der mit großer Freude bereit war, Blanche Aline zu schützen, aber gleichzeitig persönliche Gründe hatte, sich ihr zu nähern, beruhigte Diane mit einem leichten, kaum merklichen Zeichen und antwortete dann: „In Tryphême."

„Das genügt mir. Denkst Du, wir sollten heute zu einer neuen Etappe aufbrechen? … Ich werde Taxis zur Beratung heranziehen, allein der Form halber, denn Du weißt, mein Vertrauen ruht eher auf dir."

„Ja, es wäre besser, heute aufzubrechen."

„Du hast recht. Und zu welcher Stunde meinst Du?"

„Am besten am frühen Nachmittag."

„Wie weit müssen wir reisen?"

„Tryphême ist vier Kilometer entfernt. Wir werden es in etwa drei Viertelstunden erreichen."

„Das ist ganz schön viel … Aber sei's drum, das machen wir. Ich fühle mich heute Morgen erstaunlich munter. Geh nun und schicke mir Taxis, damit er mir ebenfalls Bericht erstattet."

Taxis erschien kurz darauf, sichtbar aufgeregt. „Sire", begann er, „ein neues Verbrechen ist geschehen. Ein jungfräuliches Mädchen wurde der Liebe ihrer Eltern entrissen …"

„Was sagst Du?"

„… durch einen unbekannten Verführer. Die älteste Tochter unserer Gastgeber ist nicht mehr in ihren Gemächern."

„Ha! Ha! Ha!" lachte Pausole. „Dieser arme Lebirbe! Es musste ja irgendwann so kommen!"

„Ich sehe mich gezwungen, eine Verbindung herzustellen zwischen den außergewöhnlichen Vorfällen, die sich in den letzten Tagen ereignet haben und die alle Entführung oder heimliche Verführung beinhalten."

„Dieser Vergleich ist völlig haltlos", sagte der König missmutig. „Abgesehen davon, dass ich ihn aus guten Gründen für völlig unpassend halte, zeigt schon der gesunde Menschenverstand, dass niemand mehr als eine junge Frau zugleich verführen oder entführen kann. Ihr scheint wenig über die Kunst der Galanterie zu wissen, Monsieur. Selbst Beichtväter halten es für notwendig, sich darin ein wenig auszukennen. Aber lassen wir das. Gibt es sonst noch etwas zu berichten?"

„Der Unbekannte, den ich weiterhin für den alleinigen Urheber aller jüngsten Vergehen halte, ist festgenommen, Sire, oder steht kurz davor. Auch dieses Mal fehlt nur ein Wort von Euch …"

„Ah, wenn das so ist, dann gebe ich es", sagte Pausole. „Möge das ein Ende setzen! Dieser Reiseanfang war mir von Anfang an lästig. Wo befindet sich der Angeklagte?"

„Auf der Straße nach Tryphême."

„Und wer begleitet ihn?"

„Die Prinzessin Aline."

„Woher wisst Ihr das?"

„Bei meinen Ermittlungen in den Räumen von Mademoiselle Lebirbe fand ich ein mächtiges Fernglas, das die studierende junge Dame vermutlich aus astronomischen Gründen nutzte, um die unergründlichen Wunder des Schöpfers am Firmament zu bewundern …"

„Kommt zur Sache, Taxis. Ihr redet zu viel."

„Also gut. Ich habe dieses Fernglas sichergestellt und zu meinen Zwecken verwendet, um die Umgebung zu beobachten. Die Vorsehung wollte es, dass dieses Instrument in meinen Händen zu einer bedeutenden Entdeckung führte. Auf der Straße nach Tryphême, etwa zweihundert Meter entfernt, sah ich einen jungen Mann, dessen Kleidung genau der Beschreibung entspricht, die meine Späher vom mysteriösen Verdächtigen geliefert haben. Neben ihm, im grünen Kleid, das wir alle aus dem Palast kennen, ging die Prinzessin Aline. Das ist das Ergebnis meiner Mühen. Ich halte es für meine Pflicht, Eure Majestät darauf hinzuweisen, dass rasches Handeln und Entscheiden für den Erfolg Eurer Pläne unerlässlich ist – welcher Art diese auch sein mögen."

„Mein Standpunkt ist eindeutig", sagte Pausole. „Niemand außer mir selbst wird den Auftrag haben, meine Tochter festzunehmen. Darüber werde ich nicht noch einmal nachdenken; es hat mich genug Überwindung gekostet, mich überhaupt dazu zu entschließen."

„In diesem Fall müssen wir sofort aufbrechen."

„Dann lasst uns aufbrechen. Sind die Koffer gepackt?"

„Die meisten sind bereit. Der Rest wird nachgeschickt. Ich habe die Pferde gesattelt, einschließlich meines treuen Kosmon, dem ein elender Verbrecher den schändlichsten aller Übergriffe zugefügt hat."

„Auch ihm? Wie bitte?"

„Ähm ... Ich meinte ..."

„Das ist ja widerlich!", sagte Pausole. „Mitten auf dem Land, in einer einfachen, leichtlebigen Gegend, wo sich hübsche Mädchen auf den Feldern ohne große Umstände verführen lassen, ausgerechnet ein klappriges, lahmes Pony wie Eures zum Gegenstand der Begierde zu machen! Das ist eine Perversion, die mir nicht einmal in den Sinn gekommen wäre!"

„Ich habe nichts dergleichen gesagt, und ..."

„Dieser Übeltäter verdient eher Mitleid als Tadel. Ich untersage jede weitere Verfolgung. Und schweigt davon."

„Ich wollte lediglich erklären ..."

„Ihr werdet Euch unterwegs erklären. Das interessiert jetzt nicht. Beeilt Euch, Taxis, und verabschiedet Euch von mir."

In der Hofeinfahrt versammelte sich das Gefolge, während die Wachen Spalier bildeten, von den großen Toren bis hinauf zur Treppe. Giguelillot saß bereits auf seinem Zebra und zeigte sich dem neugierigen Volk, das sich in respektvoller Entfernung drängte. Plötzlich löste sich aus einer Gruppe von Bauern die Gestalt der schönen Thierrette.

Mit einem Lächeln, das von einer leichten Müdigkeit in ihren Augenbrauen begleitet wurde, schritt sie langsam, aber entschlossen auf die Reiter zu. Obwohl Thierrette eine Frau war, die es mit einer ganzen bewaffneten Eskorte hätte aufnehmen können, flößten ihr die berittenen Männer gehörigen Respekt ein.

Errötend trat sie näher an Giguelillot heran. „Ich danke Euch, Monsieur ... Vielen Dank, Ihr wart gut zu mir ... ebenso wie die Herren hier. Vielen Dank an Euch alle ... Ich danke Euch für Eure Großzügigkeit ... Vielen Dank ... Danke ... Danke ..." Dann, mit einem ehrlichen Seufzer aus tiefstem Herzen, fügte sie hinzu und schüttelte leicht den Kopf: „Ich werde das nicht vergessen."

Giguelillot beugte sich von seinem Zebra herunter, die Zügel locker in der Hand: „Was hältst Du da in deiner Hand?", fragte er.

„Das ist die vierzigste Tulpe, Monsieur ... Ich habe sie für Euch aufgehoben ... damit sie Euch Glück bringt."

„Eine nette Geste." Er lächelte. „Ich werde Deine vierzigste Tulpe gut aufbewahren. Was kann ich dir im Gegenzug geben? Sag es mir."

Thierrette sah kurz zu Boden, dann blickte sie ihm offen ins Gesicht.

„Monsieur, sie waren zu mir schlecht auf der Meierei: Der Bauer hat gesagt, ich hätte mich ‚gehen lassen', dass ich mich mit ‚fragwürdigen Leuten' eingelassen hätte ... und dass ich abends die Kühe nicht gemolken hätte. Außerdem würde ihm jetzt auch noch ein Eimer fehlen ... und, naja, was soll ich sagen? Ich stehe mit sechs Franc in meinem Tuch da und habe keinen Platz, wo ich arbeiten könnte."

„Aber, meine arme Thierrette, ich habe keine Stelle, die ich dir anbieten könnte."

„Oh doch, Monsieur! Ich habe da eine Idee: Die Herren hier haben doch keine Marketenderin[108] ... Der Dienst mag schwer sein, das weiß ich, aber ich würde mich sehr anstrengen, wäre stets bereit und hilfsbereit. Ich tue, was ich kann, das verspreche ich."

„Wie? Du möchtest ..."

„Ja, Monsieur ... Aber die ersten Tage könnte ich einfach im Gepäck mitreisen. Zu Pferd reisen kann ich dann später, falls Euch das recht ist."

Giguelillot lachte kurz und tätschelte das weiche Fell seines Reittiers. „Abgemacht. Geh in den Gepäckwagen, das ist wirklich eine ausgezeichnete Vorsichtsmaßnahme. Und versteck Dich gut, bis die Sonne im Zenit steht. Zeig Dich bloß nicht früher, hast Du verstanden?"

„Oh, keine Sorge ... Im Moment habe ich sowieso mehr Lust zu schlafen als zu strahlen, Monsieur. Und nochmals vielen Dank ... Danke ... Ihr seid wirklich gut zu den Frauen."

---

108 Das Angebot einer Marketenderin ist bisweilen breit gefächert

# Kapitel II

## in dem Philis einen Ehemann findet

> *Vater, verheiratet mich,*
> *Oder ich bin ein verlorenes Kind.*
> *Wenn Ihr mich nicht verheiratet,*
> *Muss ich die Straße durchziehen,*
> *Sei es im Hemd oder ganz nackt,*
> *Und tun, was ich nur kann – möge es noch schlimmer sein.*
> *Es folgen mehrere schöne neue Lieder – 1542*

Drei Vasen aus den königlichen Manufakturen[109], ein Porträt mit persönlichem Autogramm und großzügige Zuwendungen an die Bediensteten – das alles hinterließ Pausole als Andenken an seinen Besuch bei dem unglücklichen Monsieur Lebirbe. Doch an diesem Tag verlor der alte Herr nicht nur eine, sondern beide seiner Töchter.

Der König war unsicher, wie er seinen Gastgeber nach Galatées Flucht trösten sollte, und überzeugt, dass persönliche Eitelkeit oft schwerer wog als Zuneigung. Er entschloss sich also, die Wunden des Vaters auf seine Weise zu lindern. Ohne Umschweife verkündete er, der jugendliche Charme der kleinen Philis habe ihn so sehr entzückt, dass er sie zur Königin erhoben und in seinen Tross aufgenommen habe.

Dann setzte sich der Zug in Bewegung: Philis in Blau ritt auf ihrem Pony an der rechten Seite des Königs, der bequem auf seiner Maultierstute thronte. Links begleitete Giguelillot die Gruppe, stolz auf seinem Zebra. Weiter vorne führte Taxis, der unermüdliche Vorreiter, den Zug auf dem bedauernswerten Kosmon an, der noch immer hinkte und die Spuren seiner jüngsten „Abenteuer" trug. Etwas weiter hinten ließ sich Diane à la Houppe, träge auf die linke Seite geneigt, im sanften Rhythmus ihres Kamels wiegen. Mit halb geschlossenen Augen ließ sie die Fäden ihres Traumes von letzter Nacht wieder aufleben.

---

109 Gemeinschaftliche Produktionsstätten von Handwerkern in Arbeitsteilung; Vorform der Fabriken

# Kapitel III

## in dem Philis plaudert, zuhört und dazulernt

*Im kleinen Reifrock, grün und fein,*
*Gleicht sie Lavendelmädchen sehr,*
*Die schmücken still des Gartens Rain,*
*Wie Blüten zart und voller Flair.*

*Sie wirbelt keck im bunten Kleid,*
*Vor ihrem Diener – stolz und klar,*
*Wie eine Fliege, die sich freut,*
*Auf einem Nachtisch wunderbar.*

*Die fröhlichen Musen, gesammelt von den besten Geistern ihrer Zeit –*
*1609*

Philis konnte es kaum fassen. „Sire", rief sie, „ich werde wirklich eine Königin sein wie die anderen? Ganz wirklich?"

„Aber natürlich."

„Wie die dreihundertsechsundsechzig anderen? Und ich werde im Harem leben? Und ich werde so viele Freundinnen haben? Oh, das wird ein Spaß!"

„Das nenne ich doch mal die richtige Einstellung", meinte Pausole zufrieden.

„Gibt es im Harem Königinnen in meinem Alter?"

„Etwa dreißig."

„So viele? Und sind die nett?"

„Sehr nett."

„Lieben sie sich oder streiten sie sich?"

„Oh, ich glaube, sie lieben sich eher ein bisschen zu sehr."

„Zu sehr kann man sich gar nicht lieben! Und, sind sie ernsthaft?"

„Gar nicht ernsthaft."

Vor Freude stieß Philis einen kleinen Jubelruf aus, zog sich in den Steigbügeln hoch und ließ sich wiederholt in den Sattel plumpsen – ihre Art, Begeisterung beim Reiten auszudrücken.

„Endlich!", rief der Page dazwischen. „Ihr habt jetzt, Sire, eine Frau zu viel – eine mehr, als das Jahr Tage hat! Ich wette, Ihr spürt ab heute, wie reich Ihr in der Liebe seid."

„Aber nein, aber nein!", entgegnete Pausole. „Ich entlasse Königin Denyse. Der Harem bleibt in Harmonie. Jede Königin hat einmal im Jahr gleiche Rechte. Ich wäre doch nicht so töricht, diese perfekte Ordnung aus

Laune zu gefährden – eine Ordnung, die sich immerhin nach den Umläufen unseres Planeten richtet."

„Was bedeutet das?", fragte Philis neugierig. Dann korrigierte sie sich schnell: „Verzeihung, Sire. Mir wurde oft gesagt, dass man keine Fragen stellen soll. Ich kann doch nichts dafür – ich weiß ja nichts."

„Das freut mich", antwortete Pausole. „Aber was meinst Du mit ‚nichts'? Erklär mir das."

„Die Liste der Könige von Tryphême, die Unterpräfekturen und die Regeln für die Partizipien.[110]"

„Das alles weißt Du? Das ist bewundernswert."

„Ich weiß es ... nun ja, nicht besonders gut."

„Und was möchtest Du gerne wissen?"

Auf diese Frage antwortete Philis so direkt, dass Pausole unwillkürlich zusammenzuckte. Ganz verlegen senkte sie den Blick und entschuldigte sich hastig: „Verzeihung, Sire, habe ich etwas Dummes gesagt? Ich hätte das nicht tun sollen, vor allem nicht vor Euch ... Aber es ist immer dasselbe, Papa hat es schon gesagt: Sobald ich fünf Minuten im Sattel sitze, bin ich wohl nicht mehr zu halten ... Das nächste Mal passe ich besser auf."

Pausole beruhigte sie mit einer Handbewegung. „Es war mein Fehler, mein Kind, wenn ich Dich glauben ließ, ich würde Dir widersprechen. Du hast sehr gut geantwortet."

„Wirklich?"

„Ganz bestimmt. Du hast aus vollem Herzen gesprochen."

„Oh, ja!"

„... Und man sollte immer die Wahrheit sagen."

„Sogar diese Wahrheit?"

„Das ist die große Wahrheit der Frauen, die schönste Ambition, die sie angemessen äußern können. Hättest Du geantwortet, Du bedauerst, so wenig über Himmelsmechanik oder Differentialrechnung zu wissen, hätte mich das weniger erfreut. Nicht, dass es keine Mathematikerinnen oder Astronominnen gäbe, die ihre Aufgaben ordentlich erledigen – aber solche Frauen werden Männern ähnlich. Sie übernehmen absichtlich die Schwächen jener Hälfte der Menschheit, die mir ohnehin nicht sonderlich sympathisch ist."

„Oh, mir aber schon!", rief Philis. Diesmal wirkte ihre Bemerkung allerdings ein wenig zu leichtfertig. Giguelillot, immer bereit, das Schweigen zu füllen, beeilte sich, ein neues Thema anzuschlagen: „Habt Ihr bemerkt, Sire", begann er unvermittelt, „wie sehr die Tryphémois den Franzosen ähneln?"

---

110 Gemeint sind hier wohl die als kompliziert und ermüdend empfundenen grammatikalischen Regeln der Partizipbildung im Französischen.

„Was für eine seltsame Frage!", entgegnete Pausole. „Wie sollte es denn anders sein? Es sind Katalanen und Languedocier[111], eine gallo-römische Mischumg."

„Ja, das ist wahr. Aber genau das meine ich nicht. Ich kam aus Paris hierher und dachte, ich würde auf eine völlig neue Gesellschaft treffen. Ihr habt doch eine vollständige Revolution durchgeführt, die moralische Freiheit proklamiert …"

„Oh", erwiderte Pausole gelassen. „Das ist nichts Besonderes, mein Kleiner. Die Bedeutung von Revolutionen bemisst sich nach dem Interesse, das die Regierung daran hat, ihre Verwirklichung zu verzögern. Es gab nur eine einzige Revolution, die unwahrscheinlich schien, bevor sie Erfolg hatte, und unvorstellbar bleibt, wenn man sich ihrer erinnert – jene, die Euch die Religionsfreiheit brachte. Denn indem die Macht auf das göttliche Recht verzichtete, beraubte sie sich selbst einer fundamentalen Stütze, die ihr bis dahin eine mehrhundertjährige Stabilität gesichert hatte. Aber moralische Freiheit? Die werdet ihr haben, sobald ihr sie verlangt."

„Was ist das?", wagte Philis vorsichtig einzuwenden.

Doch Pausole ignorierte ihre Frage und sprach weiter zu Giguelillot: „Du weißt doch, mein kleiner Gilles, dass man in Paris sofort eine nackte Tänzerin an die Opéra bringen würde, sobald das Publikum dies forderte. Denn das Ministerium würde daran nicht scheitern – besonders, wenn die Abonnenten überzeugt sind, dass die Tänzerin für sie ein Genuss ist."

„Das mag sein", meinte Giguelillot nachdenklich, „aber ich hatte hier etwas völlig anderes erwartet – eine Gesellschaft, die völlig verändert ist, etwas Einzigartiges, nie Dagewesenes, ein absolutes Kontrastbild. Und doch läuft hier alles genauso ab wie im Nachbarland: Die Straßen sind ruhig, die Ernten gedeihen, die Pächter werfen die Magd hinaus, die sich schlecht benimmt; die Abende verlaufen ernst, und die jungen Mädchen scheinen streng erzogen zu werden."

„Natürlich. Nichts verändert den Menschen, mein Junge", erklärte Pausole. „Man kann ihm nur das Leben etwas erleichtern und angenehmer machen, indem man ihm erlaubt, alles zu tun, was niemandem schadet. Das war mein Ziel. Ich glaube sogar, dass ich seit vielen Jahrhunderten der erste Gesetzgeber bin, der sich vorgenommen hat, die Menschen nicht zu langweilen."

Philis zappelte auf ihrem Sattel herum. „Also, Sire, darf man im Harem wirklich alles machen, was man will? … Oh nein, ich habe schon wieder eine Frage gestellt … Wenn ich Euch auf die Nerven gehe, müsst Ihr es mir sagen. Ich bin das gewöhnt, man schimpft immer mit mir."

„Nein, Du gehst mir nicht auf die Nerven", beruhigte sie Pausole. „Und ich mag Dich genauso, wie Du bist. Ich hoffe, dass Du im Harem nichts tun wirst, was dort nicht erlaubt ist. Aber so oder so – es ist kein Gefäng-

---

111 Man erinnert sich, dass Tryphême die Pyrenäen in östlicher Richtung fortsetzt und damit an Frankreich und Spanien grenzt.

nis. Solange Du glücklich bist, halte ich Dich dort. Wenn Du eines Tages fortgehen möchtest, sag mir einfach: Lebwohl."

„Und Ihr würdet mich nicht aufhalten? Das ist gemein."

Pausole wandte sich mit einem leichten Lächeln an Giguelillot. „Siehst Du? Man verlernt das Klagen nie. Und sobald man die Freiheit hat …" Giguelillot, immer bereit, spöttisch zu sticheln, ließ sich keine Gelegenheit entgehen: „Ah! Ah! Wir werden Neuigkeiten erfahren. Seht nur, hier kommt der Herr Groß-Eunuch zurück – triumphierend nach seiner erfolgreichen Jagd. Er hat die Prinzessin gefunden! Gepriesen seien auf Erden und im Himmel seine Klugheit und seine Taktik!"

„Welche Prinzessin?", fragte Philis neugierig.

Taxis, der noch von weitem rief, war außer Atem: „Die Schuldigen sind gefasst!"

„Wie bitte? Meine Tochter? Ihr habt es gewagt, meine Tochter festzunehmen?", fragte Pausole scharf.

„Oh, wie spannend!", flüsterte Philis leise.

„Nein, Sire", beruhigte Taxis, „so weit ging ich nicht. Ich habe lediglich ihre Komplizen gefasst. Zwei junge Bauern aus dem Dorf, die vermutlich als Mittelsmänner geholfen haben, die Prinzessin zu entführen. Sie tragen die Kleidung der Prinzessin und des Unbekannten."

„Haben sie gestanden?"

„Natürlich nicht. Aber genau das überführt sie! Der wahre Täter erkennt man immer daran: Er erklärt sich zuerst für unschuldig. Sobald diese Erklärung vorliegt, ordnet die Polizei den Arrest an. Nach meiner Überzeugung ist das nicht nur ein Verdacht, sondern beinahe schon ein Beweis. Ich würde diese Reaktion sogar allein als ausreichende Grundlage für eine Verurteilung ansehen."

„Bringt sie her", befahl Pausole.

Kurz darauf wurden die beiden Verdächtigen vorgeführt: ein junges Bauernmädchen und ihr Bruder. Beide hielten sich an den Händen, weinten und waren kreidebleich vor Angst. Die beiden stammelten in Tränen, dass sie die schöne Kleidung in der Nähe ihrer Hütte gefunden hätten. Da heute Pfingsten sei, hätten sie gedacht, die Jungfrau Maria selbst habe ihnen diese Gewänder als Lohn für die Mühen des vergangenen Jahres geschickt. Es sei ein Wunder gewesen, erklärten sie, also etwas ganz Natürliches. Hätten sie gewusst, dass sie deshalb auf der Straße festgenommen würden, hätten sie die Kleider lieber verbrannt, als sie anzulegen.

Ihre Demut und ihr einfältiger Ausdruck waren so überzeugend, dass Pausole die Schultern hob und ausrief: „Ihr seid närrisch, Taxis. Diese Kinder sind völlig töricht und damit unfähig, Böses zu tun. Verbrechen ist ein Vorrecht der Intelligenz – zumindest bei komplexen und heimlichen Taten wie der, die wir hier verfolgen. Ich hoffe um der Ehre meiner Tochter willen, dass sie von jemandem entführt wurde, der klug genug war, keine Hilfe von diesen Dummköpfen in Anspruch zu nehmen."

„Ich verlange trotzdem, dass sie durchsucht werden!", beharrte Taxis.

„Von mir aus", seufzte Pausole, „aber Ihr werdet nichts finden. Das garantiere ich."

Taxis zog den Bruder und die Schwester, die sich beschämt aneinander klammerten, selbst aus. Beide schauten dabei schüchtern weg und bohrten ihre Finger in die Nasenlöcher. Taxis breitete ihre Kleidung auf dem staubigen Straßenrand aus und durchsuchte die Taschen, Säume und Futterstoffe.

„Nichts?", fragte Pausole. „Das habe ich doch gleich gesagt."

„Vier Briefe", verkündete Taxis triumphierend und reichte sie dem König mit einem energischen, respektvollen Schwung.

„Wo habt Ihr diese Briefe gefunden?", fragte Pausole.

„In der linken Innentasche der Jacke."

„Lest mir einen vor – irgendeinen. Wählt, wie Ihr mögt."

Philis, die vor lauter Neugier fast platzte, lenkte ihr Pony leise hinter Taxis, um über dessen Schulter mitlesen zu können. Taxis öffnete den ersten Brief und las laut:

*Mein kleiner Mimi,*

*Wach auf. Ich werde um halb elf an deiner Klingel rütteln. Mein Affe macht eine Auktion auf dem Land. Ich bin frei wie eine Schwalbe und fühle mich so zärtlich, dass mir die Augen zufallen! Schick jeden weg, wenn Du nicht allein bist. Man zieht mich gerade an, und ich komme sofort.*

*Dein Mund.*

*Camille*

„Dieser Brief ist äußerst amüsant", erklärte Pausole. „Wer mag dieser Camille sein, der sich mit einer Schwalbe vergleicht und einen Affen besitzt, der Auktionen abhält? In welchem Land verkaufen Notare ihre Kanzleien an kleine Äffchen? Das ist doch völlig unverständlich."

Philis flüsterte Giguelillot ins Ohr: „Das ist eindeutig eine Frauenhandschrift. Für mich steckt da etwas ganz anderes dahinter."

„Ah, tatsächlich?"

„Soll ich es laut sagen?"

„Nein. Das würde nicht gut ankommen."

Giguelillot ließ sein Zebra eine elegante Wendung vollführen und wandte sich an Pausole: „Wir verschwenden wertvolle Zeit mit diesen Briefen, Sire. Sie werden uns nichts verraten – ich weiß seit gestern Abend, wer mit der Prinzessin unterwegs ist."

„Das weiß ich auch, Herr!", rief Taxis und reckte sich stolz. „Meine Entdeckung bestätigt alle meine Vermutungen! Diese vier Briefe sind an ‚Mademoiselle Mirabelle' adressiert. Ich behaupte also erneut, dass diese frühreife Kupplerin an der Sache beteiligt ist und dass der Täter ihr Geliebter ist, der sie als Vermittlerin und Komplizin eingesetzt hat."

„Ich behaupte", erwiderte Giguelillot mit Nachdruck, „dass die Wahrheit eine ganz andere ist." Mit der Sicherheit dessen, der die Antwort bereits kennt, fügte er hinzu: „Ich werde das dem König sofort erläutern, falls er mir hier drei Stunden Zeit gibt, um alle Ergebnisse meiner gestrigen Nachforschungen darzulegen."

„Wozu?", fragte Pausole müde. „Das ist vollkommen unnötig. Ich bin kein Polizeichef und habe nicht die Absicht, mich in Eure Angelegenheiten einzumischen. Eure gestrige Diskussion, lebhaft wie sie war, hat Euch möglicherweise einander nähergebracht. Führt die Untersuchung gemeinsam oder getrennt weiter – das ist mir gleich. Ich werde nur am Ende eingreifen, um meine Tochter selbst an dem Ort zurückzuholen, an dem Ihr sie hoffentlich findet."

„Eure Tochter ist also auch weggelaufen, Sire – wie Galatée?", fragte Philis unschuldig.

„Das ist überhaupt nicht dasselbe", antwortete Pausole.

# Kapitel IV

**in dem Taxis endlich die Wahrheit über die ganze Angelegenheit erfährt**

*Ich habe in meinem Repertoire mehrere Heilmittel: Pulsatilla, Natrum muriaticum, Belladonna, wirksam bei Menschen, die sich für verdammt halten.*

*Dr. Gallaverdin[112] (aus Lyon) – 1896*

Nachdem die beiden kleinen Bauern freigelassen worden waren, setzte sich der gesamte Zug erneut in Bewegung – in Richtung Tryphême. Giguelillot hätte König Pausole niemals bewusst täuschen wollen. Trotz seines Betrugs mochte er den König wirklich aufrichtig. Doch gegenüber dem Groß-Eunuchen Monsieur Taxis hatte er weit weniger Skrupel. Um die peinliche Episode mit den gefundenen Briefen irgendwie zu entschärfen, suchte er Taxis auf und ersann aus dem Stegreif eine Geschichte, die er diesem mit verschwörerischem Ton zuraunte: „Monsieur, ich werde die Ermittlungen natürlich mit der nötigen Strenge fortführen. Aber ich muss Euch vorwarnen: Der Verdächtige ist bedauerlicherweise einer Eurer Glaubensbrüder."

„Was sagt Ihr da? Welch ein Skandal!"

„Keine Sorge", fuhr Giguelillot gelassen fort. „Sein Weg ist aufrecht, er weicht nur scheinbar davon ab. Hier ist die Wahrheit über die ganze Affäre: Ein junger Mann, ausgewählt aus den keuschesten Mitgliedern einer Gesellschaft, die viele solcher Männer zählt, wurde von einer protestantischen Gemeinde aus Alais mit einer moralischen Mission nach Tryphême entsandt."

„Alais ist eine untadelige Stadt", sagte Taxis stolz.

„Das weiß ich", bestätigte Giguelillot. „Und obwohl ich Eure Ansichten nicht teile, Monsieur, bewundere ich widerwillig die Großmut und den edlen Altruismus, mit denen Eure Glaubensbrüder die Huren unserer großen Städte aufsuchen – offenbar, um sie zu läutern."

„Daran besteht kein Zweifel!"

„Genau das war das Ziel des jungen Mannes, den wir suchen. Nach seinen eigenen Aussagen hat er die letzten fünf Monate damit verbracht, all seine Nächte und oft auch seine Tage in den Betten gefallener Frauen zu verbringen – von einem Lager zum nächsten, von einer Abscheu zur anderen."

„Welch ein edler Junge!"

„Seine besondere Methode bestand darin, sich selbst zu präsentieren – und seine Erscheinung ist in der Tat ohne jeden Reiz, ja eher abstoßend

---

112 Dr. Jean-Pierre Gallavardin (1825–1898): Ein französischer Homöopath (1825–1898), der sich auf die Behandlung von psychischen und moralischen Zuständen spezialisierte.

und ungepflegt. Er legte seine Kleidung ab, näherte sich der Sünderin und sprach in klagendem Ton: ‚Schau her, so ist das Fleisch. Wie kannst Du Dich davor nicht ekeln?'"

„Hat er viele bekehrt?"

„Keine einzige. Die meisten erklärten ihm, sie hätten nie etwas Verlockenderes berührt als seinen Körper und dass sie Blondinen sehr schätzten – denn er ist blond. Andere sagten mit einem Lächeln, dass sie auch weniger perfekten Schönheiten gegenüber nicht minder freundlich seien und gegen einen doppelten Preis auch doppelte Zärtlichkeit gewähren würden. Die jüngsten unter ihnen waren da noch am unverblümtesten. Kurz gesagt, er wollte schon völlig entmutigt aufgeben, als er erfuhr, dass Prinzessin Aline ganz in der Nähe des Harems lebte. Er beschloss, dass keine Seele stärker in Gefahr war als die ihre, und nahm sich vor, sie zu retten."

„Wie ist er vorgegangen?"

„Das bleibt ein Geheimnis. Gleichzeitig, Monsieur, befreite er noch eine weitere arme Seele aus den Fängen der Sünde – eine Tänzerin namens Mirabelle."

„Ah! Wir nähern uns also der Sache!"

„Doch diese Tänzerin hatte kein Geld, um in ihr Heimatland zurückzukehren und dort ihre Jahre der Liederlichkeit zu vergessen. Ihr Ratgeber wollte ihr keines geben, da er jede Verschwendung verabscheute. Die Prinzessin übernahm das. Und so konnte sie an ein und demselben Tag nicht nur sich selbst retten, sondern auch ein anderes verlorenes Schaf aus dem Abgrund ziehen. Deshalb schrieb sie die besagte Botschaft und ließ sie, wie Ihr wisst, durch eine Hofdame überbringen."

„Jetzt ist alles klar! Und diese Briefe, die gefunden wurden …?"

„Es sind die letzten Zeugen eines ausschweifenden Lebens. Mirabelle wollte sie zuerst vernichten, entschied sich dann aber, sie ihrem geistlichen Begleiter zu überlassen, um ihre aufrichtige Reue zu bezeugen."

„Und die Kleidung – die blaue Jacke, das grüne Kleid …?"

„Eine Spende an arme Bauern. Prinzessin Aline und ihr Begleiter haben beschlossen, von nun an nur noch Schwarz zu tragen."

Taxis betrachtete den kleinen Pagen mit durchdringendem Blick. „Monsieur", sagte er schließlich, „ich bitte Euch im Voraus um Verzeihung für das, was ich sagen werde: Ich habe Grund zu der Annahme, dass Ihr Euch über mich lustig machen würdet, wenn ich Euch Gelegenheit dazu gäbe. Aber heute glaube ich Euch – oh, ich glaube Euch! Die Wahrheit erleuchtet, was Ihr mir soeben berichtet habt. Ich fühle es! Ich weiß es! Ich verkünde es! So etwas kann man nicht erfinden! Von nun an wird ein furchtbarer Kampf in meinem Herzen toben – zwischen meiner moralischen Pflicht und meiner öffentlichen Pflicht. Wenn ich die Prinzessin schütze, verrate ich den König. Wenn ich sie ausliefere, entreiße ich eine Seele der Tugend. Auf der einen Seite steht das Verbrechen, auf der anderen die

Schuld … In jedem Fall lauert die Hölle auf mich. Was soll ich tun? Wohin soll ich gehen? Was wird aus mir werden? … Wächter! Wächter! Wie
lange noch dauert die Nacht? *(Jes. 21, 11-12)*[113]"

Plötzlich drängte sich der kleine Schimmel von Philis inmitten dieses
Verzweiflungsausbruchs nach vorn. Purpurrot und außer Atem rief das
Mädchen: „Aber Ihr seht doch nichts! Schaut nach vorn! Seht nur, dort!
Auf der Straße!"

---

113 Das Buch Jesaja, ein prophetischer Text des Alten Testaments, beschreibt mit apokalyptischer Wucht
   das göttliche Gericht.

# Kapitel V

## in dem Pausole vom Volk von Tryphême empfangen wird

*Am 30. Januar 1589 fanden in der Stadt mehrere Prozessionen statt, bei denen eine große Menge von jungen Leuten, Männer und Frauen, insgesamt mehr als fünf oder sechshundert Personen, völlig nackt waren, sodass man niemals etwas so Schönes gesehen hatte. – Gott sei Dank!*
*Aus dem Tagebuch der Ereignisse in Paris seit dem 23. Dezember 1588*

Auf der Landstraße, unter der heißen Junisonne, bewegte sich ein ganzer Festzug langsam vorwärts, begleitet von einem Stimmengewirr, Gesängen und Musik. Der Page und Taxis hielten an. „Was ist denn das schon wieder für eine Menschenmenge?", fragte Pausole, der sie eingeholt hatte.

„Ich glaube", sagte Giguelillot, „Tryphême bereitet seinem guten Monarchen einen triumphalen Empfang."

„Was? Einen Empfang? Aber ich mache doch eine geheime Reise! ... Vielleicht ist mein Inkognito nicht gerade streng, da ich die Krone auf dem Kopf habe; doch ich habe niemanden benachrichtigt und bin äußerst erstaunt über das, was ich sehe."

„Tryphême liegt sieben Kilometer vom Palast entfernt. Mit dem Fahrrad schafft man das in einer Viertelstunde. Die gesamte Stadt wusste von Eurer Abreise gestern Vormittag schon vor Mittag. Sie hatte also genügend Zeit, eine herzliche und feierliche Begrüßung vorzubereiten, und ich glaube, Sire, wir werden sie über uns ergehen lassen müssen, ganz gleich, was wir darüber denken."

„Dann sei es so", sagte Pausole. „Ich füge mich. Nehmen wir mit einem freundlichen Gesicht hin, was auch immer man uns auferlegen mag. Beliebt zu sein ist eine schwere Bürde; aber nur ein Narr würde sich dagegen wehren."

Auf einer Lichtung, die die Straße verbreiterte, hielt die Spitze der Prozession sechs Schritte vor dem König. Angeführt wurde sie von zwei jungen Mädchen, die rittlings auf weißen arabischen Stuten saßen, deren Schweife lang und seidig waren. Ihre schwarzen Haare waren mit Pfingstrosen geschmückt. Ihre sehr braunen Beine zeichneten sich scharf vom schimmernden Fell der Tiere ab, und ihre kleinen Füße fielen gerade herab, ohne Sattel oder Steigbügel.

Mit jeweils einer Hand hielten die beiden Mädchen die Zügel aus Moiré und in der anderen die Bambusstange eines leichten Banners. Zwischen ihnen gespannt erhob sich diese Botschaft aus Seide und Silber in den Himmel:

*ES LEBE UNSER GUTER KÖNIG PAUSOLE!*

Etwas weiter trugen zwei weitere junge Mädchen ein zweites Banner, auf dem zu lesen stand:

*TRYPHÊME IST GLÜCKLICH*

Ein drittes Paar folgte mit einer weiteren Inschrift:

*TRYPHÊME IST DANKBAR*

Hinter ihnen säumten lange Reihen von Frauen, die Körbe voller Blumen auf ihren Köpfen balancierten, die Musikanten und anschließend die städtischen Würdenträger – bärtige Männer oder glatt rasierte Greise, alle in weiße Leinenanzüge gekleidet.

Dahinter marschierte eine gewaltige Menschenmenge. „Oh, wie hübsch! Wie hübsch!", rief Philis, mit der Hand am Kinn. „Ist das alles für uns? Für uns zwei? Ist das ein Fest zu meiner Hochzeit?"

„Ja", sagte Pausole. „Du hast es erraten."

Da rief Philis: „Es leben die Frauen von Tryphême!"

Ihre helle Stimme durchdrang die Luft sogar über all den Fanfarenklängen, und die Menge antwortete: „Es lebe König Pausole!"

Dann, nachdem die Ophikleiden[114] ihren Marsch mit zwölf perfekten Kadenz-Wiederholungen abgeschlossen hatten, wie es die Tradition vorschrieb, stimmten sie die Hymne auf Pausole an, deren Text von hundert Stimmen gesungen wurde.

Pausole hörte sich die Reden nicht im Stehen an. Ein geschäftiger Herr mit fiebrigen Händen und besorgtem Blick ließ die Prozession im Kreis Aufstellung nehmen und führte den König zu einer hastig errichteten Tribüne im grünen Schatten der Lichtung.

Philis, die keinen Sitzplatz für sich fand, ließ sich lachend auf ein kleines Kissen nieder. Diane à la Houppe, weniger eifersüchtig als am Vortag und aus guten Gründen, begnügte sich ebenfalls mit einem solchen Kissen. So flankiert von seinen beiden Frauen wie eine Marmorstatue von allegorischen Figuren, breitete Pausole die Arme aus, neigte den Kopf, um zu zeigen, dass er sich geehrt fühlte, und ließ sich sanft auf seinem Thron nieder. Ach, er ahnte bereits, dass er an diesem Tag die offizielle Beredsamkeit wie eine göttliche Plage würde ertragen müssen.

Doch die Stadt hatte sich vorgenommen, seinen Vorlieben zu schmeicheln, und der erste aller Redner war ein Mann aus dem Volk. „Sire", begann dieser Redner, „wir, die Bettler, die Menschen ohne Heim, lieben Euch sehr. Wenn man uns schlafend oder liebend an eine Mauer gelehnt oder auf einer grünen Bank liegend findet, schickt man uns nicht ins Gefängnis, um uns dafür zu bestrafen, dass wir arm sind. Wenn wir nur zwei Sous haben, um uns Brot zu kaufen, zwingt uns das Gesetz nicht, sechs Francs zu stehlen, um uns eine Hose zu besorgen. Wenn wir weder einen Sou noch einen Heller besitzen, wissen wir, dass wir in die königlichen Bäckereien gehen können, wo Ihr den Hungernden etwas zum Leben

---

114 Die Ophikleide (französisch: ophicléide, von griechisch ophis = „Schlange" und kleis = „Schlüssel") ist ein tiefes Blechblasinstrument. Es ist eine Weiterentwicklung des Serpents (einem älteren, schlangenförmigen Blasinstrument) und gilt als Vorläufer der modernen Tuba.

gebt. Und schließlich, solange wir diejenigen nicht belästigen, die an uns vorbeigehen, haben wir das Recht, Bettler zu bleiben und trotzdem nicht zu sterben. Das gibt es nur in unserem Land. König Pausole ist ein braver Mann."

Pausole streckte die Hand aus. „Diese Rede gefällt mir sehr. Gebt diesem armen Klappergebiss ein kleines Haus und eine Pension mit Tabak, gutem Wein und zwei oder drei starken Mädchen, die im Dezember seine Betten wärmen. Gewährt das Gleiche den zwölf Bettlern, die er nach seinem eigenen Gutdünken auswählt. Die Kosten für ihren Unterhalt nehme ich aus meiner privaten Schatzkammer, und wenn sie Kinder bekommen, verdopple ich ihre Rente. Schließlich sollen alle anderen Landstreicher zusammengerufen werden, und jedem soll ein kleines Goldstück überreicht werden. Das ist mein Geschenk zum feierlichen Einzug in meine gute Stadt Tryphême."

Die Menge brach in Jubel aus. Ein anderer Redner trat vor. „Sire", sagte er, „wir, die Kleinhändler, segnen Euch, denn Ihr lasst uns in Ruhe, und wir verkaufen, was wir wollen, ohne Lizenzen oder Privilegien. Niemand hat das Recht, von Seiten der Regierung in unsere Läden zu treten: Unsere Streichhölzer, unsere Zigarren und selbst unsere Spielkarten tragen keine Steuermarken[115]. Wenn ein Käufer unsere Krawatten verschmäht, aber Gefallen an der Verkäuferin findet und ihr dies sofort mitteilt, können wir ruhig die Augen verschließen vor dem, was im Hinterzimmer geschieht, da der Staat ebenfalls wegschaut, solange niemand sich beschwert oder seine Hilfe verlangt. Wenn wir, um über die Runden zu kommen, erklären, Taschentücher nicht nur zu verkaufen, sondern auch zu bleichen und zu färben, dann verdreifacht man nicht unsere Steuern, um uns in den Bankrott zu treiben und damit gleich noch fünfundzwanzig arme Leute zu ruinieren. All das verdanken wir allein Euch, Sire. Im Namen des gesamten Kleingewerbes danke ich Eurer Majestät."

„Mein Freund", sagte Pausole, „Ihr würdet es nicht annehmen, wenn ich Euch eine Zuwendung machte, die Ihr nicht braucht, aber ich schenke zehn Hektar Krongut und das Geld, um ein Altersheim für unglückliche Kleinhändler zu errichten. Wenn ich Euch noch irgendeine Freiheit zusätzlich zu denen gewähren könnte, die Ihr bereits genießt, würde ich es mit Freuden tun. Doch das Gesetz von Tryphême erlaubt mir nicht, Euch eine Beschränkung aufzuerlegen (und ich wollte es so), wodurch es mir zugleich die Freude nimmt, Euch eine weitere Freiheit zu geben. Seid Euch Eurer Zufriedenheit bewusst, da Ihr behauptet, sie sei echt, und stürzt meinen Nachfolger ohne Erbarmen, wenn er auch nur im Geringsten Eure Freiheiten beschneiden will."

„Ihr werdet ewig leben!", rief das Volk.

„Ich zweifle nicht gern daran", erwiderte Pausole.

---

115 Im 19. Jahrhundert erhoben viele Staaten Steuern auf alltägliche Verbrauchsgüter wie Streichhölzer, Zigarren und Spielkarten. Diese Steuern wurden durch Steuermarken sichtbar gemacht, die auf den Produkten angebracht werden mussten

Ein dritter Redner trat auf. Der Sinn seiner Rede ließ sich an seinen Augen ablesen, noch mehr aber an der ausladenden Geste, mit der er die Bewegung seines ersten Satzes ankündigte. Im Namen der führenden Schichten wollte er dem König für die Vorteile danken, die auch seine Freunde aus dem großen Gesetz von Tryphême zogen.

Doch der König hielt ihn mit einem einzigen Wort auf. „Mein Herr, es war nicht in erster Linie für Sie, dass ich alle Sitten geändert habe. Wenn Ihnen mein Gesetz gefällt, freut mich das, aber Sie werden mir zugestehen, dass Sie Ihr Glück, soweit es die menschlichen Freuden erlaubt, auch ohne mein Zutun hätten erreichen können. Die Last der dummen Gesetze drückte auf Ihre Köpfe genauso wie auf die letzten meiner Untertanen. Ihr Interesse jedoch kam nachrangig, und ich habe mich um Sie nur nebenbei gekümmert. Das hindert mich nicht daran, für Ihre Huldigung empfänglich und für Ihren Dank gerührt zu sein. Sie sind ein Mensch, und wie alle Menschen hatten Sie das strikte Recht, Ihr Leben unabhängig zu gestalten. Es ist mir ein Vergnügen, Sie zu grüßen."

Der Applaus schwoll erneut an. „Gut ... gut", sagte Pausole. „Das genügt. Ich erkläre die Sitzung für beendet. Ist der Direktor für Sicherheit unter den Anwesenden? Ich habe zwei Worte mit ihm zu sprechen."

Pausole und alle seine Begleiter bestiegen wieder ihre verschiedenen Reittiere. Der Zug, die Bannerträger, die Menge, das Gepäck und die vierzig Lanzenreiter setzten sich in Bewegung, in einer Unordnung, die Giguelillot absichtlich inszenierte, nachdem er das Kommando übernommen hatte.

Unterdessen wurde der Direktor der Sicherheit vom König zur Seite genommen und hörte folgende Worte: „Ich hätte es vorgezogen, mein Herr, die Tore von Tryphême zu durchschreiten, ohne erkannt oder bekannt zu sein, denn ich reise mit einer Absicht, die nur durch Geheimhaltung und Schweigen gefördert werden kann. Doch da meine Reise nun kein Geheimnis mehr ist, sehe ich keinen vernünftigen Grund, Euch mein Ziel vorzuenthalten und mich Eurer treuen Dienste zu berauben. Seid Ihr also mein Helfer."

„Das wird meine Pflicht und meine Ehre sein", antwortete der getreue Beamte.

„Meine Tochter, die Prinzessin Aline, hat am Donnerstag den Palast verlassen. Sie hatte ihre Gründe dafür, und ich werde niemandem erlauben, diese Gründe infrage zu stellen. Ein junger Mann berät sie, begleitet sie und beschützt sie. Ich weiß nicht, wohin er sie geführt hat, und ich würde gerne Klarheit über diesen Punkt erhalten. Ebenso weiß ich nicht, wer er ist, und auch von dieser zweiten Unsicherheit würde ich mich gerne befreien."

„Kann Eure Majestät mir eine Beschreibung geben?"

„Taxis!", rief der König.

Taxis, sehr blass, erschien. Pausole sprach leise zu ihm:

„Der Direktor der Sicherheit bittet um die Beschreibung des Unbekannten, den wir verfolgen."

„Ah!"

„Nun? Antwortet ... Habt Ihr sie?"

Pflichtbewusst, aber innerlich zerrissen, zog Taxis mit zitternder Hand ein Papier aus seiner Tasche und reichte es dem Beamten. „Die Beschreibung!", dachte er. „Die Beschreibung! ... Ach, unglückseliger junger Mann! ... Bewundernswerter Märtyrer! ... Sie werden ihn sofort erkennen, und ich bin es, der ihn ausgeliefert hat!"[116]

Das Dokument lautete wie folgt:

| | |
|---|---|
| *GRÖSSE:* | *Mittel* |
| *HAAR:* | *Kastanienbraun* |
| *BART:* | *Keiner* |
| *AUGEN:* | *Grau* |
| *STIRN:* | *Mittelgroß* |
| *NASE:* | *Unauffällig* |
| *MUND:* | *Mittelgroß* |
| *KINN:* | *Rund* |
| *GESICHT:* | *Oval* |
| *BESONDERE MERKMALE: Keine* | |

„Das ist hervorragend", sagte der Direktor der Sicherheit. „Mit dieser präzisen Beschreibung können wir auf die Suche gehen. Aber wie alt ist er?"

„Ungefähr sechzehn Jahre", sagte Pausole.

„Oh!", entfuhr es Taxis. „Sechzehn, oder achtzehn ... weniger als dreißig Jahre. Wahrscheinlich weniger als dreißig Jahre. Man hat ihn nicht aus der Nähe gesehen ..."

„Aber woher kennt man dann die Farbe seiner Augen?", fragte der Polizist.

„Ähm ... man kennt sie ... es wäre genauer zu sagen, man vermutet sie ..."

„Hat er einen Bart? Der Bericht behauptet, er habe keinen."

„Nur wenig Bart ... wenig ... aber ein bisschen ..."

„Das spielt ohnehin kaum eine Rolle. So wie es ist, genügt das Dokument völlig."

Taxis zog sich eilig zurück.

„Mein Herr", fuhr Pausole fort, „belästigt mich bitte nicht mit Fragen oder Berichten. Beachtet außerdem, dass Ihr die Aufgabe habt zu suchen, aber nicht zu verhaften. Ich erteile Euch nur den Auftrag zur Ermittlung. Sobald Ihr Erfolg habt, erstellt einen Bericht und übergebt ihn meinem Pagen: Dort drüben seht Ihr ihn, er sitzt auf einem Zebra an der Seite der Königin Philis, die gerade mit ihm spricht und lacht. Sollten Ihre Bemühungen jedoch zwischen Mitternacht und Mittag Früchte tragen, untersteht Ihr meinem Berater Taxis, der uns gerade verlässt, denn mein Page

---

116 Taxis bezieht sich hier wohl auf den Geistlichen, den Giglio im vorigen Kapitel erfunden hat

hat nur während der zweiten Tageshälfte Autorität. Geht. Ich habe Euch alles gesagt, was Ihr wissen müsst."

Während dieser Unterhaltung war Giguelillot näher zu Philis geritten. „Geht weg!", sagte sie mit einem Schmollmund, der streng wirken sollte.

„Warum?"

„Weil ich Euch immer sympathischer finde. Und man sagt, ich dürfte Euch das nicht sagen."

„Dann sagt es nicht …"

„Aber ich denke es! … Geht weg! … Ich habe Lust, Euch zu küssen."

„Aber nein, aber nein …"

„Doch … genau da, am Hals, hinter dem Ohr, wo Ihr mir gestern einen so perfekten, so angenehmen Kuss gegeben habt … Ich werde mir selbst einen Kuss auf die Hand geben. Passt auf! … Er ist für Euch."

„Ich habe ihn gespürt."

„Ich auch, glaubt mir!" Sie errötete heftig, als sie merkte, dass Giglio sie ansah. Eine Weile sprachen sie nicht. „Aber geht doch!", sagte sie schließlich. „Ihr bringt mich dazu, schreckliche Dinge zu sagen."

„Das finde ich nicht."

„Wirklich? … Oh doch, natürlich … Ihr dürft mir nicht zuhören, wisst Ihr? Ich weiß nie, was ungehörig ist."

„Ich auch nicht."

„Also … Ich habe die ganze Nacht an Euch gedacht, als Ihr weg wart … Kann ich Euch das überhaupt sagen, oder nicht?"

„Wenn es die Wahrheit ist …"

„Oh! Das hat Euch gefallen! Ihr seid verlegen. Ihr freut sich. Ha! Ha! … Bleibt jetzt da, ich verbiete Euch, mir zu folgen." – Mit sicherem Instinkt, dass sie den richtigen Moment gefunden hatte, gab sie ihrem kleinen schwarzen Pony die Sporen. In einigen schnellen Sprüngen stellte sie sich an die Seite von König Pausole.

Man fuhr in die Vororte ein. Von überall her – an den Fenstern, Türen, auf den Dächern und in den Bäumen – drängte sich eine ausgelassene Menge, mischte Gelächter in die Luft, hob zitternde Arme und schickte wahre Sträuße aus freudigen Rufen in die Höhe. Arbeiter in bunten Hemden und blauen Leinenhosen, Bürger in sommerlichen Kleidern, nackte kleine Mädchen, Dienstmädchen mit roten Strümpfen, Frauen in gestreiften Röcken lehnten sich am Rand der Gehwege vor, mit Blumen und grünen Zweigen in den Händen.

Man hörte Schreie und aufgeregte Stimmen: „Ich sehe ihn! … Da ist er! … Da ist er! … Mama! Mama! … Da ist er! … Oh, ich habe ihn ganz deutlich gesehen! Ich habe ihn wirklich gesehen!" Andere weinten und riefen: „Papa! Heb mich hoch! … Ich bin zu klein! … Wo ist er? … Trag mich unter den Armen! … Höher! … Noch höher! … Noch höher!"

Ein kleines dreijähriges Mädchen schrie, während es eine rosa Puppe an einem Bein schwenkte: „Hoch lebe der König! ... Der König Paupaul!" Und Pausole hob das Kind mit ausgestreckten Armen hoch und küsste es auf beide Wangen.

Überall ragten Triumphbögen auf, die über Nacht errichtet worden waren – an Straßenecken, an den Eingängen von Plätzen und Kreuzungen. Alle Fenster waren festlich geschmückt. Bunte Stoffe, Zweige, raschelnde Blätter, Rosen bedeckten die Häuser, die Gehwege, die Straßen und sogar den Himmel. Vom Stadttor bis zum großen Platz säumten 1800 nackte junge Frauen die Straßen in einer dichten Reihe und streuten einen Fluss aus roten Rosen vor die Schritte des Königs und seiner Königinnen. Die zahllosen Blumen des Juni fielen wie Wasserfälle aus den Fenstern auf die Straßen herab, wie ein Strom von Blüten.

Pausole grüßte, breitete die Arme aus, neigte den Kopf und hob manchmal eine Hand, die zu sagen schien: „Das ist zu viel!" Sein freundlicher Bart und der sanfte Ausdruck seiner Augen spiegelten der Begeisterung der Menge eine väterliche Zuneigung zurück, die die Zuschauer verzauberte.

Philis, die neben ihm ritt, saß sehr aufrecht, sich ihrer neuen Stellung bewusst und der Bedeutung, die ihre Teilnahme an den öffentlichen Ovationen hatte. Ihr Blick war ernst und würdevoll; doch um sich dem allgemeinen Ton der Gepflogenheiten anzupassen, hatte sie die Nadel entfernt, die den Ausschnitt ihres Mieders auf halber Höhe zusammenhielt. Stolz zeigte sie dem Volk ihre prallen, zart schimmernden Brüste, die noch im Schatten lagen, und war zufrieden mit ihrer durchscheinenden, blassen Haut.

Taxis suchte in seiner Bibel nach einem heilsamen Gedanken, um sich von diesem Schauspiel abzulenken; doch der Zufall hatte ihn ausgerechnet zum *zweiten Buch der Chroniken* geführt, wo er in der Biografie Salomos nur noch skandalösere Beispiele für die Verkommenheit königlicher Ausschweifungen fand.

Diane à la Houppe beobachtete die Menge, indem sie den Vorhang ihres Palanquins[117] ein wenig anhob.

Giguelillot, verkehrt herum auf seinem Sattel sitzend, hielt zwei junge Frauen bei den Händen, von denen jede eine lebhafte Farandole aus Schwestern, Freundinnen oder Fremden hinter sich herzog. Was er ihnen erzählte, musste von besonderem Interesse sein, denn sobald er auch nur ein einziges Wort sagte, wurde es von einem Ende der Reihe zum anderen weitergetragen, begleitet von dröhnendem Gelächter. Der Zug bewegte sich weiter, und hinter Giguelillot, der wie eine Sirene am Heck wirkte, zog er ein doppeltes Kielwasser aus Gelächter hinter sich her.

---

117 Eine Art von Sänfte, hier wohl von ihrem Kamel getragen

# Kapitel VI

**in dem Pausole einen Spaziergang durch seine Hauptstadt machen will**

*Zwei Bedürfnisse, die die Menschen stets in Gesellschaften vereinen werden – das Bedürfnis nach Ordnung und das nach Fortpflanzung – führten dazu, dass diese neuen Bewohner einen Anführer und Frauen forderten.*

*Baron de Wimpffen[118], Reise nach Saint-Domingue, 1789[119]*

Die Präfektur und das Rathaus hatten sich zufällig darauf geeinigt, sich die Ehre der königlichen Anwesenheit zu teilen. Pausole nahm die Einladung der Stadträte zum Festmahl an und ließ seine Gepäckstücke in die bereitgestellten Räume des Präfekten bringen. Es gab wohl irgendwo einen königlichen Palast, doch da Pausole nie in seine Hauptstadt kam, hatte er zugestimmt, die alte Residenz in ein modernes Volksmuseum umzuwandeln.

Gleich nach dem Essen erklärte Pausole, er fühle sich durch die zwei Tage seiner Reise eher erfrischt als ermüdet und wolle auf dem Rücken seiner Maultierstute eine Runde durch die ärmeren Stadtviertel machen. Macarie, sein stoisches Maultier, ließ ihn ohne Protest auf ihren Rücken steigen und senkte resigniert die Ohren. Der König machte sich mit Taxis und Giguelillot ohne weitere Eskorte auf den Weg.

Um sie herum füllte die immer noch begeisterte, aber etwas leisere Menge die Straßen und Fenster. Es erklangen weiterhin Rufe wie „Es lebe der König!", und manche wagten ein einfaches „Guten Tag, Sire!", worauf Pausole freundlich antwortete: „Guten Tag! Guten Tag, meine Freunde!"

Straßenhändler liefen über die Gehwege und riefen die frisch gedruckten Zeitungen aus: „Kauft *la Paix*! *L'Indépendant*!" – „*La Nudité*! Ausgabe von fünf Uhr!" Ein kleiner Junge, der Taxis wohl nicht erkannte, schrie ihm ins Ohr: „*Le Moniteur général des jeunes filles à louer*[120] für nur fünfundzwanzig Centimes mit einer Zugabe!"

„Was ist die Zugabe?", fragte Giguelillot.

„Ein Gutschein für einen einminütigen Kuss, einzulösen nächsten Sonntag!" Doch der Junge sprang flink zur Seite, um eine Reklamekutsche vorbeizulassen, auf der zwei zwanzigjährige Tryphémoiserinnen die makellosen Linien ihrer samtigen Körper auf einer riesigen Werbetafel ausstreckten, die in großen Buchstaben die Adresse einer Parfümerie trug.

„Das sind aber hübsche Damen", bemerkte Giguelillot voller Interesse.

„Irrtum!", grummelte Taxis.

„Welche Frau könnte Ihnen denn gefallen?"

---

118 Alexandre-Stanislas Baron de Wimpffen (auch Freiherr von Wimpffen (1748 - 1819) war ein französischer Adliger, Offizier und Reiseschriftsteller.
119 Das Werk ist 1797 erschienen. 1789 bezieht sich auf den Teil der Reise, der 1789 stattfand
120 Der allgemeine Anzeiger für junge Damen zu Diensten

„Es gab eine, Monsieur."

„Oh! Erzählen Sie uns davon. So etwas ist selten."

„Wie bitte?", sagte der König mit fast ernstem Ton. „Sie erstaunen mich, Herr Groß-Eunuch. Sie haben geliebt? Was soll das bedeuten?"

„Geliebt? Nein! Ich habe nur den Ewigen geliebt, Eure Majestät weiß das wohl. Doch eines Tages fühlte ich tief in mir die Perfektion des göttlichen Werkes angesichts einer Frau. Mit einem Wort, ich habe eine Dame getroffen, die meinem Ideal von Schönheit vollkommen entsprach. Ich präzisiere: meinem *physischen* Ideal von *moralischer* Schönheit. Verstehen Sie?"

„Keineswegs, aber fahren Sie fort ..."

„Gut. Diese Frau war die einzige Mieterin meines Vaters. Sie leitete ein kleines Haus, das stets verschlossen und äußerlich anständig war – eines jener Häuser, die Monsieur Lebirbe bekämpft, die ich jedoch schätze, weil sie die Unreinheiten der ganzen Stadt an einem Punkt konzentrieren und vor allem den öffentlichen Skandal vermeiden. In dieser Frage, wie Ihr wisst, sind die Protestanten einig. Diese gute und ehrenwerte Frau empfing mich oft; mein Vater wusste, dass meine Prinzipien und meine angeborene Keuschheit es erlaubten, dass ich sie besuchte, ohne in Gefahr zu geraten. An Sonntagen, nach der Predigt, ging ich zu ihr und spielte mit ihren Kindern.

Eines Tages, während ich dort eine heilsame Abscheu vor dem Laster erlangte, indem ich es direkt betrachtete, trat diese würdige Frau ein, die mein Vater sehr schätzte, da sie ihm jährlich fünftausend Francs einbrachte. Sie trug keine Bluse, und ich war innerlich tief bewegt. Ihre majestätische Fülle gebot Respekt. Man hätte meinen können, sie trage sechs Kinder unter dem Herzen und könnte sie alle ernähren, so voluminös waren ihre Brüste. Man konnte sie nicht sehen, ohne zu begreifen, dass die Mutterschaft die erste Aufgabe und höchste Ehre der Frau ist, Monsieur. Und schließlich, als Höhepunkt ihrer Schönheit – ich spreche von moralischer Schönheit – fiel ihr Bauch mit einer bezaubernden Züchtigkeit bis zur Mitte ihrer Beine herab. Ihre Brust war wie ein Schal, ihr Bauch wie ein Rock: Ihre Kinder konnten sie ansehen, ohne eine Sünde zu begehen. Selbst nackt war sie verschleiert."

Giguelillot drückte ihm die Hände. „Ah, Monsieur, ich verspüre das heftige Verlangen, Sie zu meinem engsten Freund zu machen, denn wir werden uns niemals wegen einer vorbeigehenden Frau streiten. Und alle anderen Streitigkeiten zählen nicht."

Pausole, der nicht mehr zuhörte, zeigte auf ein Schild vor einem Geschäft, das mit einer Palme verziert war: „Société Lebirbe. Großer Ehrenpreis."

„Ist das hier der Wohnsitz der Preisträgerin?", fragte er.

„Ja, Sire", antwortete ein Nachbar.

„Wo ist dieses Mädchen?", fuhr der König fort. „Ich möchte ihr gratulieren. Denn auch wenn Monsieur Lebirbe manchmal Wünsche äußert, deren Erfüllung für die öffentliche Freiheit verhängnisvoll wäre, so ist er doch ein Mann von Verstand, der in Fragen der Prinzipien den richtigen Weg kennt. Ich bin sicher, dass er eine kluge Wahl getroffen hat, als er unter all den jungen Frauen, die nach der Rosenkrone strebten, die Beste auswählte. Wo ist die glückliche Rosiere[121]? Sagt ihr, dass ich ihr einen Besuch abstatte."

Die Gerufene eilte herbei, und sobald sie den König erblickte, zog sie hastig ihre Schürze und ihr Halstuch aus, als wolle sie sich für die Messe am Sonntag fein machen. Sie war von Kopf bis Fuß hübsch.

„Man hat Dich gekrönt?", fragte der König.

„Ja, Sire, man war sehr gut zu mir."

„Du hast es verdient?"

„Wie viele andere auch. Ich hatte einfach Glück, das ist alles."

„Aber was hast Du getan, um Rosiere zu werden?"

„Sire, meine Eltern sind Bäcker. Die vier Küchenjungen haben um meine Hand angehalten, und jeder von ihnen hat gesagt, er würde sich das Leben nehmen, wenn ich ihm nicht zusagte."

„Das war eine schwierige Situation. Wie hast Du sie gelöst?"

„Oh, ich wollte keine Selbstmorde in meinem Leben haben. Also habe ich sie alle vier geheiratet. Man muss ein gutes Mädchen sein, nicht wahr, Sire? Männer sind so unglücklich, wenn man sie vor der Tür stehen lässt! Sie verlangen so wenig! Warum sollte man es ihnen verweigern?"

„Aber wenn ein Fünfter kommt, wirst Du ihm wohl Nein sagen müssen …"

„Ich habe noch nie zu jemandem Nein gesagt, Sire, entspricht nicht meinem Charakter. Meine Männer haben schnell verstanden, dass ich nett zu ihnen bin und keinen Grund habe, zu anderen böse zu sein. Im Viertel findet mich jeder hübsch. Ich sage nicht, dass mir jeder gefällt, aber was soll man machen? Jeder übt Nächstenliebe, wie er es versteht. Wir sind zu Hause nicht reich, also gebe ich, was ich habe. Ich mache anderen gerne Freude, und abends schlafe ich zufrieden ein, wenn ich mir sage, dass ich ein gutes Herz für alle hatte, die meine Hand suchten. Das ist meine kleine Tugend."

Pausole schwieg eine Weile nachdenklich. „Ich hätte nichts zu sagen", meinte er schließlich, „wenn Du nicht verheiratet wärst. Die Ehe ist ein freiwilliger Verzicht auf die Freiheit. Man kann diesen Verzicht widerrufen, aber dann muss man sich trennen …"

„Oh, so weit denken wir gar nicht! Ich habe die Küchenjungen meiner Eltern geheiratet. Sie führen die Wirtschaft. Ich mache die Hausarbeit. Es ist in unserem Interesse, zusammenzubleiben, und da wir uns gut verstehen, geht alles seinen Gang. Wenn die Nacht vorbei ist und die Arbeit getan, bleibe ich allein zurück und habe nichts zu tun. Meine Männer sind bei

---

121 Der Begriff ‚Rosière' stammt aus einer französischen Tradition, in der junge Frauen für ihre Tugendhaftigkeit und vorbildliche Führung geehrt wurden.

ihrer Arbeit. Dann könnte ich, wie so viele andere, von Tür zu Tür gehen, mit den Nachbarinnen plaudern und über andere lästern. Aber mit zwanzig Jahren, finde ich, kann man sich besser beschäftigen. Sobald ich meinen Rock abgelegt habe, lasse ich mich von einem oder dem anderen mitnehmen: Das ist wenigstens keine verlorene Zeit."

„Nun gut", sagte Pausole. „Ich werde alt. Ich sehe, dass ich ein Reaktionär bin und die Sitten sich weiterentwickeln. Ich will Dich nicht verurteilen, mein Kind. Im Grunde befolgst Du meine Gesetze besser, als ich es selbst getan habe. Bislang hatte ich die Regel, alle Ehebrecherinnen zu bestrafen, die nicht aus ihrem Haus flohen. Ein Gott war einst nachsichtiger, als ich es war. Freiheit darf nicht abdanken, nicht einmal durch beiderseitiges Einverständnis. Dein Beispiel beeindruckt mich, mein Kind, denn Du kommst ohne meine Prinzipien aus und hast, wie Du sagst, Deine eigene kleine Tugend, die vielleicht sogar die große ist. Gib mir Deine Hand, ich gratuliere Dir."

Pausole setzte seine Besuche fort. Er ging in Werkstätten, in Geschäfte und in Schuppen, befragte Vagabunden, die an den Mauern schliefen, drückte viele schwarze Hände und sah viele lächelnde Gesichter. Niemand beschwerte sich so sehr über das Leben, dass er die Regierung angreifen wollte.

Zurück in der Präfektur, ließ er ein weiteres Festmahl über sich ergehen, hörte weitere Reden und schüttelte weitere Hände, während seine Müdigkeit stetig wuchs. Als sich die Gäste in den präfekturalen Salons, geschmückt mit Porträts von Pausole und seinen Lieblingsköniginnen, in Gruppen formierten, tauchte der Direktor der Sicherheit auf, gerade als der König Giguelillot am linken Ellenbogen in eine abgelegene Ecke führte, um mit ihm über Poesie zu sprechen.

Sich mit einer Mischung aus Ehrfurcht und Stolz über die erfüllte Mission verbeugend, sprach dieser langsam:„Ich habe die Ehre, Seiner Majestät zu verkünden, dass ihre erhabene Tochter, die Prinzessin Aline, wohlbehalten aufgefunden wurde."

„Schon?", rief Pausole aus.

„Ja, Sire. Euer Wunsch ist erfüllt."

# Kapitel VII

## in dem der Leser glücklicherweise den Heldinnen dieser Geschichte wieder begegnet

*Kaum war ich zu Bett gegangen, sagte ich zu ihr: ,Komm her,
mein kleiner Schatz.'
Sie ließ sich nicht zweimal bitten, und wir küssten uns sehr zärtlich.*

*Histoire de Mme la comtesse des Barres, 1742*

Aline und Mirabelle erreichten gegen zehn Uhr abends die Stadt, nachdem sie das *Hôtel Du Coq* verlassen hatten. Tryphême, das in den Stunden des Sonnenscheins schlief, erwachte in der Dämmerung und blieb bis spät in die Nacht lebendig. Alle Geschäfte waren geöffnet, die Straßen voll von Passanten, als die beiden Freundinnen sich unter die Menge mischten. Mirabelle nutzte die Gelegenheit, um sich sofort einzukleiden. Das Gefühl ihrer Nacktheit war das Unangenehmste, das sie jemals erlebt hatte. Obwohl sie von vielen anderen jungen Frauen umgeben war, die genauso unbedeckt waren wie sie selbst, hatte sie das Gefühl, dass alle Blicke auf einen Punkt ihres Körpers gerichtet waren. Das konnte sie – zumindest von einer Menschenmenge – nicht ertragen.

Sie trat also in ein Geschäft und erklärte, was sie suchte. „Oh, Madame", sagte die Verkäuferin, die sie von Kopf bis Fuß musterte, „es liegt nicht in meinem Interesse, so etwas zu sagen, aber was für eine Schande, Madame einzukleiden! Wenn man eine so junge Brust, einen so schmalen Bauch und so wohlgeformte Beine hat – wie kann man solche Dinge nur verstecken wollen?"

„Es ist mein Wunsch", erwiderte Mirabelle.

„Dann nehmen Sie doch durchsichtige Stoffe. Ich könnte Madame ein kleines Empire-Kleid aus weißem Batist anfertigen, ohne Futter, das sich eng um die Hüften schmiegt. Von Weitem sieht es wie ein Kleid aus, und aus der Nähe, nun ja, als hätte man nichts an. Ich habe hier einen Batist, so leicht, dass man durch ihn hindurch Zeitung lesen könnte. Madame möchte es probieren? Oder vielleicht lieber schwarzen Tüll? Aber das ist eher etwas für einen Ball."

„Nein, nichts davon. Geben Sie mir Batist, Baumwollstrümpfe, einen fertigen Leinenrock und eine blaue Bluse. Und genau dasselbe für meine Schwester, die sich genauso kleiden möchte wie ich."

„Nun gut … Ich werde gehorchen", sagte die gute Frau. „Aber ehrlich, es ist eine Sünde, Ihnen zu folgen."

Angezogen kauften sie noch Strohhüte mit passenden Bändern, denn Mirabelle bestand darauf. Dann verließen sie den Laden. „Große Schwester", sagte Aline lächelnd, „wo werden wir die Nacht verbringen?"

Trotz Giguelillots Ratschlag antwortete Mirabelle schnell: „Im Hotel."

„Warum nicht in diesem Haus, dessen Adresse uns der Page gegeben hat?"

„Mich schreckt die Vorstellung ab – all diese Jungen und Mädchen zusammen …"

„Sie müssen so viel Spaß haben! Willst Du nicht nachsehen?"

„Man könnte uns dort festhalten … Ich bin nicht beruhigt. Das Hotel ist sicherer."

„Aber der Page hat doch genau das Gegenteil gesagt. Und er ist so klug! … Findest Du nicht auch, dass er nett ist, dieser kleine Page, Mirabelle?"

„Ach! … Findest Du?"

„Ja … Ich mag seine Augen sehr."

„Ich nicht!"

„Oh, ich habe dir wehgetan. Du bist ganz blass geworden …"

„Überhaupt nicht. Ich bin einfach nicht deiner Meinung, das ist alles."

„Aber wie nervös Du bist! Warum habe ich dir das nur gesagt? … Verzeih, Mirabelle, ich werde es nie wieder erwähnen … Komm in eine dunkle Ecke, sofort …"

„Warum?"

„Damit ich Dich küssen kann … Wenn Du es mir erlaubst."

Sie bogen in eine dunkle Gasse ab und fanden einen geeigneten Platz: Hinter einem Sandkarren, der auf Holzblöcken abgestellt war, bewiesen sich die beiden jungen Frauen, Mund an Mund, ihre treue Zuneigung.

„Komm", seufzte Mirabelle. „Lass uns eilen, es ist spät. Wir brauchen ein Zimmer, weißt Du."

„Ja", sagte Aline, „ich bin so müde. Ich habe die letzten drei Tage so wenig geschlafen … Ich fühle mich heute Abend schwach, so schwach. Und meine Beine tun weh … Wie kommt das? Wir sind doch kaum gelaufen?"

„Das liegt daran, dass Du erwachsen wirst. Das freut mich. Es ist ein gutes Zeichen, mein Schatz."

Aline glaubte alles, was man ihr sagte, und dachte nicht weiter darüber nach. In einer stillen Allee blieben sie vor einem Hotel stehen, das sehr anständig wirkte und den Namen trug: *Hôtel Du Sein-Blanc et de Westphalie*. Sie traten ein. Mirabelle wählte ein großes Zimmer mit einem breiten Bett und Erkern, die eine angenehme Frische garantierten.

Als sie zum Aufzug gingen, nahm die Direktorin Mirabelle beiseite und entschuldigte sich: Das Hotel hatte sechs Angestellte, die nachts allein reisenden Damen zur Verfügung standen. Doch am Nachmittag war eine Familie von sieben Engländerinnen eingetroffen, die den gesamten Nachtdienst per Telegramm reserviert hatte. So war das Haus für 48 Stunden ohne Personal. Die Direktorin bot an, sie zu ersetzen, indem sie die beiden kleinen Hotelpagen weckte, die zwar jung, aber sehr nett seien. Sie fragte zudem, ob die Damen länger bleiben würden, damit sie sofort für die ersten verfügbaren Angestellten vorgemerkt würden.

Mirabelle ließ die Direktorin reden und antwortete schließlich: „Meine kleine Schwester und ich, Madame, wir brauchen niemanden."

Kaum waren sie in ihrem Zimmer, entkleideten sie sich müde. Aline schlief schon fast, während sie ihre Haare richtete, und blieb mit den Fingern in ihren Zöpfen stecken, unfähig, die Arbeit zu beenden. Mirabelle, melancholisch, aber geduldig und fürsorglich, bettete sie wie ein Kind.

„Gute Nacht, Mirabelle ... Schlaf gut ...", murmelte Aline, streckte die Lippen, ohne die Augen öffnen zu können.

„Gute Nacht, mein Liebling ... Ich werde Dich nicht wecken."

„So lieb ... Gute Nacht."

Mirabelle schmiegte sich an ihre Freundin, nahm den kleinen Körper sanft in ihre Arme, legte den blonden Kopf auf ihre Brust und fand erst nach langem, sehr langem Warten Schlaf.

Mirabelle erwachte jedoch als Erste, läutete und ging hinaus in den Flur, um ihre Anweisungen in aller Stille zu geben. Sie brauchte Blumen – Sträuße, Bündel, unzählige Blumen. Sie ließ sie überall verteilen: auf die Tische, das Kaminbrett, die Sessel, die Konsolen. Sie steckte sie hinter die Bilderrahmen, in die Ecken der Spiegel und sogar in die Scharniere der hohen Fensterflügel, die offenstanden. Sie bedeckte den Teppich mit Blüten, das Bett, und sie legte sie rund um das schlafende Gesicht von Aline, so dass ihr weißes Kissen von einem Kranz roter Blüten umrahmt war.

Der intensive Blumenduft weckte Aline aus ihrem Schlaf. Mit den Händen unter der Wange verschränkt, lächelte sie mit den Augen und den Lippen. Ihre Haare lagen in einem Zopf auf ihrer Brust, ein heller Schimmer lag auf ihrer Haut. Sie rief nach Mirabelle, die sich niederkniete, als würde sie ein Liebesballett nachahmen.

Aline, von Dankbarkeit erfüllt, schlang ihre Arme um den Hals ihrer Freundin, hauchte einige Küsse, die zärtlich, aber ohne Leidenschaft waren, und legte ihre Wange an Mirabelles Lippen. Die beiden Frauen fanden in dieser Nähe Trost und Vertrautheit.

Mirabelle, die zwölf Stunden lang bewiesen hatte, wie diskret sie sein konnte, ließ ihre Zurückhaltung fallen und öffnete sich ganz, um diese Verbindung zu vertiefen. Sie teilten viele zärtliche Momente, die Aline tief bewegten. Schließlich gestand Aline, dass sie sich erschöpft fühlte und nicht einmal die Kraft hätte, zum Mittagessen aufzustehen. Sie nahm ihre Mahlzeit am Bettrand ein.

Doch der Tag schritt voran. Mirabelle räumte das Zimmer auf, sammelte die Kleidung zusammen, legte sie sorgfältig zusammen, und da auch die praktischen Aspekte des Lebens bedacht werden mussten, zählte sie den Inhalt der gemeinsamen Portemonnaies. Zwei Tage im Gasthof des Dorfes, die Kleiderkäufe und die Blumen hatten drei Viertel der kleinen Geldbörsen aufgezehrt. Mirabelle dachte nach, mit sorgenvoller Stirn, und entwarf erste Pläne.

„Woran denkst Du?", fragte Aline.

„An Dich, mein Liebling … Ich muss hinaus."

„Du denkst an mich und verlässt mich?"

„Nicht für lange … Vielleicht zwei Stunden … Und wenn ich bis zum Abendessen nicht zurück bin, versprichst Du mir, Dich nicht zu sorgen?"

„Oh, aber ich werde mich so langweilen! Warum musst Du weg?"

„Frag mich nicht … Es ist für uns beide. Sobald ich hinaus bin, schließ die Tür gut ab, ja? Lass niemanden herein. Und da Du müde bist, solltest Du eine lange Siesta machen, während Du auf mich wartest."

Sie nahm eine Schere, schnitt eine Locke ihres braunen Haares ab und befestigte sie mit einer Haarnadel am zweiten Kissen. „Hier, mein Liebling, ein Stück von mir, damit Du Dich nicht allein fühlst."

# Kapitel VIII

## in dem die Ereignisse sich überschlagen

*Er war zu höflich, zu galant, um ein Geschlecht zu verärgern,*
*dessen Idol er stets gewesen war.*
*Sobald eine hübsche Frau erschien,*
*konnte sie sicher sein, berücksichtigt zu werden.*
*Le Cosmopolite. – 1751*

„Meine Tochter ist gefunden?", fragte Pausole. „Das ist äußerst glücklich für sie. Aber welche sonderbare Stunde habt ihr, Monsieur, gewählt, um eine solche Entdeckung zu machen!"

„Sire … ich bin bestürzt … Wir haben kaum die Möglichkeit, die …"

„Wie könnt Ihr verlangen, dass ich jetzt, kurz vor Mitternacht, an einem Festabend durch die Straßen eile? Noch dazu mitten in der Menge, zwischen Vergnügungen und sicher auch Exzessen, die jede Feier fördert und erleichtert. Und das, um eine so heikle Angelegenheit zu erledigen wie das Eindringen in das Privatgemach Ihrer Hoheit – mit der Absicht, ihre Zuneigung zurückzugewinnen! Die Prinzessin Aline geht um neun Uhr schlafen, Herr Sicherheitsdirektor. Sie ruht gewiss in diesem Moment. Ich würde wie eine Figur aus einer Schmierenkomödie wirken, wenn ich da hineinplatze, und allein diese Vorstellung ist mir zuwider. Ihr seht mich völlig empört. Geht, Monsieur, Ihr seid ein Tölpel!"

„Aber, Sire, es war Euer Minister, der ehrenwerte Monsieur Taxis, der mir geraten hat …"

„Schon wieder er! Immer dieser Mann! Ich erfahre nie von etwas Unglücklichem, Unbesonnenem, Unklugem, ohne dass er daran Anteil hätte! Er wird unerträglich, und ich weiß wirklich nicht, ob ich nicht bald auf solche Dienste verzichten sollte, bei denen ich nur Unruhe und Wirrnis ernte … Geht! Ich bin äußerst unzufrieden. Klärt die Angelegenheit mit meinem Pagen. Ich will mich damit nicht mehr befassen."

Giguelillot führte den Unglücklichen ab. „Warum seid ihr mit diesem Anliegen zum König gegangen?", fragte er ihn. „Wenn ihr mich zur Seite genommen hättet, hätte ich Euch mit einem einzigen Wort gewarnt … Nun gut, sagt mir, was ihr wisst. Ich werde versuchen, die Dinge in Ordnung zu bringen."

Der Direktor der Sicherheit erklärte, dass Prinzessin Aline gefunden worden sei, jedoch nicht mit einem jungen Mann, wie man angenommen hatte, sondern mit einem etwas älteren Mädchen als sie selbst, im *Hôtel Du Sein-Blanc et de Westphalie.* Er fügte hinzu, dass zwei Agenten drei Stunden lang an der Tür gelauscht und dabei den merkwürdigsten Bericht über das, was sie gehört hatten, verfasst hätten. Er bestand darauf, dass die

Verhaftung unverzüglich erfolgen sollte, und erklärte, dass ihre Hoheit mehrfach über extreme Erschöpfung geklagt habe und die Sorge um ihre erlauchte Gesundheit offensichtlich jede andere Überlegung übertreffen müsse.

„Wisst ihr sonst noch etwas?", fragte Giguelillot.

„Die Unbekannte sprach davon, am Nachmittag auszugehen, was auch der Portier des Hotels bestätigt hat."

„Wohin könnte sie gegangen sein?"

„Sie weigerte sich, es zu sagen; aber sie brachte zweihundert Francs mit unbekannter Herkunft mit, sowie einen Ring, den sie verkaufen wollte, ohne ihn auch nur einen Tag zu behalten."

„Das ist alles, was ihr wisst?"

„Morgen, am Montag, zwischen vier und acht Uhr, wird sie ein zweites Mal ausgehen."

„Ah! Ah! Das ist sehr interessant."

Giguelillot dankte dem Polizisten, befahl ihm, die Überwachung am nächsten Tag pünktlich um vier Uhr einzustellen und vor allem darauf zu verzichten, sowohl mit Taxis als auch mit Pausole darüber zu sprechen.

Er hatte gerade geendet, als plötzlich eine große Bewegung um ihn entstand. Der König hatte dem Präfekten mitgeteilt, dass es ihm angenehm wäre, sich mit der jungen Frau, die er am Morgen geheiratet hatte, in seine Gemächer zurückzuziehen.

Giguelillot durchquerte rasch den Salon, näherte sich Diane à la Houppe und nahm mit geneigtem Kopf und einem bittenden, sanften Blick Platz neben ihr. Diane zog die Brauen zusammen, konnte jedoch nicht verhindern, dass sich ein Lächeln auf ihren Lippen zeigte.

Mit vorgerecktem Gesicht sagte sie klar und deutlich:„Ja." Dann murmelte sie in einem stillen Lachen, nicht ohne eine gewisse Kühnheit: „Du wirst nicht mehr sagen, kleine Plage, dass Du dieses Wort nie gehört hast."

Eine Stunde später gesellte er sich wieder zu ihr. Sie erwartete ihn auf einer Liege; ihr schwarzes Haar wallte üppig über beide Wangen und bedeckte sie bis zu den Hüften. Er konnte von ihrem Ausdruck nur die beiden glänzenden Augen und den feuchten Mund erkennen.

„Nun, Madame", sagte er, „ich habe Euch gehorcht. Prinzessin Aline ist nicht verhaftet worden."

„Oh! Du bist lieb! Du bist so lieb!"

„Welche Belohnung werde ich dafür bekommen?"

„Alle, die Du liebst."

Sie schloss sanft die Verriegelung der Tür, während er alle elektrischen Lampen löschte, bis auf eine, die er auf den Boden stellte, um das Kopfende des Bettes in Halbdunkelheit zu hüllen. Er zog im Ankleidezimmer sein gelb-blaues Kostüm aus. Ein Parfümflakon stand bereit: Er sah es sofort und benutzte es sorgfältig.

Doch als er schließlich in den Armen der jungen Frau zitterte, fühlte er sich beinahe gedemütigt oder, wenn man so sagen kann, überflüssig. Sein anmutiges Talent nützte ihm nichts. Diane erwiderte die Zärtlichkeiten mit einem solchen Eifer, dass jede Feinheit vergebliche Mühe war. Sie nahm alles vorweg, was er ihr mit mehr Methode als Geduld zu suggerieren suchte. Mehrmals hintereinander brachte sie ihn so aus dem Konzept.

Inmitten der Nacht legte sich Diane à la Houppe mit einem Seufzer auf ihren Geliebten, als ob sie ihm damit feierliche Bekenntnisse entlocken wollte, stützte sich mit den Ellbogen auf beiden Seiten ab, presste ihre warmen weichen Brüste gegen ihn und fragte ihn bestimmt: „Liebst Du mich?"

„Ja."

„Wie lange wirst Du mich lieben?"

„Für immer."

„Dann kann ich dir ein Geheimnis anvertrauen?"

„Du kannst."

„Der König hat mir gesagt, dass er darüber nachdenkt, den Pagen den Zugang zum Harem zu erlauben ... und dass er die Augen zudrücken würde bei ... allem, was dann geschähe ... höchstwahrscheinlich."

„Bewundernswerte Eingebung!"

„Oh! Lach nicht! Ich bin so glücklich! Wir werden uns wiedersehen können ... Jetzt ist es mir ganz egal, dass Blanche Aline gefangen wird, weil es uns nicht mehr trennen wird ..."

„Geliebte!"

„Aber Du musst mir etwas schwören."

„Alles, was Du willst."

„Es gibt so viele Frauen im Harem. Woher soll ich wissen, ob nicht eine von ihnen dir den Hof machen wird? Denk daran, Djilio, denk daran, dass ich die Erste war, die sich Dir hingegeben hat, und schwöre mir, dass die anderen nichts aus Deinem Mund hören werden ... Schwöre mir, dass niemand Dich so umarmen wird, wie ich Dich umarme, mit meinem Körper und meiner Seele! ...Schwöre, Djilio! Gib Dich hin, wie ich mich hingebe!"

Giguelillot hatte keinerlei Schwierigkeiten. Er schwor in passendem Tonfall und nach allen Regeln der Kunst. Dann verließ er die schöne Diane, „um sie nicht in Verlegenheit zu bringen", wie er ihr erklärte – und auch, um in Ruhe schlafen zu können, doch diesen Grund erwähnte er natürlich nicht.

Am nächsten Tag, als er gerade den Korridor der Präfektur entlangging, ließ ihn ein leises, aber eindringliches Rufen den Kopf wenden. Das kleine Gesicht von Philis lugte schüchtern hinter einer angelehnten Tür hervor. Die Tür öffnete sich ganz, dann schloss sie sich hinter ihnen beiden.

„Der König schläft", sagte Philis. „Bleiben wir hier … Niemand wird uns stören."

„Was? Um halb eins schläft der König noch?"

„Nicht mehr lange!", erklärte die Kleine mit einem gewissen Stolz.

„Und ihr?"

„Ich? Ich bin nicht müde, wenn ich an Euch denke. Ich warte seit einer Stunde hinter dieser Tür auf Euch."

„Was wolltet ihr von mir?"

Sie nahm eine geneigte Haltung an: „Eine kleine Lektion, Monsieur … Ihr habt mir nur eine gegeben, und ich habe sie schnell auswendig gelernt. Aber ich werde nie Fortschritte machen, wenn ihr mir nur eine von vier Regeln erklärt"

Giguelillot lobte ihren Eifer. Doch da er keine Gefallen an der Rolle fand, die man ihm zugedacht hatte, entschied er, dass die zweite Lektion im Interesse der Schülerin eher experimentell als theoretisch ausfallen sollte. Dabei folgte er mehr seinen eigenen Launen als den Pflichten seiner Aufgabe. Und so nutzte er in verschiedener Weise aus, dass Philis mit jugendlicher Zuversicht und manchmal auch aus Neugierde mit allem einverstanden war.

Philis lernte die vier Regeln. Ihr Geist öffnete sich allmählich den neuen Erkenntnissen einer Wissenschaft, die sie entzückte und – wie sie selbst bahauptete – keinesfalls überforderte. Doch nach einer Stunde und fünfzehn Minuten erklärte Giguelillot ihr in freundschaftlichem Ton, dass sie für heute genug gelernt habe.

Sie hielt ihn zurück: „Ihr geht schon?"

„Bis heute Abend."

„Ihr geht in die Stadt?"

„Ja."

„Darf ich Euch einen Auftrag geben?"

„Welchen?"

„Hört … Meine Schwester war nicht immer nett zu mir, aber ich mag sie trotzdem, und ich bin traurig, dass sie weg ist. Ihr seid so geschickt, kleiner Freund. Vielleicht könnt ihr ihre Adresse herausfinden und sie einen Moment lang sehen … und mit ihr über mich sprechen. Sucht sie, das würde mir Freude machen. Bewahrt ihr Geheimnis, ich will es gar nicht wissen … aber sagt mir, ob es ihr gut geht. Mehr verlange ich nicht von Euch."

„Heute Abend werdet ihr es wissen", sagte Giguelillot.

„Das ist lieb … noch ein letztes Wort: Ihr werdet mit ihr sprechen, ganz aus der Nähe. Lasst Euch aber nicht einfallen, sie zu küssen …"

„Das verspreche ich Euch."

„Selbst wenn sie so aussieht, als wolle sie es?"

„Junge Frauen sehen nie so aus, Mademoiselle."

„Oh! Da sieht man, dass ihr sie nicht kennt!"

Giguelillot frühstückte in aller Ruhe, vertraute einigen Freunden unter dem Siegel der Verschwiegenheit seinen bevorstehenden Aufbruch für eine Untersuchung an, damit dies dem König sofort zu Ohren komme. Dann machte er sich auf den Weg, allein und ohne Stock.

Vor dem Gebäude der Präfektur bemerkte er die hübsche Thierrette, die mit verschränkten Händen und gebeugtem Rücken auf einer Banksaß und dabei wie ein Denkmal stiller Niedergeschlagenheit wirkte. Er hob ihr Kinn sanft an. „Na, arme Thierrette, geht es dir nicht gut?", fragte er.

„Ach, Monsieur! Ich schaffe es nicht. Es liegt nicht einmal an mangelndem Willen ... Ich gebe mein ganzes Herz hinein, versteht ihr, ich zerreiße mich in alle Richtungen, um es allen recht zu machen, aber es ist einfach zu viel Arbeit. Ich will kündigen."

„Schon? Schon? Wie, Du, ein kräftiges Mädchen bester Gesundheit schaffst es nicht, zwei Tage hintereinander ‚Es lebe die Armee!' zu rufen? Wer hat mir denn ein so schwächliches Ding wie Dich untergeschoben, verdammt nochmal?"

„Schwächlich? Ich würde gern eine andere an meiner Stelle sehen! Monsieur, jetzt bringen sie sogar ihre Freunde mit! Ein Regiment, gut, das geht noch, aber die ganze Stadt, das kann ich nicht. Also bitte ich Euch ... Vielleicht kennt ihr ein ruhigeres Haus. Auch wenn es mehrere Herren sind, solange es nicht mehr als fünfzig sind ..."

„Nun, beruhige Dich. Ich weiß, was Du brauchst. In meiner Eigenschaft als Befehlshaber ernenne ich Dich zur ordentlichen Dirne im Gefolge des Pagenkorps. Wir sind kaum fünfzehn ..."

„Oh! Wenn es nur so wenige sind!"

„... und wir haben alle viele Freundinnen; aber uns fehlte – wie soll ich sagen – jemand, der greifbar ist. Die Zofen des Königs sind nie allein, wenn man sie besuchen will. Man kann sich nicht auf sie verlassen ... Du wirst unser kleiner, persönlicher Harem sein. Abgemacht. Wisch dir Deine Tränen ab."

Die Bäuerin überschüttete ihn mit Dank und blieb wie angewurzelt stehen. Mit einer aufmunternden Geste ließ Giguelillot sie zurück, ging erst Zigaretten kaufen und machte sich dann auf den Weg dahin, wo er wusste, dass er Galatée antreffen konnte. Es war ein kleines, weißes Hotel, das äußerlich sehr respektabel wirkte und dessen Inneres nichts über sein Leben verriet.

Der Page klingelte. Man führte ihn zu einer älteren Dame, die perfekte Manieren hatte und sich sofort nach seinen Vorlieben erkundigte – das heißt, sie fragte ihn, ob sie in der Stadt Madame X., die Frau eines Richters, eine blonde, sehr schüchterne Dame, oder lieber Madame Y., deren Fotografie auf dem Kaminsims stand, benachrichtigen solle.

Doch Giguelillot beschrieb, ohne auf die Vorschläge einzugehen, in präzisen Worten eine ideale junge Frau, die Galatée glich wie ihrem Spiegelbild. Man ließ ihn allein in einem Zimmer zurück, und nach zwanzig Minuten des Wartens, während der man so tat, als würde man die Unschuldige erst bei ihr zu Hause abholen, sah er Mademoiselle Lebirbe eintreten, die schlicht aus dem angrenzenden Zimmer gekommen war.

Sobald sie ihn erblickte, stieß sie einen Schrei aus, wandte den Kopf ab und begann zu weinen. Anstatt triumphierend mit einem „Ich habe es Euch doch gesagt!" zu reagieren, was ihr sicherlich keine Trost gespendet hätte, trat Giguelillot zu ihr, nahm ihre Hand und fragte sanft: „Was habt ihr?"

„Ach! Ihr seid lieb, dass ihr gekommen seid!"

Ihre Tränen flossen noch stärker. Sie fuhr fort: „Ihr hattet recht … Ihr habt zu mir gesprochen wie ein Freund. Ich war dumm, Euch nicht zu glauben … Man war so grob zu mir, wenn ihr wüsstet! Ich bin nicht glücklicher als in meiner Familie …"

„Würdet ihr zu eurem Vater zurückgehen?"

„Oh, nein! Aber ich will hier raus."

„Niemand hat das Recht, Euch festzuhalten. Wohin wollt ihr gehen, wenn ihr hinauskommt?"

„Ich weiß es nicht …"

Dann, immer verzweifelter, schluchzte sie: „Ich bin verliebt."

Giglio verstand nicht. „Was sagt ihr?"

Sie antwortete nichts.

„In wen seid ihr verliebt?"

Zögernd, mit einem leichten Lächeln und einem tiefen Seufzer, sagte sie schließlich: „In Eure Freundin."

Sehr ernst fragte der Page: „Könntet ihr das vielleicht etwas genauer erklären?"

„Eure Freundin aus dem *Hôtel Du Coq* ... die Ältere von den beiden. Sie ist hierhergekommen, sie brauchte anscheinend Geld … Ach, wenn ihr meine Freude gesehen hättet, als ich sie erblickte … Ist das nicht Schicksal, wenn zwei Menschen sich so wiederfinden? Vielleicht sogar für lange Zeit?"

„Daran besteht kein Zweifel", sagte Giguelillot, der bereits Schwierigkeiten auf sich zukommen sah.

„Wisst ihr, dass ich verrückt nach ihr bin?" fuhr Galatée fort. „Jetzt verstehe ich alles, was ich durch mein Fenster gesehen habe, durch das Fernglas, das in meinen Händen gezittert hat. Wir waren eine halbe Stunde lang allein in einem Warteraum …

Ich glaube, sie liebt eine andere, und doch hat sie mich geliebt … Sie sagte, es sei, um sich zu reinigen von dem, was sie zu tun gedachte, an diesem schrecklichen Ort, an dem ich mich immer noch befinde. Und wenn ich daran denke, dass sie nach der halben Stunde gegangen ist und wir uns vielleicht nie wiedersehen werden …"

„Ihr werdet Euch wiedersehen", sagte Giguelillot, „noch heute Abend – und für lange Zeit."

„Ich habe sie darum gebeten. Sie will nicht."

„Sie wird wollen ... Glaubt mir, nachdem ihr bereut, mir vor zwei Tagen nicht geglaubt zu haben. Setzt Euch hierhin, um einen Brief zu schreiben. Lasst Euch alles bringen, was ihr braucht."

Eine Dienerin mit Häubchen brachte Schreibutensilien. „Ihr werdet jetzt", sagte Giguelillot, „einen Brief an das Mädchen schreiben, auf das ihr hofft, das ihr hier erwartet."

„Warum?"

„Um ihr zunächst zu sagen, was ihr für sie empfindet."

„Das weiß sie doch."

„Das weiß sie nicht. Nichts geht über eine schriftliche Erklärung ... Sagt ihr in diesem Brief alles, was Ihr Ihr schon in Gedanken gesagt habt, seitdem sie weg ist. Und schließlich ..."

„Aber sie kommt doch zurück?"

„Oh, ihr dürft nichts davon erwähnen. Das ist sehr wichtig. Ihr würdet alles verderben."

„Also gut."

„Sagt ihr also, was ihr für sie empfindet, und gebt ihr ein Rendezvous für heute Abend im Jardin Royal, unter dem Denkmal von Félicien Rops[122]."

„Sie wird da sein?"

„Sie wird da sein. Das garantiere ich Euch. Aber beeilt Euch. Die Zeit drängt."

Galatée schrieb ihren Brief und reichte ihn ihm dann: „Wohin soll ich ihn schicken?"

„Ich werde mich darum kümmern."

„Und das Ergebnis?"

„Heute Abend werdet ihr ganz allein mit dieser jungen Frau sein, und ihr werdet sie mitnehmen können, wohin ihr wollt ... Ich rate Euch, nach Frankreich zu gehen."

„Ihr macht Euch nicht über mich lustig?"

„Wollt ihr mir sagen, warum ich das tun sollte? Und ob ich Euch jemals den Eindruck gegeben habe, dass ich Euch feine Späße zulasten eurer Person bereite?"

„Verzeiht mir, mein Freund. Danke ... Danke von Herzen ... Werde ich Euch wiedersehen?"

„Nein ... oder zumindest nicht diese Woche. Man sieht sich immer wieder: Die Welt ist so klein. Aber ich schicke Euch fort von hier, ohne Euch ein Rendezvous zu geben. Das ist der beste Beweis meiner respektvollen Freundschaft."

---

122 Félicien Rops (1833–1898) war ein belgischer Künstler, der für seine symbolistischen und oft provokativ erotischen Werke bekannt ist. Er arbeitete vor allem als Zeichner, Maler und Grafiker.

# Kapitel IX

**in dem auch Giguelillot sich verliebt**

*Le garçon est pour la fille,*
*La fille est pour le garçon;*
*Quoi qu'on fasse et qu'on babille,*
*Ce n'est, ma foi, que vétille,*
*Que mystère et que façon.*
*Le filet est pour l'anguille*
*Et le trou pour la cheville,*
*La limace à la coquille,*
*La coquille au limaçon.*
*Le garçon est pour la fille,*
*La fille pour le garçon.*

*Le manche pour la faucille*
*Et la balle pour la grille,*
*Le fil pour la canetille*
*Et la pomme pour l'arçon,*
*L'appât est pour l'hameçon,*
*Le bout pour le nourrisson,*
*Et l'oiseau pour le buisson,*
*Et le garçon pour la fille.*
*Le cheval est pour l'étrille*
*Et pour le caparasson,*
*Le tillac est pour la quille,*
*La cage pour le pinson,*
*Et l'étang pour le poisson,*
*Et l'ente pour l'écusson,*
*Et l'épy pour la moisson,*
*Le rocher est pour l'anguille,*
*La fille pour le garçon.*
*Virelai von Claude le Petit[123], 1660*

Giguelillot eilte schließlich zum *Hôtel Du Sein-Blanc et de Westphalie* – natürlich konnte er nicht anders – doch Mirabelle war bereits fort. Er klopfte leise drei Mal und wartete.

„Wer ist da?"

„Ich."

„Ihr? Der Page von Papa?", flüsterte Line an der Tür.

„Kann ich hereinkommen?"

---

123 Claude Le Petit (1638–1662) war ein französischer Dichter, der für seine libertinären und oft provokativen Schriften bekannt war. Er wurde für sein Werk, das als gotteslästerlich und unmoralisch angesehen wurde, im Alter von 24 Jahren auf dem Scheiterhaufen hingerichtet.

„Man hat mir streng verboten, die Tür zu öffnen... aber da es ihr seid, besteht ja keine Gefahr."

Sie öffnete ihm, stellte sich auf die Zehenspitzen und hielt ihm ihre Wange hin. „Küsst mich", sagte sie. „Ich erlaube es Euch … auf der anderen Wange auch. Und jetzt gebt mir Eure Wange …" Sie seufzte. „Ich habe Euch so viel zu erzählen, setzen wir uns hierhin, ganz nah, auf das Sofa. Wie heißt ihr?"

„Djilio."

„Oh, was für ein hübscher Name!", sagte Line.

Giguelillot dachte einmal mehr, dass jede Frau zwar unterschiedliche Banalitäten je nach Liebhaber von sich gibt, doch jeder Mann hört immer nur dieselben zehn Phrasen von allen Frauen, als wiederholten sie heimlich ein einziges Manuskript, das für ihn allein geschrieben worden war.

„Was für ein Zufall!", rief Line aus. „Ich habe gerade an Euch gedacht. Lasst mich Euch anschauen … Ich habe mich beinahe mit meiner Freundin über Eure Augen gestritten. Ich fand sie sehr hübsch. Sie meinte, sie seien es nicht. Aber ich hatte recht, Djilio. Eure Augen sind wirklich sehr hübsch."

„Ganz gewöhnlich", sagte Giguelillot. „Wenn sie leuchten, wenn sie Euch ansehen, Hoheit, dann verdanken sie das nur Euch."

„Nennt mich nicht ‚Hoheit‘, ihr macht mich ganz schüchtern. Sagt einfach ‚Line‘, das ist netter."

Doch er nannte sie gar nicht beim Namen, denn mit einem fast unfreiwilligen Zittern, das dieses Mal echt war, fiel ihm nichts ein, was würdig genug schien, um es Blanche Aline zu sagen.

An jenem ersten Tag, als er sie in jenem anderen Hotelzimmer gesehen hatte, wo sich die Ereignisse in rasender Geschwindigkeit überschlugen, war die Situation kaum geeignet gewesen, sie zärtlich zu betrachten. Mirabelle, präsent und eifersüchtig, ließ sich nicht ignorieren. Aline, besorgt, zeigte ein erschöpftes Gesicht. Diese rasante und surreale Viertelstunde hatte sich wie ein Wirbelsturm in seine Erinnerung eingebrannt. Doch jetzt, im stillen Raum, ganz nah bei ihr und ihrem bezaubernden Gesicht, sah er sie endlich, wie sie wirklich war.

Diane à la Houppe erschien ihm zu sinnlich; Philis zu wenig herzlich. Die eine verschlang, die andere spielte, aber keine von beiden hatte diesen kleinen, beständigen Funken im Blick, der die Liebe ruft und festhält, gerade in dem Moment, in dem er sie offenbart.

Er hielt Lines beide Hände, sie senkte nicht die Lider, und ihre kleiner, mehr hoher als breiter Mund blieb halb geöffnet, als wartete sie immer auf einen Kuss.

Er sprach nicht mit ihr. Er wusste nicht, was er hätte sagen sollen. Vage und eine nach der anderen tauchten die Phrasen auf, die er schon hundertmal wiederholt hatte. Erst wies er sie von sich, dann dachte er mit einem fast traurigen Lächeln, dass diese Sätze, anders betont, keine bloße Wiederholung mehr wären. Er sagte sich, dass seine Übertreibungen, und selbst die unglaublichsten, jetzt besser denn je passen würden; dass die kleinen Lügen der Galanterie, in einer Affäre entschuldbar, beim Beginn einer echten Leidenschaft geradezu rührend werden würden. Und es war gewiss kein Fehler, seiner neuen Freundin nach seinen üblichen Methoden zu schmeicheln, da er wusste, dass es ihr gefallen würde, und weil er spürte, dass er es bei ihr ehrlich meinte.

„Was habt ihr?", fragte Line.

„Ich liebe Euch", sagte er.

„Ich liebe Euch auch, Djilio. Ich liebe Euch von ganzem Herzen. Ich bin so glücklich, es Euch sagen zu können."

„Aber ich liebe Euch schon so lange. Ihr wusstet es nicht, nicht wahr?"

„Schon so lange?", wiederholte Line. „Ihr liebt mich schon so lange? Aber gestern früh kannte ich Euch doch noch gar nicht."

„Ich liebe Euch schon seit drei Jahren", seufzte Giguelillot.

„Und ihr habt mir das nie gesagt?"

„Ich habe mich nicht getraut ... Ich dachte an Euch, aber ihr wart so weit oben, so weit weg von mir! Wie hätte ich glauben können, dass ihr mir jemals zuhören würdet? ... Ich liebte Euch von unten her, Ich dachte unaufhörlich an Euch, aber ich habe nie zu hoffen gewagt, dass ich eines Tages, durch einen außergewöhnlichen Zufall, endlich zu Euch sprechen könnte – von Angesicht zu Angesicht, Hand in Hand, Auge in Auge ..."

Line sah ihn liebevoll an.

Er fuhr fort: „Ihr glaubt mir nicht?"

„Doch, doch!"

„Hört ... ich schrieb Gedichte über Euch ..."

„Gedichte? Ihr schreibt Gedichte? Oh, ich liebe Gedichte so sehr! Und ihr habt welche über mich geschrieben? Wirklich?"

„Wollt ihr sie lesen?"

„Ob ich sie lesen will? Aber ja!"

„Hier sind sie."

Giguelillot zog seinen ersten Gedichtband aus der Tasche, blätterte darin... Agnès, Alberte, Alexandrine, Alfrède, Alice, Alix ... Aline!

„Lest", sagte er einfach.

Line griff begierig nach dem kleinen Buch und las:

*Ah, wenn ihr leuchtet, ein Stern meiner Nacht,*
*Licht, das den Traum aus dem Dunkel erhebt,*
*Ideal meines Sehnens, das ewig erwacht,*
*Niemals habt ihr die Stille entfacht,*
*Eure Flügel umarmen, was ewig vergeht.*

Lines große Augen wurden noch größer.

„Aber woher weiß ich, dass diese Verse wirklich für mich sind?"

„Es ist ein Akrostichon ... Ihr wisst doch, was ein Akrostichon ist? Ihr lest doch das *Journal de la Jeunesse*[124], nicht wahr? Schaut die Anfangsbuchstaben jedes Verses an."

„A, L, I ... Aline!", rief sie mit einem freudigen Lächeln aus. „Oh, das ist wahr! Und wie schön sie sind! Ich habe noch nie so schöne Verse gelesen. Ihr habt großes Talent!"

„Wenn ich von Euch spreche, Line, dann seid ihr allein meine Inspiration ... Versteht ihr? Ich wagte nicht, euren Namen in einem Buch zu schreiben, das jeder lesen konnte ... Ich habe ihn in einem Akrostichon versteckt, heimlich, für Euch und für mich. Niemand weiß es, außer uns beiden!"

Line warf sich in seine Arme. Er umfasste sie leidenschaftlich und, ohne etwas Direktes zu versuchen, ließ er ihre Lippen und seine sich sanft begegnen.

„Wie bitte?", sagte Line. „Ihr kennt das auch? Mirabelle hat mir gesagt, sie hätte es erfunden ..."

„Man hat es ihr beigebracht", sagte Giguelillot.

„So wie Euch?"

„Oh, ich hätte es von selbst erraten ... am allerersten Tag, als ich Euch sah."

„Aber dann ... dann hat sie mich belogen?"

„Sie hat Euch liebenswürdig belogen."

„Das ist egal, sie hat mich belogen ...Ich werde ihr das mein Leben lang nicht verzeihen. Lügen sind doch so hässlich, nicht wahr?"

„Nichts ist hässlicher", sagte Giguelillot.

Line dachte nach, ihre Lippen waren fest zusammengepresst.

„Ich liebe Euch viel mehr als meine Freundin", sagte sie schließlich.

Hier konnte sich Giguelillot nicht länger zurückhalten. Er nahm die kleine Line in seine Arme, trug sie aufs Bett, ohne ihre Lippen loszulassen, und das umso leichter, als sie ihm dabei zuflüsterte:

„Oh ja! Setzt Euch hierher. Ganz nah ... ganz nah ..."

Und eine Stunde später gestand Blanche Aline, ganz aufgewühlt in seinen Armen: „Mirabelle ist eine Lügnerin. Ich liebe Euch mehr als sie, viel mehr als sie ... Ich liebe Euch, wie ich noch nie jemanden auf der Welt geliebt habe ... Oh, geht nicht weg! Geht nicht weg!"

„Ich muss ..."

„Aber warum?"

„Der König erwartet mich. Mirabelle wird zurückkommen ..."

„Ich will sie nicht mehr sehen! Ich liebe nur Euch! Nur Euch! Bleibt hier ... Ich möchte Euch von Kopf bis Fuß berühren und für immer so bleiben, meine Finger in Euren Fingern, mein Mund unter dem Euren. Ich will nicht, dass Ihr geht ... Gehorcht mir doch endlich!"

---

124 Journal der Jugend

Giguelillot entschied sich, die Dinge zu beschleunigen: „Alles ist verloren", sagte er, „wenn wir hier bleiben. Mirabelle wird Euch in einer Stunde zurückholen. Sie selbst wird eine Stunde später gefasst werden, und wir beide werden uns niemals, niemals wiedersehen, denn der König wird Euch erneut in Eure Gemächer im Palast einsperren."

„Dann nehmt mich mit, lasst uns fortgehen … Gibt es denn keine anderen Länder, in denen wir ruhig leben könnten, ohne dass uns jemand quälen kann?"

Giguelillot hatte Mitleid mit Pausole: „Ihr liebt euren Vater, meine kleine Line. Ihr liebt ihn sehr. Wenn ihr an einen Ort geht, wo er nicht ist, werdet ihr ihn bald vermissen."

„Ja, ich liebe Papa, aber warum sperrt er mich ein? Wenn ich in den Palast zurückkehre, kann ich Euch nicht mehr wiedersehen, und ich werde genauso unglücklich sein wie vorher. Denn jetzt merke ich es, ich war wirklich sehr unglücklich, und ich habe es kaum geahnt …"

„Es gibt eine Möglichkeit, die alles regeln wird. Erinnert ihr Euch an das Haus, von dem ich Euch gestern erzählt habe? Das Haus dieser freundlichen Alten, die sich um junge Leute annehmen, die vor häuslicher Bevormundung davonlaufen?"

„Ja. 22, Rue des Amandines. Ich glaube, ich erinnere mich noch an die Adresse."

„Perfekt. Geht dorthin. Geht sofort. Und wenn man Euch ein Zimmer gegeben hat, das Euch zusagt (fragt nach dem Bereich für die Mädchen), übernehme ich es, Euch in gänzlicher Freiheit von dort wieder herauszuholen."

„Für immer?"

„Für immer."

# Kapitel X

## in dem man das Ende vorausahnen kann

*Man muss von Jugend an so erzogen werden, wie es Platon sagt, dass*
*man sich über das freut und betrübt, was es angemessen ist; denn dies ist*
*die wahre Bildung.*

*(Διὸ δεῖ ἔθθαι πῶς εὐθὺς ἐκ νέων, ὡς ὁ Πλάτων φησίν, ὥστε χαίρειν τε καὶ*
*λυπεῖσθαι οἷς δεῖ· ἡ γὰρ ὀρθὴ παιδεία αὕτη ἐστίν.)*
*Aristoteles[125], Ethik, II, 2.[126]*

Es war vier Uhr am nächsten Tag, als Pausole und seine zwei Minister in der Rue des Amandines empfangen wurden. Der gute König, so gut er auch war, erwartete nicht im Mindesten, dieses Haus in der Rolle eines Vaters zu betreten.

Giguelillot hatte seit dem Morgen mit Eifer und Geduld daran gearbeitet, den König zunächst davon zu überzeugen, dass dieser Besuch höchst ansprechend sein würde, und dann insgeheim die Gastgeber zu unterrichten, wie sie zu sprechen hätten, um den gewünschten Eindruck zu erzielen. Der Direktor der Gesellschaft führte Pausole zu einem Sessel, verneigte sich dreimal tief vor ihm und las schließlich mit zufriedenem und wohlgesetztem Ton die folgende Ansprache vor:

„Sire, *L'Union Tryphémoise pour le Sauvetage de l'Enfance*[127] kann nicht mit den ähnlichen Werken der Nachbarländer verglichen werden, ebenso wenig wie die Gesetze Eurer Majestät mit denen der rivalisierenden Nationen vergleichbar sind. Die moralische Gefahr, die wir zu bekämpfen suchen, ist keineswegs dieselbe, die unsere besten ausländischen Kollegen befürchten, da diese das Glück der Jugend nicht so verstehen wie wir."

„Das glaube ich gern", sagte Pausole.

„Wir sind, wie Ihr selbst, Sire, der Ansicht, dass das junge Wesen sehr früh ein gewisses Recht auf Freiheit erwirbt. Wir sind der Meinung, dass die alten europäischen Gesetze, die die Jugend bis zum einundzwanzigsten Lebensjahr der väterlichen Autorität unterwerfen, in ihrem Inneren eine der zahlreichen Wurzeln des antiken Sklavenwesens bewahren, die dort immer noch lebendig sind. Das Recht des Vaters über den Sohn, ebenso wie das des Ehemannes über die Frau, ist im Grunde nichts anderes als die willkürliche Herrschaft des Stärkeren über den Schwächeren. Es leiht sich von der Tyrannei deren grenzenlose Willkür sowie deren Vorwand und Fahne: den Schutz. Die Beweggründe, die einen freien Bür-

---

125 Aristoteles (384–322 v. Chr.) war einer der bedeutendsten Philosophen der Antike und ein Schüler Platons. Er begründete zahlreiche Wissenschaften systematisch, darunter die Logik, die Ethik, die Biologie und die Politik.
126 Nikomachische Ethik", Buch II, Kapitel 2 (1104b11-13)
127 Trphémische Union zur Rettung der Kinder

ger dazu verleiten, sein Kind in die schrecklichen Gefängnisse zu stecken, die man Internate nennt, sind nicht anders als jene, die ihn während der Ferien dazu treiben, den armen Kleinen zu disziplinieren. Der Mensch, der keine Rechte mehr über die Freiheit eines anderen Menschen hat und niemanden mehr als Sklaven halten darf, behält überall seine Macht über die Person des Kindes. Und da er alle ihm gegebenen Rechte zwangsläufig missbrauchen muss, missbraucht er auch dieses, um sich dafür zu entschädigen, dass er die anderen verloren hat."

„Sehr gut überlegt", sagte Giguelillot. „Nicht wahr, Sire?"

„Sehr gut", sagte Pausole.

„Wir halten jede Einschränkung der freien Äußerung und Ausübung des Willens eines Kindes, sofern dieser nur es selbst betrifft, für einen Missbrauch der väterlichen Macht. Wir bieten allen unglücklichen jungen Leuten ein Heim, ohne sie zu fragen, warum sie in ihren Familien litten. Dabei stellen wir mit berechtigtem Stolz fest, dass sie in unserer Obhut glücklich sind. Wir fördern ihren spontanen Drang zu lernen, anstatt ihnen durch Zwang den Ekel vor jeder Art von Arbeit einzuimpfen. Ihre Motivation ist nicht geringer, und wir haben oft festgestellt, dass bei einem geliebten Lehrer die Hoffnung auf Belohnungen ebenso wirksam ist wie die Angst vor Strafen.

Die beiden Geschlechter, die zusammen erzogen werden, lernen sich gegenseitig kennen und sind so später weniger anfällig für grausame Enttäuschungen. Wenn sie spielen wollen, sind sie dort ebenso frei wie anderswo. Nichts ist ihnen verboten, außer Streitigkeiten. Sie gruppieren sich, wie sie wollen, auf dem Hof oder im Schlafsaal. Indem wir die natürlichen Gesetze mehr respektieren als die Prinzipien der Menschen, legen wir die Sinne unserer Schüler nicht in ein künstliches Korsett, in dem sie zwangsläufig Schaden nehmen würden, sondern begünstigen im Gegenteil das Entfalten der jugendlichen Reife. Wir sind überzeugt, dass die Verzögerung der Liebe sie nur gefährlicher macht und dass der Ersatz von Vergnügen durch Träumerei schlechte Arbeit ist. Das ist keine Erziehung im wahrhaft edlen Sinn des Wortes ..."

Pausole unterbrach den Vortrag: „Und wenn Eure Schutzbefohlenen Euch um Rat fragen?"

„Sire, wir raten ihnen von engen Freundschaften ab, jedoch nur, um ihnen die vielfältigen Freundschaften als eine bessere Nutzung ihrer jungen Neigungen nahezubringen. Die Liebe, die exklusive Liebe zu einer einzelnen Person, die Liebe also, wie sie in den Literaturklassen der französischen oder deutschen Gymnasien gelehrt wird, ist eine Tragödie, die meist in der Wahnsinnswut eines Orest, im traurigen Ende einer Margarete oder im beklagenswerten Selbstmord eines Romeo und einer Julia mündet. Die Vermischung von Liebe und Drama, wie sie in den Zeitungen beschrieben wird, spricht für sich. Deshalb belehren wir unsere Schüler – mit aller gebotenen Diskretion – über die Gefahren einer einzigen Liebe, weil es um ihre seelische Gesundheit und ihre gesamte Zukunft geht."

„Ich stimme Euch mit beiden Händen zu", sagte Pausole. „Bringt sie auf Abwege, mein Herr, bringt sie auf Abwege! Man sieht zur Genüge an den Auswirkungen beider Systeme, was anderswo geschieht ..." (Es folgt eine längere Darlegung Pausoles über die Vorteile der Freiheit der Kindheit gegenüber der Einengung der Gesellschaft.)

Am Ende, als er Line sah, war es eine kurze, schmerzliche Einsicht in die notwendigen Kompromisse seiner Vaterschaft. Und er sagte: „Nun gut, mein Kind. Wir werden sehen. Ich liebe Dich genug, um Dich glücklicher zu machen als mich selbst."

# Epilog

*„Schon genug getrunken"*, wie der alte Horaz[128] sagt.

*Le Temps, 20. November 1900.*[129]

Am selben Abend kehrte König Pausole nach einer äußerst ermüdenden Reise, die fast eine Stunde und ein Viertel dauerte, in seinen Palast zurück und verbrachte dort drei Tage in stiller Meditation.

Tryphême nahm nach seiner Abreise wieder sein gewohntes Leben auf. Die junge Frau, die von Monsieur Lebirbe ausgezeichnet worden war, setzte ihr lobenswertes Beispiel, das ihr die Palme eingetragen hatte, allabendlich fort. Mirabelle, die von Verzweiflung zerrissen wurde, als sie erfuhr, dass Pausole seine Tochter zurückgeholt hatte, begab sich dennoch in der Nacht unter das Denkmal von Félicien Rops, wo sie wusste, dass sie Galatée treffen würde. An diesem Abend fanden die beiden bis zu den äußersten Grenzen des Empfindens zueinander, und sie wussten noch nicht, welch treue und zärtliche Liebe diese lange Umarmung in Tränen als ersten gemeinsamen Erinnerungsfaden knüpfen sollte.

Giguelillot hatte den Rückweg auf seinem kleinen Zebra in wenigen Sätzen zurückgelegt, da er sich gleichermaßen unfähig fühlte, Blanche Aline die neuen Gefühle zu verbergen, die sie in ihm weckte, wie auch der schönen Diane jene zu gestehen, die sie in ihm nicht mehr hervorrief.

Während der drei Tage, in denen der König, allein mit seinem guten Gewissen, Fragen der Moral in sich bewegte, trafen sich Line und ihr junger Page jede Nacht am *Miroir des Nymphes,* der stets voller Mondwasser und dunkler Blätter war.

„Das ist sehr schlecht", sagte Line und dachte an Mirabelle.

„Nein", antwortete Giguelillot, „da sie es doch nicht weiß."

Und er wusste sich alles, was diese Worte an Abscheulichem hatten, durch alles, was sie an tröstender Absolution mitbrachten, verzeihen zu lassen.

Schließlich trat Pausole, an einem sonnigen Morgen, nachdem er der Königin Alberte gerade seine galanten, wenn auch etwas zerstreuten Gunstbezeigungen hatte zuteilwerden lassen, aus dem Palast, gekrönt, und verlangte nach seiner Maultierstute Macarie. Gleichzeitig ließ er bekanntgeben, dass sich alle Bewohner der königlichen Residenz – Königinnen, Ritter und Hofdamen, Minister, Pagen und Stallknechte – zu einer großen Versammlung unter dem Kirschbaum seiner Gerechtigkeit einfinden sollten, um die Rede zu hören, die er für angebracht hielt zu halten.

---

128 Quintus Horatius Flaccus, 65–8 v. Chr.) war ein römischer Dichter. Das Zitat ist allerdings fragwürdig, „sat prata biberunt" kommt besser belegt bei Vergil vor.

129 „Le Temps" war eine einflussreiche französische Tageszeitung, die von 1861 bis 1942 in Paris erschien. Sie galt als eine der seriösesten Zeitungen Frankreichs, bekannt für ihre hochwertigen politischen Analysen und ihre literarischen Beiträge.

Als er dort saß, in seinem weiten roten Gewand, mit dem Zepter und der goldenen Kugel, sprach er: „Meine Damen", sagte er, „und ihr, meine Herren, es ist schwer, die Prinzipien, die ein Weiser wie Wohltaten verbreitet, auf die eigene Person anzuwenden. Lange habe ich geglaubt, dass es mir erlaubt sein würde, die Freiheit über mein geliebtes Volk zu bringen, ohne selbst in bestimmten schwierigen Fällen die Unannehmlichkeiten zu erfahren, die diese Freiheit manchmal für den bringt, der sie gewährt. Es schien mir, dass ich in einem Land, in dem es fünfhunderttausend Haushalte gibt, ohne großen Schaden einen einzigen ausnehmen könne, in dem eine gewisse Autorität noch Bestand habe. Es war nur natürlich, dass dieser Haushalt der meine sein sollte und dass der Spender der Freiheiten nicht der Erste sein sollte, der unter ihren möglichen Exzessen leidet."

Hier machte der König eine Pause, pflückte eine köstliche Kirsche, oder vielmehr löste er ihren Stiel auf Fingerhöhe, und während er sanft den Saft der warmen, saftigen Frucht sog, betrachtete er mit einem leicht melancholischen Blick die leidenschaftliche Erregung der Menge, die ihm lauschte.

„Aber", fuhr er fort, „auch ein König lernt. Ich habe gerade eine geheime Reise gemacht, auf der ich viel erfahren habe – sowohl über die Menschheit als auch über meine Pflichten ihr gegenüber. Ich habe glückliche und freie Menschenmengen gesehen, deren Glück durch die Freiheit bereits so tiefe Wurzeln geschlagen hat, dass ich nicht mehr daran zweifeln kann, diese Saat an ihrem Bestimmungsort gesät zu haben.

Es scheint mir jedoch, dass die Menschen, die hier um mich herum leben, weniger glücklich sind, weil sie weniger frei sind, und das reicht aus, um mir eine Art von Verzicht nahezulegen ..."

Lauter Jubel hinderte ihn daran, weiterzusprechen: „Nein! Es lebe der König!", riefen die Stimmen. „Abdankung? Das wollen wir nicht!"

Pausole hob die Hand und sprach: „Seid unbesorgt, ich werde Euer Oberhaupt bleiben – oder besser gesagt, Euer Schiedsrichter, den ihr durch Eure allgemeine Zustimmung gewählt habt, um die Wahrung der Rechte zu sichern, die das Erbe aller sind. Und was mich betrifft, werde ich nichts an meinen Gewohnheiten ändern, die ich als notwendig für meinen Seelenfrieden erkannt habe.

Aber ich hebe die relative Einschränkung auf, die auf meinen Angehörigen lastete. Taxis, mein Freund, kehrt nach Frankreich zurück, von wo Ihr zu uns gekommen seid wie ein Rabe im Winterwind. Künftig sollen sich meine Frauen und meine Tochter nach ihren Neigungen richten. Ich gebe ihren reizenden Köpfen, die Eure Hässlichkeit durch den Kontrast noch reizender machte, die Freiheit."

Bei diesen Worten herrschte unter der Menge mehr Rührung als Freude, und wie Kinder, die kostbare Geschenke erhalten, die sie noch nicht zu berühren wagen, drängten sich die Königinnen um den Mann, der so gütig zu ihnen war, und kamen gemeinsam mit Blanche Aline, um ihm treu die Hände zu küssen.

Hier endet die außergewöhnliche Geschichte des Königs Pausole, der es, um seine Tochter wiederzufinden, auf sich genommen hat, ganze sieben Kilometer auf dem Rücken eines Maultiers zuückzulegen, von seinem Palast bis zu seiner großen Stadt.

Man hat diese Geschichte so gelesen, wie sie gemeint ist, wenn man es von Seite zu Seite vermieden hat, die literarische Phantasie für einen bloßen Traum zu halten, in Tryphême nur eine Utopie[130] zu sehen oder in König Pausole einen vollkommenen Menschen.

---

130 Eine ideale, jedoch in der beschriebenen Form unerreichbare Vorstellung, oft geprägt von übernatürlichen oder absurden Ideen.

# Nachwort des Übersetzers

Aktuell zur hundertsten Wiederkehr des Todesjahres von Pierre Louÿs (1925) erscheint nun mit dem vorliegenden Werk eine neue deutsche Übertragung seines bekanntesten satirischen Romans. Ein Stoff, der immerhin eine Vertonung durch Arthur Honegger (*Les aventures du roi Pausole*, 1930, Libretto von Albert Willemetz) und eine Verfilmung des Stoffes (König Pausole, 1932, Regie Alexis Granowsky mit Emil Jannings in der Titelrolle) inspiriert hat.

Wenngleich sich der Text eng an das französische Original hält, handelt es sich um eine Übertragung: Die Typographie wurde an den heutigen deutschen Standard angepasst, die vielfach nur aus einem Satz bestehenden Absätze verdichtet, die Sprache von allzu schwülstigen Wendungen und Schachtelsätzen befreit.

Um den Charakter des Werkes zu wahren, habe ich französische Eigennamen in der Originalform belassen und auf sinninterpretierende Übersetzungen verzichtet, die im Deutschen oftmals als albern empfunden werden. Ich habe mich auch dafür entschieden, *la blanche Aline* mit *Blanche Aline* zu benennen und keinen Versuch unternommen, die vielschichtige Bedeutung von *blanche* in einer deutschen Übertragung einzuengen.

Die Zitate an den Kapitelanfängen und die Poesie im Text wurden von Fall zu Fall unterschiedlich behandelt, wie es mir am passendsten schien.

Wenngleich es sich um keine wissenschaftliche Arbeit handelt, sondern um den Versuch, eine von einem breiten Publikum lesbare Fassung vorzustellen, habe ich umfängliche Annotationen als Fußnoten hinzugefügt, die vor allem nicht mehr weithin bekannte Zitate und Anspielungen erklären.

Zuletzt habe ich im Text einige behutsame Änderungen vorgenommen, um den heute enger gesetzten Grenzen des Sagbaren für eine breitere Leserschaft Rechnung zu tragen und die Aufmerksamkeit nicht unnötig von der zeitlosen Vielschichtigkeit des Romanes abzulenken. Ein Unterfangen, für dessen Erfolg es heute allerdings keine Garantie mehr geben kann wie beim „placet" eines früheren Zensors.

Möge das Werk auf diese Weise den Geist seines Schöpfers auch im 21. Jahrhundert transportieren, das uns immer wieder an den unermesslichen Wert individueller Freiheit erinnert, wie es seine Majestät selbst in diesen unvergesslichen Worten ausdrückt:

*Man duldet noch, dass das Gesetz im Namen des öffentlichen Wohls spricht. Aber wenn es sich gegen den Einzelnen richtet und ihn gegen seinen Willen bevormunden will, wenn es beginnt, sein Privatleben zu regieren – seine Ehe, seine Scheidung, seine letzten Wünsche, seine Lektüren, seine Unterhaltung, seine Spiele und seine Kleidung, dann hat jeder das Recht, das Gesetz zu fragen, was es in seinem Haus verloren hat, wenn es nicht eingeladen wurde.*

A.H.